江上 剛

PHP
文芸文庫

○本表紙デザイン＋ロゴ＝川上成夫

成り上がり——金融王・安田善次郎◆目次

第一章　龍神と雷神

1

安田村の善悦《ぜんえつ》の家では、千代《ちよ》が今まさに出産のときを迎えていた。

「早く、お湯を沸かしてくだはれ」

産婆が怒鳴《どな》っている。

「まだ生まれんのか」

手伝いはいない。そんなものを雇う金はない。善悦は、自ら土間に降り立ち、隅にしつらえたかまどの前にしゃがみこんだ。

火吹き竹を勢いよく吹く。かまどに載せた鉄釜の湯が、シャンシャンと沸き立つ。桶に湯を汲《く》み、水を混ぜ、適度な温度にする。手を入れてみる。ほどよい熱さだ。これなら赤子を温かく包んでくれるだろう。

善悦は、そっと桶を持ち上げ、奥へと急ぐ。雨戸の隙間から差し込んできた強烈な光に目が眩《くら》み、思わず立ち止まる。その直後に轟音《ごうおん》が雨戸を揺らした。

「なんと大きな雷様であることよ。神通《じんづう》川の龍神と飛驒《ひだ》の雷神が喧嘩《けんか》をしているようじゃ」

湯をこぼしていないことに、ほっと安心して奥の間に向かった。

「生まれたぞ」

産婆が叫んだ。善悦は奥の間に飛び込んだ。産婆に尻を叩かれた猿のような赤ん坊が、火がついたように泣き出した。

「元気な男の子じゃ」

「でかしたぞ。千代」

善悦は、湯桶を千代の枕元に置いた。赤ん坊は、まだ激しく泣いていたが、産婆の手で湯をかけられると、すぐに泣き止んだ。

善悦は腰につけた手ぬぐいをつかむと、千代の額に吹き出た汗をぬぐった。千代は、何度も大きく息を吐き、胸を上下させた。瘦身《そうしん》の千代が、出産という偉業を終え、さらに瘦《や》せてしまったように見えるが、その表情は安堵《あんど》に満ちていた。

「さあ、奥様、元気の良い男の子ですよ」

産婆が、産着《うぶぎ》に包んだ赤ん坊を千代に差し出した。善悦は、よく見えるように千代の体を起こし、両腕で支えた。千代が輝くような笑《え》みを浮かべた。

再び、雷光が差し込み、赤ん坊を照らし、同時に恐ろしいほど大きな雷鳴が轟いた。しかし赤ん坊は恐れる風もなく、にこにこと笑顔で両手を伸ばし、空《くう》をつかもうとしている。

「よう雷様が暴れますね」

千代がか細い声で言った。

「神通川の龍神と飛驒の雷神がお祝いに来とるんじゃと思うぞ」

善悦は、優しく言った。

「ご主人様のおっしゃるとおりですよ。こんなに季節外れで荒れた天気は初めてです。赤子がこの世に生を享《う》けるとき、雷光が飛び、雷鳴が轟けば、雷神様に祝福された赤子が生まれたと申します。このあたりの百姓は、水が涸《か》れたら、命を涸らすのと同じですから、水をもたらす雷神の赤子は尊ばれるのです。ご覧ください。この赤子の顔を……」

産婆が目を細めた。

「確かに、これほど天地が騒がしいのに涼しい顔じゃ。うれしそうに笑っておるではないか。これは大物になるかもしれんな」

善悦は、赤子の頭を撫《な》でた。

「大物になぞならなくてもいい。丈夫に育って欲しい……」

千代は、頬を赤子にすり寄せた。この子は三男として生まれたが、すでに上二人を失っていた。

「そうじゃのぅ、丈夫がなによりかもしれん」

善悦も赤子に頬をすり寄せた。

善悦一家の暮らしは、貧しく厳しい。ほとんど米を口にすることはない。わずかばかりの芋や野菜を収穫して、なんとか糊口《ここう》をしのいでいる。子供が早死にしてしまうのも栄養不足のせいだろう。一生懸命働いて、倹約に努めても妻子をろくにやしなえないのは、善悦にとって、奥歯を噛み潰してしまうほど情けなく、悔しいことだ。

「しかしのう、祖先は鎌倉幕府の問註所《もんちゅうじょ》初代執事三善康信《みよしやすのぶ》だぞ。誇りを持てよ」

善悦は、千代の胸にすがりつく赤子に囁《ささや》いた。

三善康信は公家《くげ》の出でありながら、幕府の草創期を支えた人物だ。この血筋は善悦の誇りである。どんなに貧しくても何とか毅然《きぜん》と生きようとするのは、この血筋に対する誇りのためだ。このことは赤子にもしっかりと教えこまねばならない。

善悦には、夢があった。それは武士の株を取得し、なんとか富山藩士の列に加わることだ。そのため飢えと戦いながらも倹約し、金を貯めている。

なぜ無理に無理を重ねて、武士の株を手に入れようとするのか。それはこの誇りを満たすという目的もさることながら、食べていくためだ。

祖先は、この富山の地に入り、安田村で農民となった。その子孫は農業と商売で成功し、三善の善の字をいただき代々善次郎と称した。屋号は「安田屋」だ。安田屋の善次郎は着実に資産を築いた。倹約と勤勉の二つが、成功の秘訣《ひけつ》だった。

ところが何度も飢饉《ききん》が襲ってくる。そのたびに農民は飢えて死なねばならない。天明《てんめい》二年（一七八二年）から天明八年（一七八八年）まで長きにわたって東北、北陸などでは飢饉となった。岩木山《いわきさん》、浅間山《あさまやま》が噴火し、昼を夜に変えるほどの大量の火山灰を広範囲に降らした。夏も寒く、農民は、毎日震えながら暮らした。数十万人の農民が飢え死にした。

その時代に安田屋の善次郎は、ようやく手に入れた財産を次々と手放していった。土地も家も田畑もなにもかも売り払い、一族が飢えないために米へ換えてしまったのだ。何とか天明の飢饉を乗り切ったが、財産はすべて失ってしまった。初代、二代で築き上げた財産がなくなったのだ。善悦の父である三代善次郎は、おちぶれた家の再興に骨身を惜しまなかった。再び倹約と勤勉に努めたのだ。しかし一度沈んだものは、なかなか浮上しない。失意のまま亡くなった。

善悦は、父の無念の死に顔に赤子の屈託《くったく》のない笑顔を重ねていた。

「私はね、生まれてすぐにこの家の養子になったんだ。養父からは、なんとしてでも安田の家を再興しろという命《めい》を受けた。そのために富山藩士になることを命じられたのだ。死ぬ間際にも私の手を握り、武士株を買い、藩士になれと言った。それは誉《ほま》れ高き血筋を守ることであり、また飢えないためなのだよ」

養父は、飢えて死んでいく農民を尻目に武士だけは俸禄米《ほうろくまい》が支給され、誰一人として飢え死にしていないという現実を見た。不公平だと思う前に、武士になりさえすれば一族を飢えさせないで済むという確信を持ったのだ。武士株を買うために養父は血の滲《にじ》む努力をしたが、果たせなかった。そこで善悦にその思いを託したのだ。

だが、天保《てんぽう》四年（一八三三年）から天候不順、風水害で、米が満足に穫れない状態が続いている。長雨と風、洪水など天変地異が農民を苦しめている。数十万人の農民が飢えに苦しみ、死んでいった。

「大坂では、大塩平八郎という幕府の元お役人が庶民を救えとの旗を掲げて、一揆を起こされた。それでもなかなか世の中はよくならないんだ。お前も厳しい時代に生まれてしまったな」

善悦は、赤子の頭を撫でた。

「私は、お前を立派に育ててみせる。飢えさせることなどしない。倹約に勤勉、これさえ忘れなければ、武士の株を買うことができる。楽をさせてやるからな」

小さな、まるで綿帽子のような手が善悦のごつごつした手を握ろうとする。

「おうおう、お前は、私にがんばれと言うのだな」

善悦は、赤子の手を、自分の両手で柔らかく包んだ。

青く光る雷光が、再び差し込み、雷鳴が地を揺るがした。しかし赤子は、怯《おび》える様子もなく相変わらず笑い顔だ。

赤子は「岩次郎《いわじろう》」と名づけられた。岩のように丈夫な子供に育って欲しいとの願いからだった。

天保九年（一八三八年）十月九日、幼名岩次郎。のちの安田善次郎の誕生である。

2

「お話を聞かせてください」

岩次郎は、家にやってきた薬売りの藤兵衛《とうべえ》を捉まえてせがんだ。

藤兵衛は背中の柳行李《やなぎごうり》を玄関先に下ろした。この中には、富山名産の薬がいっぱい詰まっており、重さは五貫（約十九キログラム）以上あった。毎日、重い物を背負っているせいで藤兵衛は屈強《くっきょう》な体をしていた。

「岩次郎様は、八歳にしては、好奇心が旺盛《おうせい》じゃな」

藤兵衛は、岩次郎を両手で抱えると、そのまま持ち上げた。驚いて岩次郎が足をばたばたさせるが、容赦《ようしゃ》しない。どんどん高くなり、岩次郎が手を伸ばせば、天井に届くまでになった。

「また、岩次郎は、藤兵衛さんにご迷惑をおかけして……」

奥から、優しげな微笑とともに薬箱を抱えた千代が出てきた。着ている物は決して贅沢《ぜいたく》ではないが、千代が着ると、品が良く、高級に見えた。着物映《ば》えする美しい女性だ。

「違うよ、母上。お話をせがんだだけです」

岩次郎が抗議をするように言った。

「奥様、本当です。いろいろ知りたがり病にかかっていますね」

藤兵衛は、笑いながら岩次郎を土間に下ろした。

「ご迷惑をおかけします。男の子は、この子一人になってしまいましたので、どうも甘やかしてしまったのです」

千代は薬箱を置いた。

「いやあ、いいお子ですよ。なんでも知りたがるのは良いことです」

藤兵衛は、上がり框《かまち》に腰掛け、薬を取り出した。

「これは心《しん》の臓に良く効く薬です。置き薬に入れておきますから、お使いください」

藤兵衛は、薬箱を開け、中に入れた。

「いつも藤兵衛さんにはご配慮いただき、感謝しております」

千代は深く、頭を下げた。

藤兵衛は薬箱の中の薬の使用状況を点検した。減っている分だけの代金をいただくのだが、千代からはほとんど代金を取っていなかった。藤兵衛は、千代の親戚筋に当たるからだ。

「早く具合が良くなるといいですね」

藤兵衛は言った。

「そう願いたいものです。この岩次郎が安田屋を再興してくれるのを見届けるまでは、がんばりたいと思いますから」

千代は、傍《そば》に座った岩次郎をまぶしげに見つめた。

「ねえ、藤兵衛さんは武士なの？」

岩次郎が訊《き》いた。

「ああ、武士だよ。お父上の善悦殿と同じく富山藩士だ」

岩次郎の父、善悦はようやく武士株を手に入れ、御長柄《おながえ》という最下級の武士の列に名前を刻んでいた。御長柄というのは、藩主の行列で長い柄の傘を持つ役割だ。

「なぜ武士なのに、商売をしているの？」

岩次郎の幼い目が光る。

「それは善悦殿も武家だけど、畑で野菜を作られるだろう。それと同じだ。富山藩は、加《か》賀《が》藩と違って華美に流れることを戒《いまし》めておる。武士でも商いもすれば、野菜も作っていい。生活を豊かにするためではあるが、剣だけではなく、別の道で他人様《ひとさま》の役に立つのも武士の道だからな」

藤兵衛は、岩次郎の目を見据《みす》えて、きっちりとした考えを話した。子供相手だからと、いい加減なことは言わない。また岩次郎にも、不思議と大人にまともな話をさせる目の力というものが備わっていた。

富山藩は、下級武士の仕事として薬の製造、販売が定着していた。

もともと加賀藩の支藩としてできた富山藩は石高《こくだか》も少なく、産業政策に熱心だった。二代藩主前田正甫《まさとし》が薬草に関心が深く、遠く海外を含む各地から原材料を求め、薬の製造を始めた。

あるとき、江戸城で急な病《やまい》を得た大名に、その場にいあわせた正甫が「反魂丹《はんごんたん》」という富山の薬を飲ませたところ、たちまち回復したという。

藩主自ら宣伝マンになったというところだが、それで一躍有名になった富山の薬は、独特の販売システムが作り上げられた。

各家庭に薬を置いてもらい、一年後に使用した分だけ集金するというものだ。「先用後利《せんようこうり》」という、今のクレジット販売とでも称すべきシステムだ。この置き薬の入れ替え、代金回収を担当したのが、富山の薬売り。全国を担当エリアに分け、各地を行商して歩いた。

彼らは、通行手形を持っているとはいうものの、藩の独立性の高い江戸時代、スパイ扱いをされることも多かったが、行商先の藩にも利益が落ちる工夫をするなどして、北は蝦《え》夷《ぞ》地《ち》から南は九州までくまなく歩いて商売にいそしんだ。今も富山市にのこる薬種商金岡《かなおか》邸に行くと、往時の販路図をみることができるが、その広がりと、精緻《せいち》な担当エリア分けには驚かされる。

こうして富山藩は巨額の売薬収入を得て栄えることになるが、薬の製造はもとより薬売りとして販売を支えたのは下級武士が多かった。

「藤兵衛さんは江戸が担当でしょう？　どういうところですか？」

「それはそれは、大きな街だよ。将軍様がお住まいの城を中心に、大きな大名屋敷、その周辺に町人の街があって、人があふれ、賑やかさは比類もない」

「薬もよく売れるの？」

「売れる、売れる。富山の薬といえば引っ張りだこだ。子供たちは、この紙風船で遊んでくれるしな」

藤兵衛は柳行李の中からぺちゃんこの紙風船を取り出し、息をふっと吹きこむと、それはたちまち鮮やかな虹色にふくらんだ。

「ほら」

藤兵衛は、紙風船を高く放り投げた。岩次郎は、それを器用に受け取った。

「きれいだね。これで江戸の人も遊んでいるんだ」

まだ見たこともない江戸の街角で、子供たちが藤兵衛の紙風船で遊んでいるところを想像すると、岩次郎は自然と顔がほころんできた。

「行ってみたいな、江戸に。ねえ、どうやって峠を越していくの？」

岩次郎たち、富山の子供は、遠い異郷のことを薬売りから話を聞くことで身近に感じていた。他藩の子供たちより、外に関心が強かったことだろう。

江戸時代は、「入《い》り鉄砲に出女《でおんな》」という言葉があるように街道には関所が設けられ、不審者や武器が江戸に入らぬよう、また大名の妻女が江戸から逃げ出さないように監視されていた。簡単には、他藩に行くことはできない。そこで薬売りたちが語る他藩の様子に、子供たちはもとより、大人たちも目を輝かせたのだ。

「神通川に沿って街道を行き、高山《たかやま》を抜けて、後は木曾《きそ》街道を歩く。そしてひたすら江戸をめざすんだよ。子供の足ではなかなか難しい。私らでも相当に急いで十四、五日はかかる」

藤兵衛は足を叩いて見せた。健脚《けんきゃく》でないと江戸まではたどり着けないということを教えようとしたのだ。

「怖《こわ》いところはあるの？」

岩次郎の目は、ますます好奇心に満ちてくる。

「怖いところばかりだぞ。越中中街道《えっちゅうなか》には籠ノ渡《かごわたし》といって、急流が流れるその上を籠に乗って対岸まで行くんだ。足がすくんで、身動きもできないほど怖い。下を見れば、何百匹もの龍が口を開けているような急な流れだ。その音といえば、心臓が止まるほど大きい。そこを、細い縄にぶら下がった籐《とう》の籠に乗って渡るんだ。ああ、思い出すだけでも震えがくる」

藤兵衛は、籠の中で震えている恰好《かっこう》を真似《まね》た。岩次郎を脅《おど》かそうとしているが、目が笑っている。岩次郎は、その籠ノ渡が、いかにスリリングで興味深いものかということを、藤兵衛の目の輝きから理解した。

「龍は怖くない。龍神、雷神の生まれ変わりだから」

「ほほう、道理で元気があるはずじゃ」

藤兵衛は笑った。

「この子が生まれたときに、ものすごい雷光が光り、雷鳴が轟いたものですから、すっかり自分のことを龍神、雷神の生まれ変わりだと思い込んでおりますの……」

千代が薄く微笑《ほほえ》んだ。

「いや、本当に生まれ変わりかもしれませんぞ。このような利発《りはつ》そうな顔立ちはなかなか見たことがありません。さあ、行くとするかな」

藤兵衛は立ち上がり、柳行李を背負った。

「また話を聞かせてください」

岩次郎は名残《なごり》惜しそうに言った。

「しばらくは留守にしますが、また帰国の際に立ち寄ります」

藤兵衛は、岩次郎の頭を撫で、出て行った。岩次郎は、その後ろ姿をいつまでも眺めていた。藤兵衛の向こうに、見たこともない江戸の街が広がっていた。

3

「なあ、岩次郎」

善悦は、一緒に大根掘りに精を出す岩次郎に語りかけた。

「はい、父上」

答えながらも岩次郎は、大根を引き抜く手を止めない。八歳のまだ小さな手に余るほどの太さだ。どうやったら上手く抜けるだろうかと工夫しながら、仕事を続けていた。

「私は父の悲願であった士分《しぶん》を金で買うことができた」

「どうしてそこまで武士にこだわられたのですか？　武士でも野菜を作り、薬を作っておりますのに」

「それは飢えないためじゃ。飢饉が長く続いても、飢えずに暮らすには殿様から俸禄米をいただくに限るのだ。それがあれば飢えることはない。だから武士になった」

善悦は、抜いた大根を籠に入れていく。これを干して、干し大根を作る。大根は、天日《てんぴ》に干すと甘味が出てくる。冬に向け、手のかかる作業だ。

「父上は、大変な努力家であると思います。よくぞ武士の株を手にお入れになったと思います」

岩次郎も大根を籠に入れた。

「いやしくも人と生まれた以上は、相当なことをしなければならぬ。それには何よりも勤勉、貯蓄が大切じゃ」

「勤勉と貯蓄ですか？」

父の教えはいつも興味深い。生活をしていく上での背骨をきちんと教えてくれる。

「お前は安田の家を守《も》りたてなければならない運命《さだめ》だ。たった一人の男子だからな。千代も私も生まれてきた男子が、お前を除いてみんな早くに亡くなるとは思わなかった……」

善悦は、大根を入れた籠をかついだ。帰り支度だ。岩次郎も同じように籠を背負った。小さな体には、かなりの負担だ。

「がんばって期待に応《こた》えたいと思います」

岩次郎は言った。遊びたい盛りだが、善悦の畑仕事を手伝うことは嫌いではなかった。いろいろなことを教えてもらえるからだ。

「私は武士の株を手に入れるのがせいぜいの人生だ。なんとか俸禄米はいただくことができるが、一日、一升《しょう》程度では、お前たちを満足に食べさせることもできない。だからこうして畑仕事もしなくてはならない。情けないが仕方がない」

「そんなことはございません」

「だからと言って、一足《いっそく》飛びに出世できるわけではない。まず目標を立てることだ。もしお前が百里《り》（約四百キロ）の道を十日で歩こうとしたらどうする？」

善悦は歩きながら問い掛けた。

「百里を十日ですか？　十里ずつ歩きます」

肩に籠の重さが食い込んでくる。痛さに耐えながら、岩次郎は答えた。

「それは間違いだ。最初は、七里か八里にとどめ、慣れてくれば十里、十一里と増やしていくのだ。そうすれば怪我《けが》も失敗もない。人生というものは、往々にして若い者に急ぎ足を要求する。百里の道を最初から、十一里、十二里歩けと言うのだ。若さでそれに応えようと無理をする。それで結局、最後まで歩き通すことができなくなってしまうのだ」

善悦の言うことが正しいのかどうかはわからない。しかし急ぐな、着実に行けという教えを岩次郎は素直に受け止めた。

「もう一つは誓いを立てるということが大事だ。お前は何か誓いを立てているか？」

「いえ、なにもありません」

「まだ幼いからいいが、目標を達成するためには、誓いを立てねばならない。たとえば、私も好きな酒を断《た》ったからこそ、武士の株が手に入ったのだ」

岩次郎は、はっと思った。善悦が酒を飲むところを見たことはない。飲めないものと思っていた。しかし、武士の株を手に入れるために酒断ちをしていたとは……。

「私も何かを達成しようとするときは、そのように誓いを立てたいと思います」

岩次郎は答えた。

「それともう一つは、善《よ》いと信じたら実行することだ。目的を達成するために躊躇《ちゅうちょ》してはならない。躊躇すれば、道が閉ざされることがあるからな」

善悦は、そっと岩次郎の籠に手をやった。急に重さがなくなり、軽くなった。善悦が、籠を支えてくれたのだ。

「目標を立て、誓いを立て、善いと信じたら実行するということですね。よく肝《きも》に銘《めい》じておきます」

岩次郎は言った。

家の前に数人の子供たちが見える。岩次郎と遊ぼうというのだろう。しかし家に戻ったら、背中の大根を洗い、干すという仕事が残っている。岩次郎は、ちらりと善悦を見上げた。

「友達が来ておるな。後の仕事は、私がやっておくから、遊んでおいで」

善悦が言った。岩次郎の籠を背中から下ろそうとした。

「でも……」

岩次郎は躊躇した。

「今、言ったばかりではないか。善いことは、すぐに実行しなさい。遊びたいのだろう？友達は大切にしなくてはならないぞ」

善悦は笑った。

岩次郎は「はい」と言って、子供たちの中に走っていった。

「父の許しを得てきたぞ」

岩次郎は、遊び仲間の吉松《よしまつ》に言った。吉松は体の大きな少年で、薬種商《やくしゅしょう》の跡取り息子だった。岩次郎はもとより、他の子供たちよりいい着物を着ていた。体が大きいのも満足に食べているからだろう。

「毎日、武士のくせによく百姓仕事をやるものだ」

吉松は、せせら笑いを浮かべた。吉松は、戦《いくさ》遊びで岩次郎と対抗する側の大将なのだが、いつも負けていた。それが悔しくて嫌味を言うのだ。吉松は、商人の子なのに武士に憧《あこが》れがあるらしく、戦遊びを好んだ。

「武士だから、いざというときのために百姓をしながら体を鍛えるのだ。日々の暮らしを着実にすることが、武士の務めだ。今日も、俺に負けにきたのか」

岩次郎は言い返した。

「何を、今日は負けないぞ」

戦遊びのルールは簡単だ。大将と軍師と足軽で組を作る。大将は一人だ。軍師は二人。後は足軽だ。大将はいくら強くても足軽に負ける。同様に足軽は軍師に、軍師は大将に負ける。それぞれが三すくみになっているため、攻撃に工夫と作戦が必要だが、最終的には大将をやっつければいい。各自、頭に鉢巻を巻き、それを奪われれば死んだことになる。

岩次郎軍と、吉松軍に分かれる。子供たちは、岩次郎の軍に入りたがった。勝ち大将だからだ。しかしそれでは戦にならない。吉松は苦《にが》りきった顔をしている。いつものようにくじで決める。あちこちでくじが引かれ、子供たちの歓声があがる。

「それぞれ位置につけ!」

吉松と岩次郎が大きな声で叫んだ。十数人ずつ、二組になる。

戦場は、近くの稲田《いなだ》だ。刈り終えた稲田は黒々とした土をむき出しにしている。この広々とした遮《さえぎ》るものがない中、子供たちは大将の命令にしたがって陣を築いた。

吉松軍が鬨《とき》の声を上げた。二手《ふたて》に分かれて、岩次郎軍を挟撃《きようげき》しようとする。

岩次郎は、軍を固めて、あくまで正攻法で進む。一つの大きな人の塊《かたまり》になり、じりじりと進んでいく。吉松軍は、二つに分かれて、岩次郎軍を攻めるが、人数が少なくなったため機動性は上がったが、全体的な力は弱くなった。岩次郎は、先頭で足軽を鼓舞《こぶ》しながら、歩みを止めない。吉松は、二手に分かれた自軍の奮戦を背後から見ながら、着実に進んで来る岩次郎軍に怯《おび》えた表情を見せつつあった。

「引けぇ！」

吉松が叫んだ。自軍の足軽が次々と倒れていくのを見て、自分を守って欲しいと考えたのだ。

「進めぇ！」

岩次郎は手を大きく振った。

混乱している吉松軍を攻めるのは今だと見抜いた岩次郎は、自軍の歩みの速度を上げた。鬨の声が高らかに上がり、岩次郎軍は、大きな塊で吉松軍を追い詰めていく。

ついに吉松は軍を捨てて逃げ出した。吉松軍は壊滅した。岩次郎は、一気に自軍を吉松軍の陣地に攻め入らせた。そして最も足の速い足軽に命じ、吉松を追わせた。たちまち追いつかれた吉松は、黒土の上に倒れこみ、必死に頭の鉢巻を両手で押さえたが、岩次郎軍の足軽に奪われた。

「大将首を獲ったぞぉ！」

足軽が叫んだ。

「ウオーッ！」

岩次郎軍が勝鬨を上げた。岩次郎も満足そうな笑みを浮かべ、拳《こぶし》を突き上げた。戦は、正攻法で着実に一歩一歩進むのが、勝利の常道《じょうどう》だと岩次郎は確信した。一足飛びではなく、目的に向かって丁度《ちょうど》梯子段《はしごだん》を上るように、一段、一段、踏みしめて上る漸進《ぜんしん》主義こそ、成功への真骨頂《しんこっちょう》だと、岩次郎は日常生活や遊びの中から会得《えとく》していた。これは安田善次郎となってからも変わることはなかった。

第二章　寺子屋商人

1

「吉松《よしまつ》、お前、商人の子なら花売りをちゃんとしたらどうか」

岩次郎《いわじろう》は、吉松に厳しく注意した。

岩次郎と吉松とは同じ歳であり、武士と商人の子という違いを越えて、互いに競い合い、将来の夢を語る仲になっていた。

富山藩では八歳から十二歳の子供たちは寺子屋に通いつつ、それぞれ花売りや野菜売りなどの仕事をして家計を助けている。

富山藩は、加賀《かが》藩前田家の分家だが、加賀藩と言えば百万石の雄藩《ゆうはん》だ。幕府からしてみればいつ牙《きば》をむくか絶えず気になる存在である。もし武士が武士たるべく訓練を怠《おこた》らず質実剛健の風を保っていると、いつか反旗を翻《ひるがえ》すのではと幕府の警戒心を煽《あお》りかねない。加賀や富山の前田家が芸事や商売に熱心であることは、反旗を翻す意志がないという証《あかし》であり、幕府もそれを歓迎していた。そこで加賀藩では芸事、富山藩では商売に、幼い子供までもが精を出す風潮が確立した。

「もうすぐ寺子屋を卒業する。そうしたら商売なんかせずに江戸に出て、武士として活躍するつもりだ」

吉松は花売り籠を大儀《たいぎ》そうにその場に置いた。

「吉松のところは、大きな薬種商《やくしゅしょう》だろう。武士をまるで使用人のように使っている。それなのに武士になりたいのか」

「今、わが藩では、武士も自分の暮らしは自分で立てよと、商売が奨励されているが、本来武士は、主君のために戦うものだ。しかも藤兵衛《とうべえ》さんの話を聞くと、頻繁《ひんぱん》に外国の船がやってきているらしい。このままでは大変なことになるかもしれない」

吉松は遠く飛騨《ひだ》の山々を眺めた。

藤兵衛は、富山の薬売りとして全国を歩き、江戸にも頻繁に足を運んでいた。その都度、岩次郎や吉松に江戸の様子を教えてくれる。最近は、江戸周辺に外国の船舶が立ち寄ることが多く、ついに幕府は、外国の船舶に薪炭《しんたん》や水、食料を提供するところまで譲歩していた。

岩次郎も吉松も十二歳だ。現在の感覚でいうと、十二歳は小学五年生でまだまだ子供扱いされるが、幕末にまで遡《さかのぼ》らなくとも、戦前ぐらいまでは大人の扱いを受けていた。

寺子屋を義務教育とみなすと、それを卒業する十二歳は、一家の中心的な稼ぎ手にならねばならないというのが普通であった。この岩次郎と吉松の二人が、藤兵衛という薬売りの情報通から、世間の様子を聞き、将来に思いを馳《は》せていても当然だ。また意外なほど世情にも明るかったに違いない。

「俺は商人がいい」

岩次郎は言った。岩次郎は武士の生まれではない。父の善悦《ぜんえつ》が武士株を購入してから武士の仲間入りをした身分だ。

「どうして武士より商人がいいのかなぁ。お父上が必死で武士株を購入したのを知っているんだろう?」

吉松が不思議そうに首を傾《かし》げた。

「父上のことは尊敬している。武士株を購入してくださったんだからね。しかし俺は、なんとなく商人が窮屈《きゆうくつ》でないからいいと思う。自分をどこまでも羽ばたかせていくには、商人がいい」

岩次郎も、飛騨の山々を眺めた。高く峻険《しゆんけん》な山々がそびえている。空はどこまでも青く澄み渡り、山のむこうにはもっともっと広くて自由な世界があるぞと教えてくれているようだ。

「わしは、逆に武士になって世の中の役に立ちたい。商人は金《かね》にあくせくして、いつも地面を見て暮らしているようで嫌なのだ」

吉松は言った。

「それは吉松が、俺と違って裕福な商人の家に生まれたからだよ。お金に苦労していないから、お金のことがわからないのさ」

岩次郎は言った。厳しいことを話しているのだが、岩次郎の明快な言い方には、嫌味はない。

二人は富山城の近くまで来てしまった。

「花はいりませんか」

「花はいりませんか」

二人は、掛け声をかけながら歩いている。

富山城下は、一向宗《いっこうしゅう》の感化が強く、信仰心の篤《あつ》い家が多い。岩次郎たちから花を買い求め、仏様に供えるのだ。

岩次郎は、できるだけ形や姿のいい花を選び、よく売れる場所で売るということを心がけるようにしている。従って吉松も岩次郎と組むときは、収入が多い。他の者と売り歩くときは、売れ残りが出ることもあるが、岩次郎と一緒のときは、それがない。

不思議でしょうがないと吉松は思っていたが、ある日、岩次郎がつけている帳面を見せてもらったことがある。そのときに合点がいった。それには克明《こくめい》にいつ、どこで、どれだけ、なにが、誰に売れたかが記されていたのだ。

岩次郎は、字が上手《うま》い。大人が代筆を頼むほどだ。少年祐筆《ゆうひつ》や少年能書家という評判さえあった。

「すごいなぁ」

吉松は、感嘆の声を上げた。

「この帳面を見て、どこで何を売るかを決める。勝手気ままに街で花売りしているわけではない」

岩次郎は説明した。

「とても敵《かな》わないな」

吉松は、ため息をついた。自分は大きな薬種商の家に生まれたが、こんな工夫をして花売りをすることなど考えたことはない。もともと商人の家に生まれた者以上の商人の才覚がある岩次郎に接するうち、商人としてやっていくことに自信がなくなってくる。吉松が、武士に憧《あこが》れるのは、岩次郎の商才に劣等意識があるからかもしれない。

「この俺も父上には敵わない」

「岩次郎の上を行く商人の才があるのか?」

「商売の筋道《すじみち》を教えてもらった。ある日、花がどうしても売れ残ったんだ。仕方がないので早く売り切ろうと思って安売りをしたんだよ。値引きをしたんだよ。すると帰ってから、父上にひどく叱《しか》られた。勝手に値引きするとはなにごとだとね」

「それで売れ残りが出ないように工夫をするようになったのか」

「そうだよ。どうしたら売れ残りが出ないようにできるか、万が一、値引きをするにしても効果的にするにはどうするか。商売というのは、こういう工夫ができるところが素晴らしいと思う」

岩次郎が、帳面を吉松に見せながら話した。

花は次々に売れていく。

「いつもいい花をありがとうね」

「明日も待っているから、必ずくるんだよ」

客たちが楽しそうに花を買い求めていく。岩次郎は、にこやかに礼を言う。吉松もそれにならっていた。

「土下座、土下座」

急に客が大きな声でいい、履《は》いていた下駄《げた》を脱いで、地面に膝《ひざ》をついた。

「おい、勘定奉行様がこっちへ来られるぞ。花売りのお前たちも早く土下座しないとえらいことになるぞ」

岩次郎と吉松がぼんやりとしていたら、土下座した客が叱った。

二人は慌てて、担《かつ》いでいた花籠を地面に置き、草履《ぞうり》を脱ぎ、地面に膝をついた。

「頭、頭を下げろ。そんなに頭を上げていると、無礼打ちされてしまうではないか」

客が、首に手刀《てがたな》を当てた。刀で斬られてしまうということだ。

二人は地面に額を擦《こす》りつけ、目だけなんとか動かして勘定奉行の姿を確認しようとした。

城の大手門から、勘定奉行が歩いてくる。誰かを案内している。それは、どう見ても普通の町人だった。勘定奉行が供の者を連れて、大店《おおだな》の主人を案内することさえまず見かけない。それなのに今、岩次郎と吉松の前を、なにやら卑屈《ひくつ》な笑《え》みを浮かべて談笑しながら歩いていくのは、前垂れをつけ、腰をかがめていそいそと歩く商家の手代《てだい》だ。

剣を腰に帯びて歩く勘定奉行が、歩き方といい、顔つきといい、すべてが極めて貧相な手代を案内している。岩次郎は非常な驚きをもって、その光景を目に焼きつけた。

「おい、吉松、見たか。武士である勘定奉行が町人である手代に、どう見てもへつらっているぞ。武士より町人が偉い」

「岩次郎、大人《おとな》しくしろ。聞こえたら大変だぞ」

吉松が、怯《おび》えた様子で言った。そのとき、勘定奉行の供をしていた侍がじろりと岩次郎を睨《にら》んだ。慌ててもう一度深く頭を下げた。

口の中に土が入るほど、顔を地面につけながら、岩次郎はなぜ武士より町人が偉く見えたのかを考え続けていた。

「ふうっ」

吉松が、体を起こした。

岩次郎はまだ顔を地面につけている。

「おい、岩次郎、もうお奉行様は城に戻ったぞ」

吉松が呼びかけても、岩次郎は顔を上げない。

「岩次郎、どうした？」

「武士より町人が偉いのはなぜだ？」

岩次郎は、吉松の問いに答えず逆に質問した。顔を伏せたままだ。

「武士より町人が偉いことなどない。たまたまお奉行様と町人が一緒に歩いていたからといって、そのように考えるのはおかしい」

吉松は言った。

岩次郎が顔を上げた。顔が上気している。何かに興奮しているのだ。

「あのお奉行様は、町人にへらへらしていたぞ。どう見てもお奉行様より町人が偉く見えた。それはなぜだ」

岩次郎が声を震わせ、もう一度同じ問いかけをした。なぜこんなに興奮しているのかわからない。何か真理を悟《さと》った思いなのだ。

吉松は黙ってしまった。

「吉松、なぜお奉行様は町人をここまで見送ったのかわかるか?」

「町人に世話になっているからだろう?」

「どんな世話になっているんだと思う?」

「あれは大坂の両替商の手代だと思う。金でも借りているのかな?」

吉松は首を傾《かし》げた。

「そのとおりだ。金を借りているんだ」

岩次郎が大きく頷いた。やっとわかったかという気持ちだ。

「お城が、金を借りているのか。お城も大変だな」

吉松が大手門を見上げた。

「お奉行様は、あの町人に頭を下げているのではない。借りた金に頭を下げているんだ」

岩次郎が強調した。

「金に頭を下げているのか?」

「武士より金を持っている町人が偉いのだ。だからお奉行様はあの町人をわざわざ見送ったのだ」

「岩次郎は金が一番偉いと言っているように聞こえるぞ」

「金を持ってさえいれば、町人でも武士を従わせることができる。金を持っている町人は武士より偉いのだ」

岩次郎は、自らを納得させるように言った。

吉松は、納得しない顔だ。

「俺は千両の分限者《ぶげんしゃ》になってやるぞ。絶対に！」

岩次郎は言った。

千両というのは、当時の相場で六百五十万文《もん》。二百文で宿に泊まることができ、髪結い三十二文、風呂八文という時代であり、千両といえば岩次郎にとって、藩内随一の大金持ちになるという決意だったのだ。

「金持ちになるということか」

吉松は訊《き》いた。

「金の力は偉大だと思う。そして金を持っている商人が一番偉い。これが世の中の真理だ。武士なんか、空威張《からいば》りしているだけだ。それが証拠に金を持っている町人に頭を下げ、へらへらしているではないか」

岩次郎は、ぐいっと花籠を担いだ。

「そうかなぁ。武士は金で苦労しているけども、それは金という道具がないだけのことじゃないかな。金は道具に過ぎないと思う」

吉松も花籠を担いだ。

「考えはいろいろだ。俺は、千両の分限者、吉松は武士だ。どっちの道が正しいか、がんばろうじゃないか。今は、とりあえず残りを売りさばこう」

岩次郎は、「花はいりませんか」と再び大きな声を張り上げた。

2

岩次郎は、寺子屋に通い始めた当初から、ひらがなと漢字を同時に学ぶほどの秀才ぶりを発揮した。その頃から字の上手さが人々の間に知られるようになり、近頃は手紙の代筆などを頼まれるようになっていた。

「岩次郎、ちょっと頼む」

隣家の若者熊八がやってきた。

「熊さん、また恋文《こいぶみ》ですか？」

「またとはなんだよ。二回目じゃないか」

「はいはい、では五文《もん》、いただきます」

岩次郎が手を出す。

「まけてくれよ。二回目だよ」

熊八が頼む。

「ダメですよ」

岩次郎は、熊八から五文を受け取ると、紙と筆を取り出した。

「どうぞ」

岩次郎が促すと、熊八は照れながら女性への恋心を吐露《とろ》した。

「前回と違う人ですね」

岩次郎はにやりと微笑《ほほえ》んだ。

「いいじゃないか。岩次郎は、まだ子供だから、大人の気持ちはよくわからないのだ」

熊八は、照れながら言った。

「できました」

岩次郎は、熊八に手紙を渡した。その内容は、十分に大人の気持ちを代弁したものだった。熊八が話した内容をそのまま書くのではなく、即座に解釈し、言葉を吟味《ぎんみ》し、手紙にしたためるなど、プロの代書屋もできない技だった。

「ありがとうよ。岩次郎に手紙を書いてもらうと、いい返事をもらえるんだよな」

熊八は手紙を抱きかかえ、喜んで帰って行った。

岩次郎は、熊八が帰ったのを確認すると、待ちきれないように一冊の本を取り出した。

それは『太閤記《たいこうき》』だ。

尾張《おわり》の田舎の貧しい農民の子供として生まれた日吉丸《ひよしまる》が、織田信長と出会い、木下藤吉《きのしたとうきち》郎《ろう》、羽柴《はしば》秀吉と出世し、ついには豊臣秀吉として天下統一を果たす波瀾万丈《はらんばんじょう》の物語だ。『太閤記』は、寛永《かんえい》三年（一六二六年）に小瀬甫庵《おぜほあん》が著したものと言われているが、甫庵は、加賀藩から知行《ちぎょう》をもらっていた関係から、加賀や富山には多くの写本が出回っていたのだろう。

この写本の仕事は楽しくて仕方がなかった。本が読めるからだ。その上、二十五字詰め十行の紙一枚で三文の収入が得られる。慣れてくると日に三、四十枚程度写すことができた。これで得た収入は自分の小遣いになり、その上、妹たちにもいくらか分けてやることができる。

「岩次郎、田んぼに行くぞ」

善悦が、声をかける。岩次郎は写本に熱中していた。今は農作業に行きたくない。

「写本の頼まれごとが多いので田には行けませせぬ」

岩次郎は答えた。

「先人たちの事績を学ぶことができる写本はいい。せいぜい励《はげ》め。今は何を写しているのだ」

善悦が訊いた。

「『太閤記』です」

岩次郎は、本を広げて見せた。

「非常に面白いです。私も太閤秀吉のようになりたいと思います」

岩次郎は勢い込んで言った。

「どんなところが面白いのか言ってみよ」

善悦は、農作業の道具をその場に置いた。

「はい」と岩次郎は居住まいを正し、「太閤は父上もご存知のとおり貧しい生まれです。それが関白《かんぱく》太政《だじよう》大臣《だいじん》にまで出世いたしました。父上は、なぜこれほどまでに太閤秀吉は出世したのだと思われますか?」と逆に質問をした。

「さあてな?」

善悦は、大きく頭を振って考える顔になった。

「お教えいたしましょう」

岩次郎は、得意になって言った。

「それでは教えてもらおうか」

善悦はにこやかに微笑んだ。寺子屋を卒業しても、こうして写本で独自に勉強しているわが子を誇らしく思った。藩校である広徳館《こうとくかん》に行かせてやりたいが、下級武士の身分ではどうにもならない。それが親として切ない。

「太閤秀吉は、いかなるときといえども、一攫千金《いつかくせんきん》を得ようというごとき望むべからざる僥倖《ぎょうこう》は、決して期待しなかったということです。あたかも階段を上るがごとく、一歩、一歩と踏みしめ上っております。このような秩序だった立身出世が、いかにも面白いと感じました」

「普通の人は太閤秀吉といえば、一足《いっそく》飛びに天下を取ったように思っているが、そうではないのか？」

「それは大いなる誤解というものです。太閤秀吉は、十三歳で武士になろうと発心《ほっしん》いたします。時は戦国時代。立身出世は武士に限ると思ったのでありましょう。そこがまず非凡です。最初に蜂須賀《はちすか》に仕えますが、思ったような人物でなかったためにそこを去り、次に松下嘉平次《かへいじ》に仕えます。ここでは七年間辛抱《しんぼう》し、兵法《へいほう》を身につけます。しかし嘉平次はなかなか評価してくれませんので、その元を去り、織田信長に仕えるのです。ここで偉いのは、最初はただの百姓の子として草履取りから始めることです。決して嘉平次のところで修業したなどという顔は見せない。その上、草履取りというつまらない仕事も誠心誠意こなします。たとえば冬に草履を懐《ふところ》に入れて温めるなど、他の人には真似《まね》のできない忠実ぶりを発揮します。そこで彼の非凡さに注目した信長は、土木掛《がかり》に抜擢《ばってき》しますが、ここでも非凡さを発揮していくのです。他の人には驚きですが、秀吉にしてみれば、嘉平次のところで十分に学んできたために不思議でもなんでもないのです」

岩次郎は一気に話した。

「ああいう戦国の英傑でも一生懸命働き、順序正しく昇っていったのだな」

　善悦は、岩次郎の言わんとするところを汲《く》み取った。

「父上、そのとおりなのです。この太閤秀吉のように秩序だって努力すれば、誰でも立身出世できるのです。そこで私も太閤秀吉にならって、今は太平の世だから、武士としてではなく、商人として千両の分限者になる発心をいたしました」

　岩次郎は言った。

「なんと、商人とな」

　善悦は驚き、顔を曇らせた。

「はい、商人になります」

「武士を捨てるのか。武士で出世しようとは考えないのか」

「武士より、金を持った商人の方が偉《えろ》うございます」

　岩次郎は真っすぐ善悦を見つめた。

「まあ、いい。武士だろうが、商人だろうが、こつこつと一歩一歩積み上げることが大事だ。ところで、お前はそれほどまでに金持ちになりたいのか」

　善悦は、『太閤記』を広げ、目を輝かせる岩次郎に訊いた。

「ならば蓄えることだ。鳥や獣は、その日限りの餌《えさ》を求めるだけで、少しも蓄えるということをしない。明日のために蓄えるということを知っているのは人間だけだ。だから蓄えるということをしない者は、人間としての資格を持たぬ者だ。わかったか」

岩次郎は、「はい」と快活に答えた。

善悦は、その返事を聞くと、一人で農作業に出かけた。

貧乏な家計を支えるために善悦はよく働く。大根や牛蒡《ごぼう》を作り、それを売ることで家計を支えた。おかげで藩から得る扶持《ふち》は少ないながらも、安心して暮らすことができ、わずかではあるが蓄えも可能だった。

「太閤秀吉は十三歳で武士になることを発心した。それにならい、千両の分限者になることを正式に発心しよう」

岩次郎は、新しい紙を広げた。そこに三か条を書いた。

善悦は岩次郎が商人になることに反対のようだが、何としても決意を変えない覚悟だった。

「第一、自立の商業を以《もっ》て渡世すること。第二、勤倹を旨《むね》として身分不相応の生活をせぬこと。第三、他力を頼まないこと、而《しこう》して又虚言を吐《は》き、人に迷惑をかけないこと。これでいい。この三か条を命に代えて守り通すことで、必ず千両の分限者になるぞ」

岩次郎は、三か条をしたためた紙を乾かすと、丁寧に折りたたみ、お守りのように懐にしまった。

「岩次郎、今、何を胸にしまったのだ。恋文か？」

いつの間に来ていたのか、熊八の声だ。振り向くと、目があった。

「違います。そのようなものではありません」

岩次郎は少し怒ったように答えたが、大事にするという点では誓文《せいもん》も恋文も同じかもしれないと思いなおした。

「お前のおかげで、返事が来た。読んでくれないか」

熊八が手紙を差し出した。

「お代は？」

岩次郎は訊いた。

「ケチなことを言うなよ。お前に書いてもらった手紙の返事だ。まけてくれよ」

熊八は両手を合わせて、頼んだ。

「わかりました。その代わり、どんな返事でも私を恨まないでくださいね」

岩次郎は熊八に言い、手紙を広げた。なかなか上手い字が書かれていた。相手の女性が書いたものか、代書屋が書いたものかはわからないが、内容は、丁寧なものの、交際を断っているものだった。

「……ということです。残念ですね」

岩次郎は、熊八に同情を寄せた。

「本当か？」

熊八は、手紙を奪い取ると、その場にしゃがみこんだ。

「元気を出してください。また手紙を書いてあげますから」

岩次郎は慰めながら、当分、代書屋の客は減りそうにないと確信した。

3

「岩次郎、大変だ」

吉松が飛んできた。畑の中にずかずかと足を踏み入れてくる。

「こら、やめろ。大根が傷《いた》むじゃないか。もうすぐ収穫なんだぞ」

岩次郎は、怒った。

吉松は木刀を持っている。喧嘩《けんか》でもしているのかと思い、「木刀を振り回して、喧嘩か」と訊いた。

「そうではない。今、道場で稽古中だった」

吉松は、木刀を上段に構えてみせた。

岩次郎も吉松も十六歳になった。岩次郎は、相変わらず写本や畑仕事に精を出していたが、吉松は道場に通い出した。商人に武術は要《い》らないと、家族に反対されたようだが、押し通した。今では熱心に稽古に励んでいる。岩次郎は、武士になりたいと言って剣術に励む吉松を羨《うらや》ましく思っていた。

吉松は、薬種商という藩内でも有数の財産家の跡取りだ。いわば何不自由ない生活だ。武士になりたいと言えば、武士の株を買うことなど容易だろう。今のところは、家族がなんとか薬種商を継がせたいと思っているから、武士株を購入しないだけだ。吉松は勉強もある程度できるが、それほど好きではない。しかし師を自宅に招いて四書五経《ししょごきょう》を習っている。四書とは、大学、中庸《ちゅうよう》、論語、孟子《もうし》。五経とは易経《えききょう》、書経《しょきょう》、詩経《しきょう》、礼記《らいき》、春《しゅん》秋《じゅう》。中国の古典で当時の武士の教養だ。

時折、吉松はこれらの学問の教科書を持ってきてくれ、「写していいぞ」と貸してくれた。おかげでその多くを読むことができたが、そのたびに貧乏である身が悲しくなった。これが焦りという気持ちかもしれない。

千両の分限者になると発心してから、もう四年が過ぎるのに具体的なことはなに一つも進んでいない。その点、武士になりたいと言った吉松のほうが、はるかに前に進んでいる気がしてならない。

「何が大変なのだ。話してくれ」

岩次郎は、鍬《くわ》を置いた。

「アメリカがついに浦賀にやって来たのだ」

吉松が勢い込んだ。

「なにアメリカが来たのか」

岩次郎は、じっくりと話を聞くつもりでその場に座り込んだ。

「今日、江戸から帰ってきた先生が道場の皆を集めて話してくれた。浦賀沖に四隻もの船がもうもうと黒い煙を吐いている。まるで火山の噴煙のように見えるそうだ。ペリーという男が大将だ」

「来航の目的はなんだ?」

「開国と商売を求めてきたそうだ」

今までも外国船は何度も日本に立ち寄った。しかし単に水や薪炭の補給をするだけで、江戸幕府の巧《たく》みな外交交渉によって開国や通商の正式要求には至らなかった。

嘉永《かえい》六年（一八五三年）六月三日、ペリーは黒船に乗って浦賀にやってきた。フィルモア大統領の親書を携えていた。内容は通商交易の開始と薪炭、水などの補給を求めるものだった。正式な国家元首の親書に対しては、日本も正式な回答をしなければならない。

「幕府はどうするつもりなのだ」

岩次郎は訊いた。胸の奥で何かが熱く燃えている。時代の大きな変化を感じ、若者としてその変化についていきたいという焦燥感《しょうそうかん》だ。

「とりあえず追い返したということらしい」

吉松は答えた。

しかし追い返したのではなく、ペリー一行は、再来日を約束して一旦《いったん》退去しただけのことだった。

「これからどうなるのか。先生はなんと言っているのだ」

岩次郎は、吉松の言葉を待った。

「開国して外国と自由に商売するという意見と、あくまで国を閉ざすという意見とが対立するだろう。その結論は、なかなか出ないと先生は話していた。そこで江戸に再度行かれることになった。わしは、そのお供で江戸に行く」

吉松は、得意げに言った。

「お前、江戸に行くのか」

岩次郎は、目を見張った。

「江戸がどんなところか、どんな騒ぎが起きているのか、しっかり見てくるつもりだ」

吉松の話を聞いた瞬間に、岩次郎は強烈な嫉妬《しっと》を覚えた。

「俺も江戸に行きたい。一緒に行きたい」

「何？　何だって？」

「俺も吉松と一緒に江戸に行きたい。一刻も早く江戸に行って身を立てたい」

「千両の分限者になるためか？」

「この富山藩にいたのでは、とても千両の分限者にはなれん。毎日、野菜を作り、それを売り歩き、写本をし、いくらかの金を稼いで蓄えたとして、いったいいつになったら千両の分限者になることができるだろうか」

「わしは江戸に行くが、先生のお供であって、そのまま江戸にいつくわけではない。すぐに帰ってくる」

吉松は、岩次郎のあまりの熱意にたじろぎ始めていた。江戸に物見遊山《ものみゆさん》で行くことを自慢するだけだったのに、これでは人生の一大事を決めることになってしまう。いつもは冷静な岩次郎の突然の変化であり、それは吉松を十分に戸惑《とまど》わせるものだった。

「俺は、あの飛騨の山々が恨《うら》めしい。越えるに越えられない高い山々だ。あれを越えて江戸に行き、思いっきり自分の力を試したい」

岩次郎は、飛騨山脈を指差した。山々は壁のように行く手を阻《はば》んでいるように見えた。

「岩次郎は、常々、飛騨の雷神と神通《じんづう》川の龍神の生まれ変わりだと言っていたではないか。風を呼び、雲に乗り、軽々と山なんぞ越えてしまえ。ただ、今は、機が熟していないだけだ。もう時間がない。江戸の様子は、わしがじっくりと見てくる。楽しみに待っていてくれ」

吉松は、身を翻すと、走って行った。

「行ってしまった……」

岩次郎は、鍬を支えに立ち上がった。吉松の後ろ姿を見送ると、吉松の足が踏み固めた畑の土をもう一度掘り返した。

何度か鍬を入れたとき、岩次郎は、突然、走り出した。

家の戸口で息を整えた。乱れた襟元《えりもと》と裾《すそ》を直した。中には善悦がいるはずだ。

戸を開けた。

「お帰りなさい」

母の千代《ちよ》が迎えてくれた。千代は病弱だった。優しい性格で、跡取りとして善悦に厳しく鍛えられる岩次郎の支えになってくれている。

「父上は？」

「今、少し前にお出かけになりました。それよりもどうなさったのか」

千代は、血相《けっそう》を変えている岩次郎を見て、怪訝《けげん》な顔をした。

「母上、なにとぞ私を江戸に行かせていただけませんか？」

岩次郎が頭を深く下げた。

「江戸に？　それはまた藪《やぶ》から棒ですね」

千代は薄く笑った。

岩次郎は顔を上げ、「父上は絶対に反対されると思います。なにとぞ母上の口添えをいただきたいのです」と言い、千代を見つめた。

「どうされたのですか。何かに取り憑《つ》かれているようですよ」

千代も真剣な顔つきになった。

「吉松が、江戸に行きます。私も一緒に行きたいと思います」

「あなたはこの家の跡取りです。その大事な人が江戸に行ってしまっては、この家はどうなるのですか？　父上が苦労に苦労を重ねて武士株をお買いになったことは、あなたも十分に心得ているでしょう」

千代は珍しく厳しい口調になった。

「私は商人になって千両の分限者になりたいのです。そのためには、一日でも早く江戸に出たい。この富山藩では千両の分限者になれませぬ」

岩次郎は強い口調で言った。

「座りなさい」

千代は、岩次郎に板間に座るように命じた。千代も、岩次郎の目の前に正座した。

「岩次郎」

千代は、呼びかけた。

「はい」

岩次郎は、背筋を伸ばした。

「あなたはいずれ、この富山を出て行く人かもしれませぬ。その折が到来したならば、私も覚悟をいたしましょう。しかし今は、その時機でありましょうか」

「吉松と一緒に……」

「吉松さんは、別の用事で江戸に行かれるのです。あなたのためではありません。あなたは、今、誘惑にそそのかされようとしているのです。人の心は迷います。善事をなすに迷い、悪事に魅せられて迷うものです。道は近きにあり、遠きに求むべからずと申します。迷うて道を失い、道を失《うしの》うて行くところを知らず、否《いな》、心の存在さえも忘れて、ただ他物の誘いに歩みを移し、身を奈落の底に落とすものであります。道を求めようと思えば、今の誘惑に打ち勝つ、克己心《こっきしん》を持たねばならないのではありませんか」

千代は厳しく諭《さと》した。

岩次郎は、膝に置いた手を握り締めた。何も言わず黙っている。

「岩次郎、あなたは意志の弱い人ですか？　理性に乏《とぼ》しい人ですか？　情に熱しやすい人ですか？　そういう人物では、大事《だいじ》をなすことはできませぬ。あなたはそうではないはずです。今は力を貯めるときではないでしょうか」

千代は、岩次郎の手を握った。温かさが、岩次郎の逸《はや》る心を鎮《しず》め始めた。

「わかりました。激情に突き動かされたかのような姿をお見せし、恥ずかしく思います。今日のことは、父上には内密に願います」

岩次郎は、板間に頭をつけた。時機を得るまで、準備を怠らないことこそ、千代の言う克己心だ。今は、その心を涵養《かんよう》する時期なのだろう。

岩次郎は、立ち上がり、膝の土を払うと、「それでは畑に戻ります」と戸を開けた。目の前の陽光に照らされた飛騨の山々が、「時を待て」と諭してくれているようだ。

開国騒動で世情が揺れる中、嘉永六年六月二十二日、第十二代将軍徳川家慶《いえよし》が死去し、徳川家定《いえさだ》が第十三代将軍となる。病弱な家定の将軍就任は、そのまま江戸幕府の弱体化を予感させるものだった。

第三章　最初の出奔《しゅっぽん》

1

岩次郎《いわじろう》の目の前には薬箱がある。藤兵衛《とうべえ》がくれたものだ。箱には「先用後利《せんようこうり》」と書かれている。

富山の薬売りの販売方法で、客に先に薬を利用してもらい、後から代金を回収するという意味である。商売の基本というべき考え方だ。長く続く客と商人との信頼関係が基盤になければ、先に物を渡して、後から代金を回収するなどということはできない。

さらに言えば、商人は、売り物に念を入れ、良いものを販売しなければならないという諌《いさ》めでもある。客が商品に満足してくれなければ、代金を払ってくれないからだ。

薬箱の中には銭が入っている。ずっしりと重い。これは岩次郎が「先用後利」の精神で、農作業の合間をぬって商売をし、こつこつと貯蓄してきたものだ。勤勉で倹約ということを実践してきた証《あかし》だ。全部で一分《ぶ》二朱《しゅ》。なにを目的に貯めてきたのか。それは江戸に出て、千両の分限者《ぶげんしゃ》になるためだ。

岩次郎にとって貯蓄は、生活の一部、いやすべてであるほど重要だ。なぜなら、貯蓄こそ生活基盤を確立する基本だと考えているからだ。節約家である父、善悦《ぜんえつ》譲りなのかもしれないが、どんなことも徒手空拳《としゅくうけん》ではできない。すなわち貯蓄とは、岩次郎にとって世の中で勝ち抜いていく武器であり、防備であり、兵糧《ひょうろう》であり、弾薬とでも称すべきものだった。

貯蓄をいい加減にする人間は許せなかった。寺子屋時代、友人たちで貯蓄組合を作ったことがある。毎日一文《もん》ずつ貯蓄し、それを一か月ごとの輪番《りんばん》で管理する。貯まれば、何か自分たちの目的に使えばいいと考えていた。この貯蓄の言わば監査役を、岩次郎が担っていた。

あるとき、どうしても帳簿と現金とが一文合わない。どうしたものかと仲間たちの前で当番の友人を追及した。

「一文、合わないが何か心当たりはあるか」

岩次郎は、厳しい口調で訊《き》いた。

「一文くらいどうでもいいではないか」

相手は、面倒くさそうに答えた。余計なことを訊くなという態度だ。

「一文くらいとはなんだ」

岩次郎は怒った。

「一文くらいだから一文くらいと言ったのだ。いい加減にしろよ。俺は、遊びに行きたいのだ」

「行かせない。お前は今月の当番だ。最後まできちんと合わせろ」

「岩次郎、お前は守銭奴《しゅせんど》のような奴だな。金、貯蓄、そんなことばかり言って何が面白い？」

彼は、嘲《あざけ》るような表情を浮かべた。

「なんだと！」

岩次郎は、彼につかみかかった。

「ケチにケチと言って何が悪い。俺が盗《と》ったわけじゃないぞ」

友人の口は収まらない。岩次郎は、殴《なぐ》ろうかと右手の拳《こぶし》を振り上げた。しかしすっとそれを降ろし、着物をつかんでいた手も離した。

「ふう」

友人は大きく息を吐き、着物の襟《えり》を直した。

「もういい。お前を殴ったって何も始まらない」

「悪かった。帳面につけていたけど、金がないって奴がいたから、一文足りなくなった。

帳面を直していなかった俺が悪い。謝るよ」

友人は頭を下げた。

「俺のことをケチだと言ったが、それは違う。これを見ろ」

岩次郎は、友人の前に貯蓄した銭を入れておいた箱を開け、その中身を畳の上に出した。一文銭が音を立てて山となった。おおっと当番の友人ばかりでなく、他の仲間からも歓声が上がった。

「全部で七千二百九十九文あるはずだ。その一文があれば、七千三百文。二十人の仲間で、毎日一文ずつ貯蓄してきた成果だ」

岩次郎は、友人たちを見渡した。

「おおおっ」

先ほどより歓声が大きい。

「これだけあれば何ができると思うか。髪結い三十二文、風呂八文、蕎麦《そば》十六文、宿だって二百文もあれば泊めてもらえる。食いたいものも腹いっぱい食える。商売だって始められる。金は貯蓄するためにあるわけではない。自分の目的のために貯蓄するのだ。『谷川の水も終《つい》に大海になる』『塵《ちり》も積もれば山となる』という言葉を聞いたことがあるだろう。倹約して貯蓄しろということだ。たった一文でも、毎日貯めていれば、銭なんてすぐに貯まるのだ。一文なんてと馬鹿にして、無駄遣いをしたり、貯蓄をしない人は、余裕もできない。最後には食うにも困ることになるだろう。俺は、お前のために一文の大切さを説いたのだ。聞く耳をもっているかどうかは、お前次第だ」

岩次郎は、友人に諄々《じゅんじゅん》と諭《さと》した。友人は、神妙に聞き入っていた。そして「この金はどうする？」と言った。

「俺たちも寺子屋をそろそろ卒業だ。銘々《めいめい》にこれを分ける。一人三百六十五文だ。ただしお前にだけは三百六十四文。銭の管理を怠った責任を取らねばならない。残りの一文を足すかどうかは自分で考えろ」

岩次郎は、銭の山を崩し、友人たちに分け与えた。

「勤倹貯蓄は、言うは易《やす》し、行なうは難《かた》しだ」

岩次郎はひとりごちた。

この惨《みじ》めな貧しさから抜け出すためには、貯蓄が必要なのだ。友人たちはどうして貯蓄の意味をわかろうとしないのだろうか。この分け与えた銭に加えて、新たな貯蓄を始める者は、ほとんどいないだろう。貯蓄するのも浪費するのも銘々の責任だ。

寺子屋を卒業してからも、岩次郎は貯蓄に励んだ。

天秤棒《てんびんぼう》を担いで野菜を毎日、富山から二里《り》、三里も離れた町で売り歩いた。売り切った場合も、空《から》で帰らず、その土地の名産品を仕入れ、持ち帰って富山で売った。より利益があがるように工夫したのだ。売り上げは、すべて父母に渡し、そのうち一割が岩次郎の取り分だった。それを貯蓄したのはもちろんのことだ。

あるとき、善悦が土蔵を作ったが、それには扉がなかった。資金不足だったのだ。岩次郎は、貯蓄から資金を出し、その扉を作り、土蔵を完成させた。また妹が寺子屋に入るときは、貯蓄から文具などを購入した。

岩次郎は、ケチではない。金を貯めることが楽しいのでもない。

扉ができ、土蔵が完成したときの善悦のうれしそうな顔、新しい文具に頬をすり寄せている妹の顔、これらを思い出すとき、貯蓄をしていて本当によかったと心から思った。金を生かすことができた。それがうれしかったのだ。

使うべきときは、使う。それが岩次郎流だ。そうやって貯めた金が、岩次郎の目の前にある。

「いよいよ江戸に行くぞ」

岩次郎は唇を引き締めた。嘉永《かえい》七年（一八五四年）、岩次郎は数え年十七歳になっていた。

2

富山から江戸までは約百里。岩次郎は、江戸への道のりを考えていた。

通常、江戸に向かう際には、富山を出て、北陸街道を富山湾沿いに滑川《なめりかわ》、魚津《うおづ》、泊《とまり》と行き、境《さかい》の関所を通過して越後《えちご》に入る。岩次郎が行ったことがあるのは、神通川《じんづう》の下流の岩瀬あたりまでだ。それより先は未知の地だ。

さらに日本海沿いの糸魚川《いといがわ》、長浜、高田を過ぎ、北国《ほっこく》街道に歩みを進め、新井、関川の関所を抜け、信州に入る。そのまま北国街道を牟礼《むれ》、善光寺《ぜんこうじ》、海野《うんの》、追分《おいわけ》と行けば、中山道《なかせんどう》に出合う。

あとはひたすら江戸に向かって軽井沢、碓氷《うすい》の関所を抜け、上州《じょうしゅう》に入り、松井田《まついだ》、高崎、深谷《ふかや》、熊谷《くまがや》、大宮、蕨《わらび》、そして板橋を過ぎれば、ようやく江戸に到着する。

平坦な道であれば、大人の足で一日九里から十里歩くことができる。山道などを計算に入れてだいたい富山を出発して十四日目には江戸に着く。

この通常の街道を進むには、三か所もの関所を通過しなくてはならない。越中《えっちゅう》から越後への境、越後から信州への関川、そして信州から上州への碓氷の三関所だ。

関所とは、徳川幕府が防衛のために設けた、許可された者しか江戸に入れない、また出る者を監視するためのものだ。一方、幕府に倣《なら》って各藩も独自に関所を設けた。幕府は私的な関所の設置を禁じていたから、それらは口留番所《くちどめばんしょ》、あるいは単に番所と呼ばれていた。

これらの関所、番所を通過するためには、許可証である通行手形が必要になる。男性用通行手形は、「過書《かしょ》」といい、富山藩家中の武士は御用番と呼ばれる家老《かろう》に、町人は奉行所に、村人は村役人に発行してもらわねばならない。

しかし岩次郎は、父母に内緒であるため、過書を入手することはできない。

関所破りしかない。岩次郎という人間は、虚仮《こけ》の一念岩をも通すというところがある。子供のときの戦《いくさ》遊びでも、ひたすら正面から攻撃を仕掛けたものだ。すべて勝つというわけにはいかなかったが、手練手管《てれんてくだ》や小細工を弄《ろう》するよりも勝利を得ることが多かった。ある意味では複雑な人間ではない。極めて単純な人間なのだ。

今回も「江戸に行く」という思い、それは執念《しゅうねん》に近いが、それがすべてに優先した。

関所破りとは、関所役人を欺《あざむ》いて通過したり、関所を避けて間道《かんどう》を抜けようとしたりすることだ。こうした行為への刑罰は、徳川幕府の基本法である御定書《おさだめがき》百箇条に、関所を通行せず山越えした者もそれを案内した者も、共に磔《はりつけ》と決められている。

「関所破りをするとどうなるの」

岩次郎は、以前、藤兵衛に訊ねたことがある。

「関所破りは、磔、死罪という厳しい処罰が下されるぞ」

藤兵衛は、薬を整理しながら話してくれた。

「箱根の山中を女が一人で歩いておった。近在の者が不審に思い、関所に届けたのだ。届けなければ、その者も罪になるからな。すぐに山狩りが始まり、女は捕まった。女は江戸での奉公がつらくて、故郷に帰ろうとしていたのだ。女の境遇《きょうぐう》は、哀れではあるが、その場で死罪になったそうだ」

岩次郎は、「もっと話して欲しい」と頼んだ。

「これは、私自身が関所で磔になった罪人を見た話だが、信州と上州のならず者が、越後で子守女と三歳の子供を誘拐した。近頃は、女をかどわかして遊女に売り飛ばす悪い奴らが多いが、そうした連中だったのだ。子供は足手まといになるからと捨ててしまい、子守女だけをつれて江戸に向かった。しかし女は逃げ出し、ならず者たちは、信州の坂城《さかき》で捕まった。誘拐だから通行手形があるわけもなく、どこを通って来たのかと訊くと、北国街道を通らず信濃《しなの》飯山《いいやま》に抜ける飯山街道を通ったことがわかった。ここは旅人の往来は禁止されているのだが、便利なためについつい通ってしまう裏街道なんだ。本街道以外にも間道が多くあるから、幕府や藩も取締りがなかなか大変だ。そこでこうした誘拐などという罪を犯す、ならず者は見せしめのために磔、死罪にし、関所で数日間さらす。当然のこととはいえ、見られたものではない、恐ろしいものだ。その苦しみに歪《ゆが》んだ顔を思いだすたびに震えがくる」

藤兵衛は、体をぶるぶると震わせた。恐ろしいと言いながら、微笑《ほほえ》んでいるように見えるのは、岩次郎の真剣に聞き入る様子がおかしかったからだ。

「藤兵衛さん、江戸に行く間の街道の関所を教えてもらえませんか」

岩次郎は涼しい顔で訊いた。

藤兵衛は、怪訝《けげん》そうな顔をしながらも丁寧に北陸街道、北国街道、中山道、甲州《こうしゅう》街道などの関所の位置を教えた。

「めったなことを考えるでないぞ。私が関所を通りかかったときに、岩次郎様の磔姿なんぞ見たくないからな」

藤兵衛は、そういい残すと薬箱を抱え、再び旅に出た。

岩次郎は、関所破りが死罪だと言われても恐ろしいとは思わなかった。自分が磔になるなどということをつゆも考えない。それよりも多くの間道があり、山越えをすれば関所を通過しなくても江戸に行くことができることを知り、そのことに興奮を覚えた。

岩次郎は、蠟燭《ろうそく》の灯《あかり》で写本をしながら、どうしたら関所を通過しないで江戸まで行くことができるかを必死で考えていた。

「飛驒《ひだ》越えしかない」

富山を出発して、飛驒街道を南に神通川沿いに下る。葛原《つづはら》、小羽《こば》、笹津《ささづ》、岩稲《いわいね》、楡原《にれはら》、庵谷《いおりだに》、片掛《かたかけ》、西猪谷《にしいのたに》、蟹寺《かにでら》、加賀沢《かがさわ》の十か村を通り、越中西街道をまっすぐ高山に向かう。

高山からは木曾《きそ》街道を行くのもいいが、そのまま飛驒街道を歩き、平湯《ひらゆ》などを通り信州松本に向かう。下諏訪《しもすわ》からは、しばらく甲州街道を進み、甲斐《かい》に入る。甲州街道という本街道を行くのが、最も楽ではあるが、ここには、鶴瀬と小仏《こぼとけ》の関所があるので諦《あきら》める。そこで青梅《おうめ》街道を行き、武蔵《むさし》に入ることにする。もうここまでくれば江戸はすぐそこだ。関所は、どこも通過せずに進むことができるが、番所はある。岩次郎は、最初に通過しなくてはならない西猪谷の番所のことを考えた。

飛驒街道が西と東に分かれ、越中東、西街道と呼ばれる起点に西猪谷の番所があり、富山と飛驒を行き来する者を調べる。しかし牛で荷を運ぶ牛方《うしかた》や魚を商う魚商、薬売りらの話では、ほとんど自由往来も同然という話だ。過書など改められることはないと聞いたことがある。牛方の手伝いか、どうしようもなければ、番所を避けて山道を行くことも覚悟しよう。

「裏街道を歩くことにするが、道なき道の山道を歩けば、絶対、役人に見つかることはない。悪路を行かねばならないため、雪が降り出す前に、旅立たねばならない。幸い、足は丈夫だ。多少、飲まず食わずでもなんとかなる。一日、十里でも十五里でも歩いてやる」

出発時期は、九月下旬の神社の祭礼の日と決めた。この日は暗闇祭で、夜陰《やいん》に紛《まぎ》れて旅立てば、誰からも見咎《みとが》められることはない。

次は旅の準備だ。

路銀は少ない。一分二朱しかない。少ないといっても、日々働き、こつこつと貯蓄してきたものだ。一文たりとて無駄にせず、大切に使わねばならない。

旅籠《はたご》に泊まるには二百文もする。これではよほどのことがない限り、泊まることはできない。また仮に泊まれば、一人旅でかえって怪しまれてしまう。役人に届けられてしまえば、それきりだ。野宿が多くなるだろうが、農家や辻堂《つじどう》などに泊まらせてもらえば、なんとかなるだろう。食料もなくなれば、途中の農家で多少の米をわけてもらえばいい。

地図が必要だが、木曾街道や北国街道の「絵図」を他の写本のついでに借りて、写しておいた。

服装は、我ながらみすぼらしいものだ。股引《ももひき》、脚絆《きやはん》、手甲《てつこう》に笠と竹の杖。足は裸足《はだし》に草鞋《わらじ》履きになる。背中には自ら藁《わら》で編んだムシロを背負う。これは休んだり、野宿する際に絶対に必要なものだ。ムシロが宿代わりだ。

必要なものは風呂敷に包む。米少々と水の入った竹筒、ふんどしの替え一本。ほとんど着の身着のままで歩き通すつもりだが、一本は入れておきたい。汚れたふんどしをずっと締め続けると腹に力が入らない気がする。道中で洗い、歩きながら乾かせば、清潔なふんどしを締めることができるだろう。もし傷《いた》み、古びてしまえば、手ぬぐいにして使えばいい。

手ぬぐいは二本、準備しておかねばならない。これは旅の常識だ。一本は風呂用、一本は汗拭《ふ》き用だ。手ぬぐいは、怪我《けが》をしたときには包帯になり、草鞋の紐《ひも》が切れれば紐にもなる。

藤兵衛が、夜道を歩く怖《こわ》さを話してくれたことがあった。次の宿場まで行かねばならないのに、秋や冬はすぐに日が落ち、夜になる。暗い街道を、先へ、先へと急いで歩くのだが、闇に響く梟《ふくろう》の鳴き声が追いはぎの囁《ささや》きに聞こえ、木々の枝が、自分を襲う刀に見えるそうだ。実際、追いはぎが多く、旅人が身ぐるみ剝《は》がされたり、命を落としたりすることがある。

夜通し歩くこともあるだろう。そのときのために火打石《ひうちいし》、懐中《かいちゅう》付け木も持って行こう。小さな提灯《ちょうちん》はどうするか？

着物が破れたり、袖がほつれたりしたときのために針と糸。江戸に着いたときに髪がぼさぼさでは仕事も探せない。そのためには髪油《かみあぶら》と櫛《くし》も必要だ。日記など書付《かきつけ》と筆も用意しておこう。道中の支出を正確に記録しておきたい。無駄遣いを防ぐ効果があるだろう。薬は、富山の反魂丹《はんごんたん》だけを入れておく。腹痛も頭痛も、およそ痛み全般を抑えてくれる優れた薬だ。草鞋ももう一足必要だ。歩き続ければ、擦《す》り切れてしまう。それに思いがけなく寒さに襲われれば……。蓑《みの》や合羽《かっぱ》も必要か。

あれやこれやと考えていると、いつのまにか荷物が多くなる。必要最低限のものを用意するだけでも、荷物は結構な大きさになってしまう。旅をするには、荷物は小さいほどいいと言われているが、なかなか難しい。また岩次郎は、これらを父母に知られずに用意しなくてはならないために、なおさらだった。

江戸への旅が成功したときのことを思い浮かべると、夢が大きくふくらみ、胸が熱くなった。旅が成功するだろうか、江戸に着いてから仕事が見つかるだろうかと、普通は不安が先立つのだが、「飛騨の雷神と神通川の龍神が守ってくださるに違いない」と、岩次郎には少しの迷いもなかった。

3

「岩次郎、祭りに行こう」

吉松《よしまつ》が誘いにきた。

「おお、今行くぞ。少し待ってくれ」

岩次郎は、旅の荷物を土蔵の中にある雑穀を保存しておく大きな壺の中に隠した。

「吉松が、誘いに来ましたので行って参ります」

岩次郎は、善悦と千代《ちよ》に挨拶をした。何か熱いものが胸にこみ上げてきた。今日で、永《なが》の別れになるかと思うと、自然と感情が高ぶってしまったのだ。鼻がつんと痛くなり、涙が出そうになる。おかしな態度を見せられない。なんとか我慢をする。

「どうした？　顔が赤いようですが、風邪《かぜ》でもめされたか」

千代が、心配そうな顔をする。

「いえ、大丈夫です。なんともありませぬ」

岩次郎は、無理に笑みを作る。

「暗闇祭だからといって、むやみと羽目を外すではないぞ」

善悦が意味ありげに微笑んだ。微笑みの意味は、祭りとは神と一体になることのほかに、男女の出会いの場でもあったからだ。

神渡りと言い、神輿《みこし》が、神社から出て、御旅所という場所まで行く。神様が本殿から氏《うじ》子《こ》たちのところに旅をするという想定なのだが、神聖な姿を人々に見せてはいけないため、深夜、周囲の明かりを一斉に消した中で行なわれる。神輿を先導するのは、わずかばかりの提灯だけだ。

神社の境内《けいだい》や周辺の森は、その間、本物の暗闇につつまれる。墨を流したようだという表現を超え、自らが墨壺に落ちてしまったかのような錯覚《さっかく》に陥《おちい》る。目、口、鼻のすべてに闇がまとわりついてくる。何も見えない。その中を神輿だけが、威勢のいい掛け声とともに動いていく。

暗闇の中から、男女のまぐわう声が漏れてくる。神輿の掛け声に打ち消されることもなく、そこかしこから漣《さざなみ》のように響く。この暗闇の中では、日ごろ、思いを寄せる男女が人の目をはばかることなく、体をあわすことができるのだ。中には、相手かまわず関係を結ぶ男や女もいる。日々の厳しい労働や締め付けから解放され、無礼講に及んでいいのが、この神渡り中の暗闇だった。

岩次郎も数え年十七歳ともなれば、立派な大人だ。暗闇祭で行なわれる男女の出会いの意味も理解している。それで善悦は、羽目を外すなと注意したのだ。

「わかっております」

岩次郎の頭の中にあるのは、女性の姿ではない。懐中に忍ばせた三か条の誓文の文言《もんごん》だ。

昨夜したためたものだ。千両の分限者になると誓いを立てた際、商業で渡世するなど三か条を決意し、お守りとして持っていたが、今回、旅立つにあたって新たな三か条を定めた。父母に黙って故郷を出るという親不孝を贖《あがな》うためにも自分自身に誓いを立て、自らをより律する内容にした。

第一には、子供の頃からたしなんだ酒を五か年間禁じる。煙草《たばこ》も止める。第二には、勤勉を守る。第三には、他力を頼まず自立する。嘘をつかない。人に迷惑をかけない。この三か条だ。

実は、岩次郎は、酒も飲めば、煙草も吸う。仕事で疲れたときの一杯の酒は、全身を癒してくれるし、根《こん》をつめた写本の合間に吸う煙草の一服は、次の仕事への意欲を駆り立ててくれる。

しかし故郷を出るにあたって、この長年の習慣である酒と煙草を断つことを決意した。

その分を貯蓄に回すのだ。

たとえば煙草。煙草は、わずか十文だ。これだけの金で一日の分量の煙草を買うことができる。わずか十文だと馬鹿にしてはいけない。煙草を止め、これを貯蓄に回せば、一か月で三百文になる。一年では三千六百文になる。十年も続けていれば、大変な金額になる。これほど大きな銭を文字通り煙にしてしまっているのだ。それに元来、体に有益なものではない。煙草の火から、家を焼き、財産を失ったという話はよく耳にするが、喫煙をしたために財産家になったり、英雄になったりしたという話など聞いたことはない。経済的にも有害なのだ。

とにもかくにも禁煙、禁酒ができないで、人並み以上の者になろうと思うこと自体があきれたことだ。長年の習慣だから、止められないなどと言っているようでは、人生の成功者にはなれない。また禁酒、禁煙を自らに課すことで、克己心《こっきしん》も養うことも可能だ。

「貯蓄もでき、心も養えるとなれば、俺が成功した暁《あかつき》には、禁煙貯蓄、禁酒貯蓄を世間に広めてやる」と岩次郎は、心に誓った。

岩次郎は、大真面目だ。確かに今日まで神童だとか、少年祐筆《ゆうひつ》などと言われ、周囲の同世代の者たちより頭抜《ずぬ》けたところがあると尊敬もされている。しかし所詮、それは井の中の蛙《かわず》だと思っていた。広い世界には、もっともっと才能のある天才たちがいっぱいいる。

それは憧れの戦国武将、豊臣秀吉の時代も同じだった。きら星のごとく才気煥発《かんぱつ》、勇猛果敢な武将が現れた。しかし彼らは、ほとんどが戦場の露となり、朝《あした》に現れて、夕べには消えてしまった。残ったのは豊臣秀吉だ。

なぜ残ることができたのか。それはあらゆることを一歩一歩着実にこなし、天下統一という夢に向かって歩みを進めたからだ。一足飛びに成功をつかもうという大それたことをしようとしない。それは一見、回り道のようでも、最も近道であることを知っていたのだ。

自分を豊臣秀吉に重ね合わせる岩次郎は、たとえ小さいことと他人から嘲《あざけ》られようとも、禁煙貯蓄、禁酒貯蓄などの倹約が千両の分限者への最短の道であると、愚直《ぐちょく》に信じていた。

太鼓の音や笛の音が激しくなってきた。いよいよ祭りは、最高潮に達した。多くの人たちが神社の境内や参道にあふれている。一年の豊穣《ほうじょう》に感謝し、次の年も恵みが多かれと願う人々の群れだ。

境内を提灯の明かりが照らし、幸せそうな人々の笑顔を浮かび上がらせている。この明かりが一斉に消されたとき、神が、神輿に乗り、里へと降りてくる。そのとき、闇の中で、愛し合い、出会いを求める男女が睦《むつ》みあう。神の力を身近に感じながら、睦みあうことが、男女の幸福に繫《つな》がると信じられている。結婚の承諾を得たいと願う若者にとって、この闇は勇気を与えてくれる。闇の中では、いつになく大胆に振舞うことができる。

岩次郎は、今か、今かと提灯の明かりが消えるのを待っていた。周囲が、闇に包まれるとき、人知れず江戸に旅立つ。

「おい、岩次郎、もうすぐだぞ」

吉松の顔が、赤い。提灯の明かりに照らされているからではない。もうすぐ始まる闇の中での睦み事に思いを巡らせている。

「ああ、もうすぐだ」

岩次郎は答えた。顔が火照《ほて》ってくる。山を越え、谷を渡り、一目散《いちもくさん》に江戸に向かう道のりを想像すると、震えがくるほど興奮する。

「やる気だな、岩次郎」

「ああ、力が漲《みなぎ》ってくる」

「俺は、この日のために相手を探しておいた」と吉松は、女性の名前を挙げ、「お前は誰と約束したのだ」と聞いた。

「俺か？」と岩次郎は、笑みを浮かべ「秘密だ」と言った。

「ずるいぞ。俺に名前を言わせておいて、お前は明かさないのか。友情にもとる奴だ」

「勘弁しろ。強《し》いて言えば、輝く希望とでも言うべき相手だ」

岩次郎は、空を見上げた。提灯の明かりが消えれば、あの満天の星が行く道を照らしてくれるだろう。闇の中を歩くのではない。希望という明かりに照らされた道を行くのだ。

「ちくしょう。いい相手を見つけたんだな」と吉松は悔《くや》しがったが、顔は笑っていた。

「ああ、見つけたとも」

岩次郎が呟《つぶや》いたそのとき、提灯の明かりが消え、突然の闇になった。一斉に歓声が上がった。神が神輿に乗り、動き始めたのだ。

岩次郎は、素早く動いた。闇の中でもまるで目が見えるかのように、家に向かって走った。隠した旅の荷物を取り出し、人々が闇の中から目覚める前に、町を出ていなければならない。

4

神社の鳥居の前を通り過ぎ、しばらく歩いた。あたりには人の気配はなくなった。家はもうすぐだ。

「おい、岩次郎」と呼ぶ声がした。闇の中であり、どこから呼ばれているのかわからない。背後からか、前方からか。

岩次郎は、その場に止まり、全身を緊張させ、相手がどこにいるか、闇の中で目を凝《こ》らした。

「岩次郎に間違いないな」

闇の中の声が近づいてくる。前方からだ。足音はしない。剣先を喉元《のどもと》に突きつけられているような恐怖が襲ってくる。相手は、剣の心得があるに違いない。

「誰だ？」

岩次郎は低い声で答えた。

「どこへ行くのだ」

ゆっくりと近づいてくるのはわかるが、相手の顔はまだ見えない。

「言う必要はない」

岩次郎の額にじんわりと汗が滲《にじ》む。

「なぜ、先を急ぐ。今日は、祭りだ。お前がいないと神様が悲しむぞ」

「神様は承知だ」

「江戸へ行くのか」

相手の言葉に、岩次郎は音を立て、唾《つば》を飲んだ。

息遣《いきづか》いが聞こえるほど、相手が近づいた。

星明かりが、相手の顔を照らす。「吉松！」

目の前にいるのは、先ほどまで今夜の相手となる女性のことを考え、顔を興奮で赤く染めていた吉松ではないか。

「水臭いぞ」

吉松の顔が怒っている。

「行かせてくれ」

相手の正体がわかった以上、もう怖くはない。岩次郎は、吉松の横を通り抜けようとした。

「待て。本当に江戸に行くのか」

吉松の手が、岩次郎の着物をつかんだ。

「どこへ行くとも言えない。今は家に帰るだけだ」

岩次郎は、吉松の手をはね除《の》けた。

「正直に言え。ここで騒いでもいいのか」

岩次郎は立ち止まり、吉松に顔を近づけ、「黙って行かせてくれないか。頼む」と強い口調で言った。

「何のために行く」

「千両の分限者になるためだ。それは常々言っていたことだ」

「それが今夜か。父上様、母上様には話したのか」

「話していない。だから今夜だ。夜陰に紛れて、行く」

「俺が、江戸に行くまで待てないか」

「待てない。先に行って、お前を迎え入れるだけの基盤を築いておく」

「俺にだけでも話して欲しかった。今夜のお前は、どうもおかしいと思って、後をつけた。おかげで、俺の楽しみはなくなってしまったぞ。女が待っているところに行けなかった」

吉松は笑みを浮かべた。

「悪かった。誰にも話していない。向こうに行けば、手紙を書く。必ず出世する。約束する」

岩次郎は、吉松の手を強く握った。

「わかった。俺も必ず後を追う。気をつけろよ。夜道は危ないからな」

吉松が握り返した。

「行くぞ」

岩次郎は歩き始めた。吉松の手が背中を押した。

岩次郎の目に涙が滲《にじ》んだ。悲しいのではない。たった一人の冒険を後押ししてくれる吉松の心がうれしかった。

「しっかりな」

吉松の声が、闇の中で遠くなっていく。

家に帰り、壺の中に隠した旅の荷物を身に付けた。善悦も千代も家にはいない。神社に詣《もう》で、神様に手を合わせていることだろう。

「千両の分限者になるまで帰ってきません」

岩次郎は、家の前に立ち、深く頭を下げた。

飛騨街道を急ぎ足で歩く。目標は一日十五里だ。街道といっても整地してある道ではない。人や車が踏みしめて、自然に固くなったものだ。誰ともすれ違わない。もし仮にすれ違っても、誰も気に留めないだろう。先を急ぐ旅人だと思うだけだ。

歩きやすいように、着物の裾《すそ》を尻のところで絡《から》げる。足に冷たい空気が触れた。それが心地よいほど、岩次郎の全身に熱い血が巡っていた。

飛騨の山中に入っていく。暗闇の中、街道が奥へ奥へと続いている。提灯を持ってくるのだったと少し後悔する。しかし星明かりを頼りに歩く。

水の流れが、聞こえてくる。街道の下には、神通川の急流が岩を噛み、岸を穿《うが》つ。地響きのような音を立て、まさに龍が暴れているようだ。

昼間でも、この街道を歩くのは恐怖だ。細く、急峻《きゅうしゅん》な山道を歩く際、眠気や疲れから注意が散漫になった途端に、街道脇に生えた雑草に足をとられてしまう。あっと叫ぶ間もなく、街道から数十間《けん》も下の神通川に旅人は落ちていく。龍が、ひとのみにしようと大きな口を開けている。その口に囚《とら》われてしまえば、もう命はない。

夜を徹して歩くつもりだ。眠いなどと言っていられない。千両の分限者になるという熱い思いが、岩次郎を急がせていた。

第四章　親不孝

1

歩くのは好きだったし、また自信があった。一歩ずつ前に進めば確実に目的に近づいていく。歩くとはそういうことだ。これは岩次郎《いわじろう》の考え方に合っていた。積山主義と勝手に名づけているが、「塵《ちり》も積もれば山となる」の喩《たと》えのとおりだ。とにかく歩け、歩け。江戸まで約百里《り》。ただひたすら歩けと自分に言い聞かせた。

あたりは真っ暗闇でほとんど何も見えない。ほーほーと梟《ふくろう》が啼《な》く。なんとも不気味な声だ。突然、大きな羽音が静寂を破る。実のところ、恐怖で足がすくむことがある。木の幹や枝が、くねくねと曲がり、道にせり出している。それらが雲間から覗《のぞ》いた月明かりに照らされる瞬間、化け物の体や腕に変化《へんげ》し、岩次郎を捕まえようとする。声が引きつり、悲鳴にもならないほどだが、それでも歩みは止めない。かえって恐怖を振り払うように駆け出した。

夜の街道を歩くのは危険だ。獣に襲われるかもしれない。盗賊に出会うかもしれない。もっと危ないのは、道を踏み外して崖から落ちてしまうことだ。しかし野宿などして時間を浪費するわけにはいかない。一日でも早く江戸に着きたい。とにかくそのことだけを考えて歩く。

持ってきた握り飯を歩きながら口にする。ほんのりと甘い米が新たな力を与えてくれる。

「父上、母上は心配されているかな……」

もう祭りは終わっている時刻だ。人々は、興奮の余韻に浸《ひた》りながら家路についたことだろう。

「岩次郎が帰ってこないんです」

「誰か岩次郎を見かけませんでしたか？」

千代《ちよ》が心配して近所に声をかけている。

「吉松《よしまつ》なら知っているかもしれない」

善悦《ぜんえつ》が吉松の父親の営む薬種《やくしゅ》問屋に駆け込んでいるかもしれない。

胸が痛む。勘弁してください。必ず千両の分限者《ぶげんしゃ》になって錦を飾りますから、と言葉にならない声で謝る。立ち止まり、暗闇の中を父母のいる富山の方角に向かって頭を下げた。

過書《かしよ》がないので、関所や番所を避けるために飛騨《ひだ》越えを計画したが、机上《きじよう》で考えるほど楽ではない。飛騨は山また山の国で、その山々も急峻《きゆうしゆん》、かつ、とてつもなく高い。こんな山道を普通の人は一日十里も歩けない。しかし岩次郎は十五里も歩くつもりだ。

夜が白々と明け始めた。眠らずに歩き続けていると、気がつかないうちに木々の間から光が差してくる。さっきまで恐ろしい形相《ぎようそう》で自分を捕まえようと、腕を伸ばしてきた化け物たちが消え、緑の葉の上で光の子が微笑《ほほえ》みを浮かべている。淀んでいた空気が一気にさわやかになる。いったいどれくらい歩いたのだろう。すでに幾つかの村は過ぎた。こんなに遠くまで来たことはない。道は間違ってはいないだろうかと心配になるが、笹津《ささづ》や楡原《にれはら》を通過したことは確かだから間違えてはいないだろう。

ここまで来れば、もうすぐ西猪谷《にしいのたに》番所がある。富山藩が設けている関所だ。東猪谷村には、加賀《かが》藩の番所がある。西に行けば、越中《えつちゆう》西街道、東へ向かえば越中東街道を通って高山に向かうことになる。

最初の難関だ。どちらの道を選ぶかで運命が変わることがあるが、その選択のときが近づいてきている。やはり出身地である富山藩の番所に向かうのが安心であるに違いない。番所を避け、山道を行くにしても、万が一発見されたとき、他藩ではより酷《ひど》く罰せられるような気がする。都合よく番所を避ける山道はあるだろうか。関所破りを見張る番人がいるのではないか。もし見つかってしまったら……。岩次郎の足が止まった。首筋にひんやりとした感覚が伝わってきたのだ。手で触ると、枝葉から落ちた朝露だった。

あっ。息が詰まった。手の上の朝露が真っ赤に変わっていく。血だ。岩次郎は、首を擦《こす》った。恐る恐る手を見てみる。ひっ。その場に座り込んだ。というより腰が抜けた。手は、ねっとりとした赤い血で染まっている。いったいどこで切れた……。知らない間に木の枝に当たったのか。しかし痛くはない。

もう一度触ってみた。心臓が高鳴る。手を朝の光にかざしてみる。あれ？　何もない。幻か？　番所をこっそりと抜けることを考えていたら、磔《はりつけ》になったところを想像してしまったのだ。安田村の岩次郎、関所破りにて死罪に処す。番所の役人が、槍を振りかざし、岩次郎の首や胸や脇腹を突き刺す。処刑された後、首が道行く人に晒《さら》される。

ふうっ。岩次郎は、深く息を吐《は》き、ゆっくりと立ち上がった。やはりきちんと過書を手に入れるべきだったか。しかしそんなことをしていたら、父母は江戸行きなど認めてくれないだろう。

ええいっ！　覚悟を決めて、再び歩き出した。

岩次郎には二つの性格が同居している。これを指摘したのは吉松だ。

あるとき吉松は、「進取と堅守。豪胆《ごうたん》と細心。岩次郎は、普通は同居せぬ、矛盾《むじゅん》した性格を持っている」と言った。

「人は誰でも矛盾を抱《いだ》いているものだろう」

岩次郎は、吉松の指摘に取り合わなかった。しかし悪い気はしない。

「確かに人は矛盾しているものだ。好きな女に嫌いと言ったりな」と吉松はにやりと笑ったが、真面目な顔に変わり、「しかしお前のは、大きな矛盾だ。空の雷神と水の龍神くらい大きな矛盾だ。かつそれをお前自身が制御《せいぎょ》しているところに感心する。進取にして留《とど》まるところを知らない者は、得るものも多いが失うものも多い。堅く守りたる者は、失うものは少ないが、得るものも少ない。お前はこの両方の特長を生かせば、世に類《たぐい》なき長者《ちょうじゃ》になれるだろう」と言った。吉松は岩次郎と、仕事、遊び、そして学問と一緒に過ごす時間が多い。その中で岩次郎の性格を見出したのだろう。

さて今は、進取、堅守のどちらか？　ただ運を天に任せるだけか。

後方から高く澄んだ声が聞こえる。牛を追う独特の声だ。牛方《うしかた》が近づいて来る。越中から魚、米、塩などを飛驒に運ぶのだろう。

岩次郎は、あることを思いつき、足取りを緩《ゆる》めた。しばらくすると黒い牛が、坂道に蹄《ひづめ》を食い込ませながらやってくる。鼻から白い息を湯気のように吐き、足を出すたびに、盛り上がった筋肉がぷくぷくと揺れている。荷を支えるように手を差し伸べながら、男が牛に鞭《むち》を入れている。

「おはようございます」

岩次郎は、男に挨拶《あいさつ》をした。

「おはよう」と男は、瞬時に岩次郎を見定めると、「富山から来たのか？」と訊《き》いた。

「はい。安田村です」

「一人か？　どこへ行く？　抜け参りか？」

男は、探るような目で言った。最近、若者が一人で抜け参りをすることが増えた。過書や路銀《ろぎん》さえ持たずに伊勢神宮などに参拝する旅に出るのだ。女性の一人旅は、幕府も警戒しているが、若者の抜け参りは、度胸《どきよう》だめしというか、大人になるための通過儀礼として世間も容認しているところがあった。もちろん、本音と建前があり、関所で役人に見咎《みとが》められれば、当然、捕まってしまう。

「江戸へ行きます」

「ほほう、江戸か……。ほうら、しっかり歩け」

男は、牛に鞭を入れる。牛は、ひと際勢いよく息を吐きだす。

岩次郎は、牛と並んで歩きだした。

「牛を見てくれるか？」

男が言った。

「はい！」

岩次郎は、即座に返事をした。「ワシは、高山に米を届けるんだ。越中の米は、高山では重宝《ちょうほう》されるからな。高く売れるんだよ」

「高山は米が穫《と》れないのですか？」

「穫れないこともないが、やはり米は越中が美味《うま》い。魚もよく売れる。しっかり見てくれ、駄賃《だちん》をやるから」

「ありがとうございます」

途端に情けないような音で腹の虫が啼《な》いた。

「腹が減っているのか？　これを食え。水もある」

男は、牛に括《くく》りつけた握り飯と水筒を岩次郎に渡した。

岩次郎は、一瞬、どうしていいか戸惑ったような目つきをしたが、空腹に耐え切れず握り飯に食らいつき、水と一緒に流し込んだ。美味《うま》い。歩き続けに歩いているのに、水さえまともに飲んでいない。だから余計に美味い。

「ご馳走様でした。力が出ます」

「もうすぐ番所だが、どうやって抜けるんだ？」

「山を越えます」

「そんなに簡単ではないぞ。また飛騨の山は険《けわ》しい」

「何とかします」

牛の背負った荷を、岩次郎は力を込めて押した。牛の足が急に速くなる。男が、慌てて牛の鼻輪を引く。

「お前、江戸などに行かず、ワシのところで働かんか。見ると体もいい」

「すみません。握り飯をいただいておきながら申し訳ありませんが、江戸に行くことは決めております」

岩次郎は、頭を下げた。

「冗談だよ。ワシもお前くらい若ければ、江戸に行って一旗揚げたいくらいだ。ところで当然、過書は持っていないな」

男は訊いた。岩次郎は、どう答えようか迷ったが、素直に「はい」と答えた。男は笑って、「若いときの無茶は買ってでもせよと言うが、まさにそれを地で行くような奴だな」と言った。

「絶対に江戸に行きます。行って千両の分限者になるのです」

岩次郎は、口元を引き締め、涼しげな目で男を見つめた。

「よしわかった。それなら将来の千両の分限者様のためにワシが一肌《ひとはだ》脱ぐから、番所では絶対にひとことも口を利《き》くな。わかったな」

男は強い口調で言った。岩次郎は、男の目を見つめながら頷《うなず》いた。視界には番所の門が入ってきた。男は、よく響く声で唄うように牛を追いたてて行く。

2

「荷はいつもの米か」

役人が男に訊く。男は履物を脱いで地面に膝《ひざ》をつき、ひれ伏したまま顔を上げず、「へい。いつものように高山に送るものでございます」と答えた。

岩次郎は男の背後で土下座していた。ちらりと目を上げると、高札《こうさつ》に「関所に出入りする輩《やから》は、笠・頭巾《ずきん》をとらせて通すべき事。乗物にて出入りする輩は、戸を開かせて通すべき事」など数か条の規則が墨書《ぼくしょ》されているのが目に入った。最後に「……もし不審があれば誰によらず改める事」と書いてあるのを見て、岩次郎は地面に鼻が付くほど頭を下げた。

武士にこれほど卑屈《ひくつ》な態度を取らなければならないのかと、憤慨《ふんがい》している場合ではなかった。ここを無事通過しなければ江戸に行くことができないばかりか、命まで危うくなってしまう。

役人は過書を検分している。その中には、誰で、どこから、どこへ行くのかが書いてあり、それに村役人が責任を持って署名している。

「その者は誰じゃ?」

岩次郎の体がびくんと反応した。役人が、「いつもと違う」人間の存在に不審の目を向けている。

「倅《せがれ》でございます。急に一緒に行きたいと申しまして……」

「ほほう、その方の倅か？　面《おもて》をあげい」

岩次郎は、役人の声に従って顔を上げた。瞬《まばた》きもできないほど緊張している。役人と目があった。逸《そ》らしてはまずいと思い、そのまま見つめてしまった。

「なかなかいい男子《おのこ》ではないか。そちと余り似ていないようだが」

「へえ、女房に似ております」

「名は何と言う」

役人は過書を見ている。当然、そこには何も書いていない。岩次郎は、黙っていた。男が番所では一切口を利くなと言っていたからだ。岩次郎は、男に名前を言っていなかったことに気づいた。男の背中から焦りが伝わってくる。適当な名前を言っていいものか、どうかと思案しているようだ。

「名は何と言うのじゃ？　聞こえなかったかな？」

役人が首を傾《かし》げる。

「おい、名前、名前を名乗れよ」

男が小声で囁《ささや》く。

「はい、岩次郎と申します」

やっと答えた。

「岩次郎か？　いい名じゃ。親孝行するんじゃぞ。今後は臨時で同行する場合も過書に記すように。通ってよい」

役人が、大きく頷いた。

「へい」

男と岩次郎は、弾《はじ》かれたように立ち上がり、牛馬繋《つな》ぎの柵に走った。牛を繋いだ綱を外し、高らかに牛追いの声を上げた。少し震えているようにも聞こえた。役人に深々と頭を下げ、番所の門をくぐった。

「ふう」と男は、大きく息を吐き、「少しゆっくり行こう」と岩次郎に言った。岩次郎も歩く速さを落とした。

「お世話になりました」

岩次郎は男に礼を言った。

「肝《きも》を冷やしたぜ。今日に限っていつもの役人と違うのよ。袖の下を使っていたから安心していたんだが……。いやあ、参った、参った」

男は、ほっとしたのか豪快に笑った。

「時々、こんなことがあるんですか？」

「ワシらは、この街道で荷運びの仕事を藩から特別に許されている者だ。米も運べば、鉱山から出る貴重な鉱物も運ぶからな。信用があるんじゃ。だから時々、お前のような奴を通過させる手伝いをすることもある。通常はいくらかこれをもらうのだがな」

男は、指で金をあらわす丸を作り、にやりと笑った。

番所を過書なしで通過させる手助けが、男の小遣い稼ぎになっているのだ。やはり世の中は甘くない。

「いくらお支払いすればいいのでしょうか」

岩次郎はなんとなく裏切られたような気分だった。

「おいおい、ワシはお前さんから銭など取らんよ。がんばって千両の分限者になって父母様を喜ばせるんだな」と男は言い、「これは駄賃だ」と十文《もん》を岩次郎に握らせようとした。

「これは受け取れません」

岩次郎は固辞《こじ》した。

「とっておけ。銭は邪魔にならん。それにこの先、蟹寺《かにでら》で宮川を越えたほうが飛驒越えには近道だ。籠《かご》ノ渡《わたし》という場所だ。そこで渡し賃が入用だ。それの足しにしろ」

男は、飛驒越えの山道を詳しく教えてくれた。越中東街道に沿ってはいるが、杣人《そまびと》や猟師しか通らない道で、信州松本に行くには最短だという。

「あなたは？」

「ワシは、このまま西街道を高山に向かう。なあ、岩次郎さんよ。お前は、なかなかいい面構《つらがま》えをしている。今回の出奔《しゅっぽん》が成功するかどうかは知らん。しかしいつかは成功するだろう。そんなとき、こつこつと荷運びをしていた、頭は良くないが真面目な男がいたことを、ちらりと思いだしてくれたらうれしいぞ。じゃあな」

男は、牛を追い立てる声を上げた。牛は鼻息を荒く吐き、筋肉を揺らし、地面を蹴《け》った。

「決して忘れません」

岩次郎は、男と牛が見えなくなるまで頭を下げ続けていた。

3

白く泡立つ宮川の急流を籠に乗って渡る。恐ろしさに身の縮む思いがする。こんな崖っぷちにどうして橋を渡さないのだと思って、籠の綱を操作する男に訊いたら、「敵に攻めて来られたら困るだろう」と馬鹿にされた。街道の難所というものは、軍事上の必要から、わざと橋をかけないのだという。確かにわからないではないが、物を運ぶ、人が往来するという経済上の利便を考えれば、橋を作るべきだろうと岩次郎は思った。自分が、千両の分限者になった暁《あかつき》には、この宮川に橋を渡してやるぞ。その瞬間、突風が吹き、籠が大きく揺れた。岩次郎は、悲鳴を上げようにも声が引きつって、出ない。必死で籠の縁《へり》をつかんだ。

「大丈夫か？　すぐ引き上げてやるからな」

対岸で男が綱を引きながら笑っている。岩次郎は、笑っていないで、早くしろと怒鳴《どな》りたかったが、我慢して笑い顔を作った。籠の縁をつかむ手に力を込めすぎて、痛くなっていた。

牛方の男に教えてもらった山道を歩く。予定していた道ではない。当初は、高山を通るつもりだったが、直線的に飛騨山脈を越え、信州松本に抜ける。狭く、踏み固められてはいるが悪路だ。草も生い茂り、気を抜くと足を取られて滑ってしまう。かすかに水音が聞こえるのは、高原《たかはら》川の流れだろうか。転倒して数十メートル下の川にでも落ちたら、命はない。

飛騨山脈は一万尺（三千メートル）もの山々が連なっている。頂上には、早や、うっすらと雪が積もり、白くなっている。飛騨という名前は、天を駆ける馬を意味するというが、まさしく何頭もの白馬が天を駆けているように見えなくもない。眺めるには美しいが、それを越えて隣の信州に至るのは至難の業《わざ》だ。

岩次郎が歩くはるか下には、越中東街道が通っている。耳を澄ましてみる。鉱山関係者や材木を運ぶ者たちが、繁《しげ》く行き交っているはずだ。しかし人の声は何も聞こえない。風に乗って伝わってもこない。それほど街道は遠い。岩次郎は、黙々と歩き続ける。それがまるで使命でもあるかのように歩を進める。くたびれるということを知らない。

江戸に行けば成功する。江戸に行かなくては成功しない。同じ言葉を何度も反芻《はんすう》する。なぜそんなにも成功したいのか。なぜそんなにも金持ちになりたいのか。武士の世の中だ。父、善悦《ぜんえつ》も武士の端《はし》くれだ。そう、端くれでしかありえない。武士の世界は、豊臣秀吉が生きた戦国時代でなければ、天下人になることはできない。門閥《もんばつ》、閨閥《けいばつ》、生まれがすべてだ。能力ではない。徳川のお殿様がどれだけ偉いか知らないが、天下を獲《と》ったのは家康公だ。家康公ののちのお殿様は、皆、生まれだけで決まっている。そんな理不尽なことがあろうか。能力があり、野心があり、真面目にこつこつと努力すれば天下人になれる機会があってこそ、良い世の中といえるのではないだろうか。商売の世界には、その機会がある。金は、身分や生まれを選ばない。金を得ることができれば、天下人にもなれる。惨《みじ》めな下級武士で一生を終えるくらいなら、死んでしまったほうがましだ。

間違うなよ、とくぐもった声が聞こえる。岩次郎は立ち止まって耳を澄ます。風が木の葉を撫《な》でる音？　水が岩を嚙む音？　間違うなよ……。また聞こえる。

「ああ、間違うことなどない。心配するな。龍神よ、雷神よ。金がすべてだ、金で何もかも買えるなどとは思っていない。贅沢《ぜいたく》をしたいわけでもない。千両の分限者になろうとも贅沢などしない。飯と汁と多少の漬物があればそれで十分だ。私は千両の分限者になるという目標を立てた。その目標に向かって、地道に努力すれば、実現するということを証明したい。それが俺の克己心《こっきしん》であり、勤倹《きんけん》ということだ。金は、俺の努力の証《あかし》だ」

岩次郎は、立ちはだかる飛騨の山々に向かって叫んだ。

日が暮れた。山道をこの闇の中で歩き続けるのは危険だ。もう信州との境ぐらいには達しているはずだ。さすがに疲れてきた。足が重い。野宿をするかと、岩次郎は、体を横たえるのに適当な場所がないか探していた。

「腹が減ったのぉ……」

空腹の虫が、ぐうと鳴った。

「冷たいっ」

額を水滴が打った。雨だ。闇の中を大粒の雨が岩次郎をめがけて落ちてくる。今のところたいしたことはない。背にしょっていた笠を頭に被った。その途端、笠に猛烈な雨音が響き、穴が開くほどの勢いで雨が襲ってきた。

「ちくしょう。本降りになってきた」

岩次郎は、雨宿りができそうな大きな木を探して、歩を早めた。雨は容赦《ようしゃ》なく岩次郎の体を濡らす。笠を被っていても意味がない。

「ああ、こんなことで弱気になってはいけない」

岩次郎は、自らを励ましながら歩いていたが、雨に体が冷やされると、急速に体力が落ち、気持ちが萎《な》える。焦り、疲れ、空腹、寒さ……。

「あれは？」

ぼんやりと明かりが見える。家がある。こんな深山《みやま》に家があるとは、にわかに信じられない。疲れと寒さから、幻を見ているのか。

岩次郎は、頬をつねってみる。痛い。幻ではない。急に疲れがふっ飛び、足が速くなる。あの家に鬼がいようとなんだろうと、この雨の中で野宿するよりはましだ。土間の隅だろうが、雨を凌《しの》げるところで休ませてもらおう。

粗末な家だ。板を打ち付けただけの壁に、草を葺《ふ》いた屋根。

板と板との隙間から、中を覗く。赤々と炎が照らしている。囲炉裏《いろり》を囲んで、二人の男が楽しそうに話している。赤い炎に照らされて、額の皺《しわ》が深く刻まれている老人と、生き生きと目を輝かせている若者。親子だろうか。岩次郎は、善悦のことが恋しくなり、情けないとは思いながら目頭《めがしら》が熱くなった。

自在鉤《じざいかぎ》には鍋がつるされ、そこからさも温かそうな湯気があがっている。濃厚な動物の肉の匂いがする。肉の鍋のようだ。岩次郎は大きく鼻から息を吸い込んだ。息というより、肉の匂いで少しでも空腹が満たされるのではないかと思ったのだ。

クウと腹が鳴った。老人が、振り向いた。先ほどまで談笑していたとは思えないほど険《けわ》しい目をこちらに向けた。若者が立ち上がった。壁にかけてある銃を手に取った。

岩次郎は緊張した。獣が餌を求めてうろついていると思われたに違いない。若者が銃を抱いて近づいてくる。慌てて入り口に回り、戸を叩き、「旅の者です。怪しい者ではございません。土間の隅でも結構でございます。雨宿りをさせていただきたく、お願い申し上げます」と叫んだ。

戸が開いた。銃を肩から提《さ》げて、きりりとした眉《まゆ》の若者が立っていた。口元には自然な笑みが浮かんでいる。

「さあ、中へ」

「失礼いたします」

岩次郎は、家の中に入った。温かさが体中を包み込み、湯気がゆらゆらと上がった。

「外は、雨じゃ。寒かったであろう。早くこちらに来て、体を温めなされ。熊汁も煮えとるからの」

老人は、初めて見る岩次郎を、まるで昔から知っていたかのように歓待した。

岩次郎は、大ぶりの肉が入った熊汁を食べた。椀《わん》の中には、味噌仕立ての汁の中に野菜や団子が入っている。ふうふうと息を吹きかけながら食べると、体が芯から温かくなる。

「お代わりをしていいぞ……」

何も言わず、ただひたすら汁をかきこむ岩次郎を老人と若者は優しく見守っている。

お前は誰だ？　何者だと訊きそうなものだが、何も訊こうとしない。ただ困っている者が家に飛び込んできた。それを助けるだけという、まさに「窮鳥懐《きゅうちょうふところ》に入《い》れば猟師もこれを殺さず」という姿勢だ。

岩次郎は、堪《こら》えようにも堪えきれず涙があふれ出してきた。悲しいのではない。悔《くや》しいのでもない。ただうれしい、温かい、美味《おい》しい、それを表現するのに最もふさわしいのが涙だった。

「私は、富山、安田村の岩次郎と申します。江戸へ参る途中でした」

岩次郎は、口を開いた。

「ほほう、それはなんとも遠いところへ行くのだな」

老人は、若者と目を合わせ、驚き、そして微笑んだ。

「まさか山中で、これほど温かいもてなしを受けるとは思いもよりませんでした」と言い、衣服を触ってみた。乾いている。外に向けて、耳を澄ました。雨音も聞こえない。止んだようだ。

「雨も止んだようです。先を急ぎますので、これにて失礼いたします。このご恩は一生、忘れません」

岩次郎は立ち上がった。

「待ちなさい！」

老人が、静かだが、凜《りん》とした声で言った。岩次郎は体が固まったように動けなくなった。若者が岩次郎の側に寄り、もう一度座るようにと囁いた。

老人は岩次郎を見つめている。若者が囲炉裏に炭《すみ》を足すと、さらに火は強さを増していく。

「過書はどうした？」

老人が通行手形の有無《うむ》を訊く。

「持っておりません」

岩次郎は、うつむいたまま正直に答えた。

「江戸に行くと言ったな」

「はい」

「江戸に行って何をする考えなのか」

「千両の分限者になります。そのつもりです」

「ご両親は、承知か？」

老人の問いに、岩次郎は首を左右に振った。

「そうであろうの……。もしご両親が承知の上でのことであれば、過書を持たすであろう。過書もないまま、抜け参り同然で、この飛騨を抜け、江戸に行くという。この道はワシら、山で生きる者と獣しか通らぬ道じゃ。しかし時折、そなたのような若者が迷い込んでくる。もう何人も助けた。中には、行き倒れになり、哀《あわ》れにも命を落とした者さえおる」と老人は、若者に振り向いた。若者は静かに頷いた。

岩次郎は、黙って顔を上げ、老人を見つめた。

「そなたはまだ運の良いほうだ。しかしここを見つけられず、あの雨の中を歩き続けていたら、間違いなく、凍えて行き倒れることであろう。誰にも見つけられることなく、肉が腐り、獣たちがその腐臭《ふしゅう》に魅せられて集まり、そなたの肉を食らう。やがて骨になり、土に還る。そうなっていたはずだ。誰が一番、悲しむと思うか。ご両親であろう？　腹を痛め、この世に送り出した、最愛のわが子が人知れず野ざらしとなってしまう。これほどの悲しみはない。申していることが、わかるか？」

老人は問い掛けた。

「わかります」と岩次郎は、洟《はな》を啜《すす》り上げた。自分の髑髏《どくろ》を抱《いだ》きながら、泣き崩れる母、千代の姿を想像したら、再び涙ぐんでしまったのだ。

「私は、なんとしても江戸に出て、千両の分限者になるという誓いを立てました。その誓いを果たすため、止むに止まれず、こうして父母にも内緒で出奔してまいりました。しかし誓いを立てた以上は、このままおめおめと父母の元に帰ることはできませぬ」

岩次郎は、涙があふれ出るままに任せて、老人を見つめた。

「のう、岩次郎殿。ご両親を悲しい、寂しい目にあわせて、それで千両の分限者になってもうれしいか。出世には礎《いしずえ》、本義ということがある。それはなにごとも順序立て、これを着実に実行し、経験を積み、そしてそれを広げていく。このように着実であることが、世間の信用を増し、出世していく道だと思う。出世する人とは、着実に歩む人だ。一時的に巨万の富を得ることはなくとも、強欲《ごうよく》に何かを求めることをしない。だから心やその生き方は高尚《こうしょう》で、野卑《やひ》ではない。焦らないこと、着実であることだ」

老人の言葉は、一語一語、岩次郎の心に染《し》み入ってくる。決して学問などしたこともないような老人にもかかわらず、その口から語られることは、中国古代の賢人、孔子もかくやと思われることばかりだ。岩次郎は居住まいを正し、聞き入った。

「岩次郎殿はお幾つかな?」

「数え十七でございます」

「そうか、倅より一つ年下か」と慈《いつく》しむ目で息子を見つめた。若者も温かい目で見つめ返す。

「倅の母親は、早くに亡くなった。それ以来、私は倅と二人で暮らしている。倅にはいろいろなことを教えている。木の伐り方、炭の焼き方、獣のしとめ方、さばき方などだ。木もやたらと伐って、炭にすればいいというものではない。獣もいくらでもしとめていいというものではない。炭焼きや木こりや猟師は、山に生かされている。山がなければ生きていけない。そこで耳を澄ませば、木が伐って欲しい、増えすぎて苦しいと囁いてくる。獣も同じだ。その囁きを聞いて、初めて木を伐り、炭を焼き、獣をしとめるのだ。むやみやたらと強欲に突き動かされてはいけない。倅に教えるのは、一番にそのことだ。そして私は倅に感謝している。こんな寂しい山中でも、楽しく生きられるのは倅と一緒だからだ。倅にいろいろなことを教える楽しみがあるからだ。それは逆に、倅から多くを学んでいることでもある」

老人の言葉に、若者は静かに微笑む。

「教えることがなくなれば、やがては倅も私の元を離れるであろう。それは自然のことだ。親が十分に子を慈しみ、子は親が十分と思うまでその慈しみを受け、そして旅立っていく。これが親孝行というものであろう? 家庭にあっては、ご両親、そしてご親族に安心を与え、もし結婚したならば、妻とよく和合する人こそ、子孫永久の幸福を受けることになると思うが、私のいうことはおかしいか?」

老人は笑みを浮かべた。

「そのとおりでございます」

岩次郎は深く頭を下げた。

「ならばそのときが来るまで、今回はこの年寄りのいうことを聞いて、ご両親の元に一《いっ》旦《たん》、帰りなさい。それも勇気というものだ。勇んで出奔するだけが勇気ではない。明日、里近くまで送って進ぜよう。今日はゆっくりと体を休めなさい」

老人は言った。若者が獣の皮を敷き詰めて、岩次郎が体を横たえる寝所を作っている。

「あれに包《くる》まって寝ると温かいぞ。ワシらも火の始末をしたら、寝る。お前さまは遠慮せず早く横になりなさい」

老人が指差す。

「何からなにまでかたじけのうございます」

岩次郎は、老人と若者の優しさに、また涙が出てきた。

寝所に横たわり、老人の言葉を反芻する。確かに、父母に心配をかけて出世しても意味はない。喜んでもらえてこそだ。明日、帰ろう。そう心に決めると、急に睡魔《すいま》が襲ってきた。

翌朝、老人と若者は、岩次郎を見送ってくれた。老人が教えてくれた道は、番所を通過せずに富山へ戻ることができる道だった。手には、握り飯といくらかの干し肉を持たせてくれた。

家に無事帰りつくと、千代が涙ながらに喜んでくれた。さすがに岩次郎は、「親不孝をした」と反省した。善悦は、喜んでくれたと思ったのもつかの間、激しく岩次郎を叱責《しっせき》した。当分、自宅から出ず、反省の日々を過ごすようにと命じられた。

岩次郎は、その叱責に素直に従った。親を悲しませてはいけない。千両の分限者になるのは親を喜ばせるためでもある。本末転倒になってはいけない。自分に言い聞かせた。

やがて善悦の怒りも解け、岩次郎は最初の出奔、そして挫折から三年もの間、以前と同じように行商などで父母を助けながら、謹慎の日々を過ごすことになる。

決して千両の分限者になるという夢を諦めたわけではない。その夢は、老人の家で燃えていた囲炉裏の炭のように、赤々と岩次郎の心の奥で燃え続けていた。

第五章　再び江戸へ

1

嘉永《かえい》七年（一八五四年）九月、岩次郎《いわじろう》の最初の江戸行きは失敗した。

同じ年の十月に越後国《えちご》（新潟）から江戸に旅立った若者がいる。岩次郎と生涯を通じて関係を持つことになる大倉喜八郎《きはちろう》だ。天保《てんぽう》八年（一八三七年）生まれの十八歳。岩次郎より一歳上。のちに大倉財閥を築くことになる人物だ。

喜八郎は、越後国北蒲原《きたかんばら》郡新発田《しばた》の裕福な名主《なぬし》の家に生まれた。生来、負けん気が強く、利発なところは岩次郎とそっくりだった。さらに共通しているのは、当時の武士社会に対する強烈な反抗心だ。能力がないにもかかわらず、武士であることや門閥《もんばつ》だけで他人を支配する社会を、許すことができなかった。

喜八郎は、ある日、友人の家の玄関が竹矢来《たけやらい》で閉鎖されているのに出会った。尋常《じんじょう》ではない。なんの咎《とが》を受け押込《おしこめ》となったのか、こっそりと家に入り友人から事情を聞いた。

それは腹立たしいほど莫迦《ばか》げたことだった。商人である友人の父は、雨の後のある日、路上で目付役《めつけやく》の藩士に出会った。その場所が泥濘《ぬかるみ》だったので、下駄《げた》を履いたまま土下座をしてしまった。それに気づいた藩士は、友人の父が武士に対して無礼を働いたと大いになじり、押込を命じたのだ。

喜八郎は友人一家に深く同情したが、それ以上に武士と商人との階級格差を憎んだ。そしてこんな小さな城下町にいたのでは自分の志を果たすことができないと、江戸に出る決意をした。

喜八郎は、姉に自分の決意を話した。彼女は大いに賛成し、なんと二十両もの資金を援助してくれたのだ。その資金を元手に、喜八郎は、勇躍江戸に出発する。

ほとんど資金もなく、支援する人もなく、関所を通過するための過書《かしょ》（手形）もなく江戸に向かった岩次郎とは大違いだが、いずれにしてもこの時期、岩次郎や喜八郎のように、何人もの若者が武士社会の門閥、閨閥《けいばつ》主義に反撥《はんぱつ》し、大志を抱《いだ》き、江戸をめざしたことは間違いない。

しかし岩次郎は、安政四年（一八五七年）になっても、言わば蟄居《ちっきょ》閉門状態に置かれていた。最初の江戸行き挑戦から三年にもなろうとしていた。

岩次郎は、焦っていた。善悦《ぜんえつ》とのいがみ合いも増えた。親孝行で自慢の息子であった者が、一転して親の悩みの種となったのだ。

「江戸行きをお許しください。どうしても千両の分限者《ぶげんしゃ》になりたいのです。こんな小さな城下町で一生を終えたくありません」

岩次郎は、善悦に訴えた。

しかし善悦は、「ならぬ」と厳しい顔で言い、「お前は、この家の跡取りだ。たいそうなことを考えず、真面目に、地道に、安穏《あんのん》に暮らすことこそ親孝行というものだ。今後、一切、そのようなことを申してはいけない。また行商以外は、一切、外出禁止だ」と命じた。

「そんな命令はきけません」

「なんだと、親の言うこともきけない愚か者になったのか！」

善悦は、興奮して口から泡を飛ばす。

側《そば》で千代《ちよ》が、妹たちを抱《かか》えるようにしておろおろとしている。

千代は、岩次郎も立派な大人であり、できれば望みを叶《かな》えてやりたいと思っていた。こっそりと、よく当たると評判の易者《えきしゃ》のところに足を運び、岩次郎の運命を占ってもらっていた。

「江戸に出て、非常な大物になる。富山に留め置く人物ではなく、それはかえって不幸なことだ」

易者は、告げた。

評判の易者の言うことだけに無視するわけにもいかない。やはり望みどおり江戸に行かせてやろうか、しかし夫、善悦は決して許さないだろうと思い悩んでいた。

善悦の怒る理由は、せっかく苦労して手に入れた武士の地位を岩次郎が評価せず、鎌倉時代以来続いた三善康信《みよしやすのぶ》の家系を絶えさせるのではないかと心配していたからだ。それでついつい声を荒らげてしまう。

「まあまあ、善悦殿もそう大きな声で怒らずに……。若いうちは、いろいろ思うこともあるから」

たまたま薬を取り替えにきていた藤兵衛《とうべえ》が、善悦に取りなす。

「のう、藤兵衛殿、江戸の恐ろしさを教えてやってくれ。江戸は、この間の大地震で潰《つぶ》れてしまったのだろう?」

善悦が言っているのは、安政の大地震のことだ。安政二年（一八五五年）十月二日夜、江戸を直下型の大地震が襲ったのだ。

死者は、深川千百八十六人、本所《ほんじょ》八百五十八人、吉原《よしわら》六百三十人、浅草五百七十八人など、計四千二百九十三人。怪我《けが》をしたのは、二千七百五十四人、潰れた家が一万四千三百四十六軒、千七百二十四棟、土蔵は千四百四か所と当時の記録に残っている。

「そりゃあもう悲惨さは言葉もありません。火災で燃え尽きてしまった家は数知れず、この世の地獄でありました。将軍様でさえ城から、たった一人で外へ裸足《はだし》で逃げ出そうとされたと言います。吉原は酸鼻《さんび》を極めました。遊女と客が折り重なって黒こげになっておったそうです。可哀想《かわいそう》なのは遊女で、逃げ出すこともできず、十四人もの遊女を主人が穴倉に閉じ込め、自分もその中に潜《ひそ》んで火をやり過ごすつもりが、蒸し焼きになってしまったと言います。燃え盛る火の中を、遊女と手を取って丸裸で逃げ出した客の男もいたようです。恥ずかしいともなんとも言っておられない状況だったようです。また廓《くるわ》の主人が、地割れに落ち、助けてもらおうと財布を取り出し、三百両が入っている、誰か助けてくれと叫びましたところ、逃げ惑《まど》う人の群れから、一人の男が助けに来てくれました。主人は、助かったと思い、礼を言うと、男は三百両入りの財布だけを奪い、主人を地割れの中に突き落としたそうでございます。おそろしい、あさましいことです」

藤兵衛は、地震後の江戸にも行き、倒壊した街を見て回り、人々の噂話を聞いてきた。それを善悦と岩次郎にじっくりと聞かせたのだ。

「なあ、岩次郎、もしもお前が、あのまま江戸に行っていれば、今頃、死者の列に並んでいたかもしれんのだ」

善悦は、岩次郎を諭《さと》すように言った。

「そうですな。もしも岩次郎様が、深川あたりで働いておられたらと思うと、ぞっとします」

藤兵衛まで同調する。

岩次郎は、善悦の勝ち誇ったような顔を見ると、説得はなかなか難しいと実感せざるを得なかった。

このまま父母と一緒に暮らすことが親孝行なのか。それでは武士とはいえ、最下級の身分のままだ。藩の重役には、悔《くや》しいが土下座をしなくてはならない。

一方、親不孝と誹《そし》られても、江戸へ行き、千両の分限者になって、藩の重役たちに駕籠《かご》で迎えに来させるような立場になったらどうだろうか。岩次郎は、その場面を想像してみた。父母は、土下座もせず、彼の乗った駕籠を迎えている。周囲の人々は、口々に「岩次郎殿は立派におなりになったなぁ」「善悦殿もご安心じゃろう」とお祝いを言う。父母は、照れながらも、誇らしげだ。

「ここにいれば野たれ死ぬこともない。これが本当の親孝行ではないのか。貧乏だが、安穏な一生だ。どうしてわざわざ野たれ死ぬ道を選ぼうとするのか、私にはわからん」

善悦は、不服そうな顔の岩次郎をその場に置いて、畑に出かけた。

「ああ……」

岩次郎は大きくため息をついた。

「ため息は、幸せまで一緒に吐き出してしまいますよ」

薬の入った柳行李《やなぎごうり》を担《かつ》ぎながら、藤兵衛が優しく言った。

「申し訳ございません。しかしどうして父は江戸行きを許してくださらないのか。多少、焦りもします」

「善悦殿は、あなたのことを大切に思われるが故《ゆえ》に、着実な道を歩ませたいのです。失敗をさせたくないのです。それが親というものです」

「私は、失敗しない。自信があります」

岩次郎は、藤兵衛の目を見つめた。

藤兵衛は黙って岩次郎の目を見つめ返し、そして強く頷《うなず》いて言った。

「わかりました。四月二十八日に私は旅に出ます。客を回りつつの旅なので江戸までは一緒に行けないと思いますが、関所などを通過する手伝いはできるでしょう」

岩次郎は、一瞬、周りに花が咲き、温かい風が吹いたような気になった。先ほどまで冷え切っていた体を熱くするほど血潮《ちしお》がたぎる。

「本当ですか」

岩次郎は、思わず藤兵衛の手を握った。

藤兵衛は慌てて周囲を見渡し、「これこれ、声が大きいですぞ」と注意した。

「それではその日の四つ刻（午前十時頃）に、街道入り口の地蔵堂で待っています」

「わかりました」

岩次郎は、まだ藤兵衛の手を離さない。

「これで私も善悦殿に大目玉ですな。出世してくださいよ」

藤兵衛は、岩次郎の手を優しく解《ほど》いた。

岩次郎は、「はい」と力強く返事をした。今度は、必ず江戸まで行き着いてやると固く誓った。

2
「一足先に江戸で待っているぞ」

吉松《よしまつ》が、旅支度で岩次郎を訪ねてきた。

立派な身なりだ。羽織《はおり》を着、袴《はかま》をはき、汚れのない白足袋《しろたび》。旅のときに特別に許された刀を腰に差している。外見は立派な武士だ。

「おめでとう。先をこされたな」

岩次郎は、悔しそうな顔をしたが、藤兵衛と一緒に旅に出る約束があるため、本音は「待ってろよ、すぐ続くから」という気分だ。

「待っているからな」

「ああ、必ず行く。道中、気をつけろよ」

「俺は、江戸で北辰一刀流《ほくしんいっとう》の千葉周作《しゅうさく》先生の玄武館《げんぶかん》に入門するつもりだ。こちらの師匠から推薦状をいただいた」

「そうか。剣で身を立てるのか」

吉松は、地元の道場で剣の修行を積んでいた。それだけで念願の武士になれるわけではない。しかし時代は変わっていた。江戸の千葉周作が率いる玄武館や斎藤弥九郎《やくろう》の練兵館《れんぺいかん》には、武士の子弟ばかりではなく町人の子弟も入門していた。

「必ず機会をつかんで、世に出てみせるから。競争だぞ」

吉松は明るく言った。

岩次郎は、「負けないぞ」と言い、吉松の後ろ姿をいつまでも見送っていた。

先をこされたという意味では、越後国から江戸にやってきた喜八郎は、すでに独立を果たしていた。

喜八郎は、麻布飯倉《あざぶいいくら》の中川という鰹節《かつおぶし》店に見習い奉公に入った。そこで身を粉《こ》にして働いたところ、主人に気に入られ、養子になって欲しいという話もあったが断り、安政四年、二十一歳の年に独立して乾物屋《かんぶつや》を開業し、大倉屋と名づけた。

場所は、下谷上野町《したやうえのちょう》摩利支天横町《まりしてんよこちょう》。たった二間《けん》間口（約三・六メートル）の広さしかない店だった。扱い商品は、鰹節、塩干し物など、見習い時代に経験したものだ。

喜八郎は、独立できた喜びを得意の歌に詠《よ》んだ。

「今日からは　おぼこもじゃこのととまじり　やがてなりたき男一匹」

今は小魚だが、やがて大きな魚になると、出世への意気込みを詠んだものだ。

約束の四月二十八日になった。

岩次郎は前回同様、旅支度を整え、藤兵衛の待つ地蔵堂へと急いだ。もちろん、父母には内緒だ。申し訳ないと思いつつも、早く出世して父母を土下座しなくてもよい暮らしに引き上げることが、本当の親孝行だと思っていた。

旅の資金は、二分《ぶ》八百文《もん》足らずだ。これで江戸まで行き、当面の暮らしをしなくてはならない。なんとかなる、と岩次郎は、草鞋《わらじ》の紐《ひも》をしっかりとしめ、家を出た。

うつむき加減で歩く。とにかく早く富山城下を出なくてはならない。誰かに見られ、父母に連絡されてしまえば、江戸行きは断念せざるを得なくなる。足が、自然と速くなる。

ふと顔を上げると、向こうから叔父の太田弥助《やすけ》が歩いてくるではないか。慌てて目を伏せた。しかし見通しはいい。向こうも岩次郎に気づかないはずがない。

焦る気持ちが募ってくる。顔はますますうつむき、足だけが速くなる。

「おい、岩次郎ではないか?」

通り過ぎようとしたとき、弥助が呼び止めた。岩次郎は、迷った。何も答えず顔を伏せたまま歩き続けるべきかと思ったのだ。父母に無断で江戸へ行くと言えば、必ず弥助は引き止めるに違いない。行商にいきますと嘘をつくか? しかし、行商にいく姿ではない。

「嘘はつけない」

岩次郎は、呟《つぶや》いた。

それは、前回、江戸に行くにあたって、三か条の誓いを立てたが、その一つが嘘をつかないということだったからだ。この誓いは今回も生きている。江戸行きの最初から、嘘をつくようでは、成功は覚束《おぼつか》ない。

「はい」と答え、岩次郎は足を止めた。

「お前、その恰好《かっこう》は？　旅支度だが、どこへ行く」

弥助は、怪訝《けげん》そうな顔をした。岩次郎は、一瞬、口ごもった。

しかしここで、岩次郎の単純明快な性格が表に出る。

「江戸へ参ります」

岩次郎は弥助の目をまっすぐに見つめた。

「なんと江戸へか？」

弥助が驚いた。

「はい。千両の分限者になるためです」

「善悦殿は承知か？」

弥助は、岩次郎の顔を覗《のぞ》きこむ。

「いいえ」

岩次郎は首を振り、口を固く引き締めた。

弥助も口をへの字に曲げ、眉根を寄せた。しばらく岩次郎を見つめた。

「黙っておれということか？」

弥助は訊《き》いた。

「お願いします」

岩次郎は、頭を下げた。

「以前にも江戸へ行こうとしなかったか？」

「はい。失敗しても何度でも行きます」

「覚悟はあるのか？　大変なところだぞ」

「大丈夫です」

岩次郎は、片時も弥助から目を離さなかった。

「わかった。ワシはお前を見なかったことにしよう。親孝行を忘れるな」

「承知しております」

岩次郎は、ほっとして頬《ほお》を緩《ゆる》めた。

「さあ、急げ。若い間の苦労は、買ってでもするんだぞ」

「ご恩は忘れません」

岩次郎は、藤兵衛の待つ地蔵堂へ急いだ。

3

藤兵衛と同道し、西猪谷《にしいのたに》番所にやってきた。前回は、ここを牛方《うしかた》に助けられて無事に通過した。いつもながら最初の難関だ。

しかし今回は、安心していた。なにせ富山藩御用とでも言うべき薬売りに同行しているのだから、怪しまれることはないだろう。

「何も口にしなくていいですからね。過書がないことがわかれば、通過できませんよ」

藤兵衛が真剣な顔つきをする。

「わかっております」

岩次郎は、余裕の笑《え》みだ。

藤兵衛が、番所の門をくぐる。岩次郎は、顔を伏せるようにして歩き、藤兵衛に従った。

役人が、過書と藤兵衛、岩次郎を見比べている。

「あっ」

思わず声を上げそうになった。まさかこんなことがあるなんてと、岩次郎はわが身に襲い掛かるかもしれない不運を呪《のろ》った。

その役人の顔に見覚えがあったからだ。前回、岩次郎を検分した役人だ。

「どうしましたか？」

藤兵衛が小声で訊いた。

「目の前のお役人に見覚えが……」

ほとんど声にならない声で答えた。

「大丈夫。顔を伏せていなさい」

藤兵衛は、言い切った。

「商いは順調か？」

役人は訊いた。

「へえ、おかげさまで順調でございます」

藤兵衛は答えた。

「連れは？　過書に記載がないが」

「へえ、見習いでございます。ちょっと急ぎの商いのために過書が間に合いませんでした。以後、気をつけます」

藤兵衛は平伏したまま答えた。岩次郎もじっと顔を伏せていた。

「そうか。その方、顔を上げい」

役人は岩次郎に命じた。岩次郎の心臓が飛び出すかと思われた。静かに顔を上げ、役人を見る。役人は、「幾つじゃ?」と訊いた。

「二十歳《はたち》でございます」

岩次郎は答えた。

役人は、何も気づいていないようだ。

「せいぜい、励めよ」

役人は言った。

「ははは、恐れ入ります」

岩次郎も藤兵衛も頭を地面に擦《こす》りつけた。

検分が終わり、役人の前を後じさりして立ち去ろうとした。気持ちは急《せ》いている。

「牛方の父に孝行せよ」

役人が岩次郎の背後から声をかけた。岩次郎の足が凍りつく。棒のようになり、動かない。背中が痺《しび》れてくる。息が詰まる。

「は、はい。孝行いたします」

岩次郎は、後ろを振り返らずに答え、逃げるように番所を出た。

「どうしました?」

あまりの急ぎ足で歩く岩次郎に、藤兵衛が呆《あき》れて声をかけた。

やっと歩を緩《ゆる》め、岩次郎は後ろを振り返った。

「あのお役人、私の顔を覚えていたみたいです」

「それはそれは、危機一髪でしたね。ところで前回は、どうやってここを潜《くぐ》り抜けられたのですか?」

藤兵衛が愉快そうに訊く。岩次郎は牛方の息子に化けたと説明した。

「ははん、それで牛方の父に孝行せよですか?」

藤兵衛は楽しそうに、声に出して笑った。

「笑い事ではないですよ。肝《きも》を冷やしました」

岩次郎も笑った。

「さあ、ここからは一気に信州《しんしゅう》松本まで飛騨《ひだ》の山越えの道を参りますよ。そこから甲《か》斐《い》、武蔵《むさし》、そして江戸です。大丈夫ですか?」

藤兵衛は目の前に聳《そび》える山々を見上げた。

「行きましょう。休んでなんかいられません」

岩次郎は力強く答えた。

前回は、不安ばかりの旅だったが、今回は藤兵衛が一緒なだけに心強い。心が弾《はず》んでいるためか、足が軽い。まるで羽が生えているようだ。急な坂道を登っても息が切れない。日が翳《かげ》ってきた。山は暗くなるのが、早い。たちまち黒い幕が下りるように真っ暗闇になる。前回の江戸行きは、その闇と雨に打ち負かされてしまった。

「宿が近くにあります。木賃宿《きちんやど》です。そこに泊まりましょう」

「私は野宿でも構いません」

岩次郎の言葉に藤兵衛は困った顔をして、「善悦様に無断で連れ出し、そのうえ野宿をさせて、体でも悪くさせたら叱《しか》られますよ。春とは言え、山中は冷えますから」と言う。

「わかりました」

岩次郎は自分の懐《ふところ》を心配していたのだ。

目の前にあばら家が見えてきた。草葺《くさぶき》屋根は苔《こけ》が覆い、勢いよく雑草が生えている。中には白い花をつけているものもある。半分朽《く》ちたような軒板からは蜘蛛《くも》の巣が垂れ下がっている。破れ、黄色く染まった障子戸《しょうじど》に大きな字で「きちん宿」と書いてある。

「野宿のほうがよさそうではありませんか？」

岩次郎は、あまりのあばら家ぶりにたじろいだ。ここに泊まり、背中やわき腹をダニに食われるかと思うと、想像しただけで痒《かゆ》くなってくる。

「まあ、見かけは酷《ひど》いですが、泊まると快適ですよ」

藤兵衛は、岩次郎の不安げな様子を笑った。

宿の中には囲炉裏《いろり》があり、自在鉤《じざいかぎ》に茶釜がつるされている。巡礼姿の男と女、そして藤兵衛と同じ薬売りの姿が見える。

「オヤジ、世話になるよ」

藤兵衛はなれた様子で、庭先で藁《わら》を打っていた主人に声をかけた。このあたりの百姓が木賃宿を営んでいるのだろう。

「おお、久しぶりだね。今日は、お連れと一緒かい？」

主人は親しげに答えた。

宿代は、藤兵衛三十二文、岩次郎十六文だった。

4

自在鉤につるした鍋には粥《かゆ》がぐつぐつと煮えている。

「岩次郎様、食べてください」

藤兵衛が、椀《わん》と箸《はし》を岩次郎に渡す。

「いいんですか？」

岩次郎は、鍋の中の粥を覗き見た。腹が鳴った。

「体は正直ですよ。お食べなさい」

藤兵衛は笑った。

薬売りや巡礼姿の男女も椀に粥を掬《すく》って食べている。この鍋の米も囲炉裏の薪《たきぎ》も主人から買い求める。中には、米を持参している者もいるが、買う者のほうが多い。木賃宿は自《じ》炊《すい》が原則で、米を買えない者は、粥を食べることはできない。

「普段から、こういうところに泊まっているのですか?」

「ここは木賃宿しかありませんが、宿場では商人宿に泊まりますよ。でも百五十文から二百文しますから、岩次郎様には負担でしょう」

二人の話を聞いていた薬売りが、「藤兵衛さんの息子さんかと思っていたが、違うんだね」と声をかけてきた。

「ええ、江戸へ行くのに同行しているのです」

藤兵衛は答えた。

「江戸か。向こうで働くつもりなのかな?」

薬売りは岩次郎に訊いた。

「はい、そのつもりです」

岩次郎は答えた。

「私は江戸からの帰りなんだが、江戸へ行かれたら、富山出身で神田柳原《かんだやなぎはら》で銭湯《せんとう》を営んでいる小西さんを訪ねなさるといい。あの人は、口入《くちい》れの仕事もされていて、親切な人だからね。私のお客様でもある」

薬売りは、粥をすすりながら言った。岩次郎は、荷物の柳行李の中から矢立《やたて》と書付《かきつけ》を取り出し、「小西、神田柳原、銭湯」と書いた。

「必ず訪ねます」

岩次郎は、礼を言った。

「江戸は大きいところだ。頼りになるのは、同郷の人間だよ。それ以外は、あまり信用しちゃあ、肝《きも》まで取られるからね」

薬売りは優しく微笑《ほほえ》んだ。

「江戸はどうですか？」

岩次郎は訊いた。

「騒がしくなっておりますな。アメリカ国がやってきてさらなる開国を迫っておりますから、さてどうするかで割れております」

「商売はどうですか？」

「世情はなにかと騒がしいですが、商売は活発ですよ。なにせ多くの人がおりますから」

「気が逸《はや》りますね」

巡礼姿の女が、箸を置いて、岩次郎に話しかけた。

丁度《ちょうど》、母、千代と同じくらいの年齢に見える。

「はい、早く江戸に行って働きたいと思っています」

岩次郎は笑みを浮かべた。

「頼もしいわ。うちの子も生きていれば、この方くらいだったでしょうね」

女は側に座る男を見つめた。男が、岩次郎に顔を向けた。

「そうだな。いい息子さんを持って親御さんも楽しみだろうな」

男は、しみじみと言った。

岩次郎は、藤兵衛と顔を見合わせた。父母に内緒で旅に出ている親不孝を責められているような気がしたからだ。藤兵衛は、何も言わずに微笑んだ。

「どこかへお参りに行かれるのですか?」

岩次郎は訊いた。

「流行《はや》り病《やまい》で死んだ息子の供養《くよう》に善光寺《ぜんこうじ》に参ります」

女は答えた。

「善光寺ですか。いいところでしょうね」

「そのように聞いております。息子は、三年前に十七歳で亡くなりました。供養していただくつもりです」

この頃は善光寺参りが盛んだった。特に女性に人気があった。本尊の阿弥陀如来《あみだにょらい》が女人救済の仏であると信じられていたからだ。悲しい事件も起きた。弘化《こうか》四年(一八四七年)三月二十四日夜、善光寺周辺を大地震が襲い、火災が発生し、約三千戸の家が倒壊、焼失し、約千五百人もの人が亡くなったのだ。

岩次郎は、巡礼姿の男女に父母を重ね合わせた。心の中で手を合わせた。親不孝ではありません。親孝行のために江戸に行くのです。声にならない声で言った。

「休みましょうか。明日も早い出発です」

藤兵衛が言った。

岩次郎は、柳行李を枕にして体を横たえた。夜は寒い。囲炉裏の火の暖かさが心地《ここち》よく、すぐ眠りに落ちた。

翌日、七つ半（午前五時頃）に岩次郎と藤兵衛は出発した。まだまだ険しい道が続く。

「今日は一気に松本に入りますよ。がんばりましょう」

藤兵衛に言われるまでもない。岩次郎は、快調だった。やはり木賃宿であっても野宿よりはマシだった。

飛驒と信州の境に近づいた。岩次郎は、きょろきょろと周囲を見渡し始めた。

「どうしましたか？」

藤兵衛が訊いた。岩次郎が落ち着きを失ったように見えたからだ。

「この近くに猟師の家があったのです。私を助けてくれました」

岩次郎は、前回の江戸行きで猟師の親子に助けられたことを話した。

「猟師は、一か所に住まいを定めず、飛驒や信州の各地を転々と移り住んでいますから、もうここにはいないでしょう」

藤兵衛は言った。

猟師や木地師《きじし》など山を生活の場にしている人たちは、猟や生産、販売に適当な範囲を移り住んでいた。しかし全国各地というわけではなく飛騨、信州、越後という隣接した地域だったようだ。

「そうですか」

岩次郎は、猟師の家があった方向に向かって、手を合わせた。

「必ず会えるでしょう。世話になった方への感謝の気持ちを忘れてはなりません」

藤兵衛は諭した。

岩次郎は、自分が千両の分限者になった暁《あかつき》には、猟師の親子を探し出し、感謝の意を捧げようと誓った。

5

松本に着いた。すっかり日が落ち、夜空には満月が煌々《こうこう》と輝いている。壮麗な松本城が月に照らされている。

「素晴らしい城ですね」

岩次郎は城の天守閣を眺めて、その美しさに思わずため息をついた。

「松平様の居城《きよじょう》です。岩次郎さんも成功して、あんな立派な城を作ればいいですな」

藤兵衛は真面目な顔で言った。

「努力します」

岩次郎も真面目に答えた。

「今日は、昨日よりマシな旅籠《はたご》に泊まりましょう」

「えっ」と岩次郎は驚く。そんな贅沢《ぜいたく》をするつもりはなかったからだ。

「大丈夫ですよ。私が出しますよ」

藤兵衛が胸を叩いた。

岩次郎は困惑した。他人に頼らず自立するという決意だったが、少し藤兵衛に頼りすぎではないかと気になったのだ。

「いいのですか?」

岩次郎は、藤兵衛の顔をうかがうように見た。

「なにごとも経験です。とにかく江戸まで無事に着くことが肝心《かんじん》です」

藤兵衛は、まるで善悦から岩次郎の後見を頼まれているかのように振舞う。

格子戸《こうしど》のある旅籠が並ぶ松本宿《じゅく》の通りを歩く。

宿の軒から提灯《ちょうちん》が幾つも並び吊るされ、昼間の明るさだ。多くの旅人が通りにあふれている。

顔を真っ白に塗りたくった女が、井桁《いげた》がすりの前垂れをひらひらさせながら近づいてくる。

「うちは二百文だよ」

女は藤兵衛に色目を使って、袖を引く。

「いい男だね。あんちゃんなら百六十文でいいよ」

別の旅籠の女が、岩次郎の着物の裾《すそ》を引っ張る。

「止《や》めて下さい」

岩次郎は、女の手を払う。

「私が、体を洗ってあげるよ」

女は、白い顔の真っ赤な唇を尖《とが》らせた。

「藤兵衛さん」

岩次郎は情けない声を出した。

「留女《とめおんな》に惑わされないようにね」

藤兵衛は笑った。

宿場には、客引きの女性たちが多く働いており、留女とも、飯盛《めしもり》女とも言った。客引きをし、客を旅籠に引き込めば、給仕に変わり、求められれば夜もともにした。幕府は、遊女を旅籠に二名と制限していたため、客引きや給仕のためにやとった女に売春をさせることが、公然と行なわれていたのだ。

「惑わされませんが、なんとかしてください」

「ここへ入りましょう。馴染《なじみ》ですから大丈夫です。宿賃も百五十文で安いですから」

藤兵衛は、さっさと岡本屋という宿に入って行った。しっかりと留女が藤兵衛の手をつかんでいた。

「いらっしゃい」

大きな声が宿の中から飛んできた。すぐに女が桶を運んできた。中から湯気が立ち昇っている。藤兵衛はなれた様子で板の間に柳行李を置き、腰をかけると、草鞋を脱いで湯桶に足を入れた。ああ、と大きな息を吐いた。

岩次郎は、まだ立ったままだ。

「お兄さん、湯が冷めちまうよ」

女が岩次郎の肩から柳行李を下ろそうとする。

盗《と》られるのではないかと紐《ひも》を強く握る。

「嫌だよ。この若い人、私が盗むと思っているよ」

女は苦笑した。

「いや、そんな」

岩次郎は、困惑して、女に柳行李を渡した。女は板の間に柳行李を置き、「さあ、足を貸しなさい」と強引に足をつかむ。

「岩次郎様、洗ってもらいなさいよ」

藤兵衛が目を細めている。

「さあ、洗いますよ」

女が岩次郎の足を湯桶に浸けた。熱い。気持ちがいい。女が湯の中で足を洗いながら、揉《も》み解《ほぐ》す。詰まっていた血流が足先から動き出し、じんじんと痺《しび》れる感覚が全身を襲う。目を細め、ため息をつく。

「いい気持ちでしょう」

藤兵衛が訊いた。

「はい」

この旅は最高だ。きっと無事に江戸にたどり着けるに違いない。

第六章　試練

1

部屋に通されると、岩次郎《いわじろう》はやっと寛《くつろ》いだ気持ちになった。部屋は、隣と襖《ふすま》で隔《へだ》てられた十二畳で、藤兵衛《とうべえ》と二人で泊まるには十分な広さだった。床《とこ》の間《ま》があり、それほど高価とも思えない掛け軸が飾ってある。

どんな字が書いてあるのだろうと見ると、「啐啄同時《そつたくどうじ》」だ。

「なかなかいい部屋を用意してくれましたね。岩次郎様が、いい男だからはずんでくれたのかもしれませんな」

藤兵衛が笑った。

「ここに啐啄同時と書いてありますね」

「どういう意味ですか」

「啐というのは、雛《ひな》が卵の殻を破ろうと、中からつつくことです。啄というのは、それを援《たす》けて親鳥が外から殻をつつくことです。親が雛との呼吸を合わせ、同時につつかなければ、雛は死んでしまいます。禅などの修行で、師と弟子の呼吸が合わなければ、弟子を悟《さと》りの道に進ませることが難しいという意味のようです」

「よくご存知ですね」

藤兵衛が感心した。

「はあ……」と岩次郎は力なく答えた。

「どうされましたか？」

「私が殻を破ろうとするのと、親である父が殻を破ろうとするのと、どう考えても同時とは思えません。この言葉の意味を説明しながら、時機というものの難しさを痛感いたしました」

父、善悦《ぜんえつ》が殻をつつく前に、岩次郎が殻を破ってしまった。この「啐啄同時」の言葉通りなら、雛である岩次郎は死ぬ、即《すなわ》ち成功しないことになる。

「なにを弱気なことを。親が殻をつつかなくとも、力が漲《みなぎ》り、勝手に殻を突き破って、空高く舞い上がる雛もいるでしょう。さあ、さっぱりするために風呂に行きましょう」

藤兵衛は、早や、浴衣《ゆかた》に着替えている。岩次郎も急いで着替えた。久しぶりの風呂だ。先ほどの弱気もどこへやら、気持ちが浮き立つ。

小さな庭を囲むように廊下があり、その突き当たりが湯屋だ。大人が二人も入れば、いっぱいになるほど湯船は小さい。

「藤兵衛さん、背中、流しましょうか」

岩次郎は言った。

「では、お願いします」

藤兵衛は、岩次郎に背中を向けたまま頭を下げた。岩次郎は、手ぬぐいに湯をたっぷりと含ませて、藤兵衛の背中を洗った。

洗い終わると、今度は、藤兵衛が岩次郎の背中を洗った。手荒く擦《こす》られると、旅の垢《あか》がことごとく剝《は》がれ落ちるようで、こんな贅沢《ぜいたく》をしていいのかという気持ちになった。

「旅はいいですね。私は、成功したら、大いに旅に出たいと思います。また父母も旅に誘ってあげたいですね」

岩次郎は、呟《つぶや》いた。

体中から湯気を立ち昇らせながら部屋に戻ると、煙草盆《たばこぼん》と茶が置いてあった。

「もうすぐ飯が来ますから、それまで一服していましょう」

藤兵衛が障子《しょうじ》を開け、外を眺めながら、キセルに煙草を詰めて、火を点《つ》けた。美味《うま》そうに、目を細め、煙を吐《は》き出す。

「岩次郎様も、一服なさいますか？」

藤兵衛は煙草盆の縁《へり》をキセルでポンと叩《たた》き、灰を捨て、新しい煙草を詰めた。

「どうぞ」

藤兵衛が、差し出す。

「止《や》めておきます」

岩次郎は答えた。

「遠慮なさらずともよろしいですよ」

「煙草は、お金が煙となり消えてしまい、その上、体に害があります。このようなものに深入りするのは、問題であると思います」

「体に害があるだけだから煙草を止めるとおっしゃるか。しかしこの心地《ここち》よさは、富山の薬に匹敵《ひってき》する良薬ですぞ。岩次郎様のように理屈だけで、人生の楽しみに制約を設ければ、窮屈でしょう?」

藤兵衛が、にこやかに言った。藤兵衛は、こうした問答を通じて、若い岩次郎を教育しているようだ。

「窮屈? 確かにそのとおりです。楽しみ、誘惑、これらは、悪いもの無駄なものと理屈ではわかっているから、尚《なお》のこと、断ち切るのは困難です」

「易《やさ》しいものも難しいものにたやすく変ずるものです。ですから理屈のみではなく、面白いと思えば三日坊主にならずにすむのではないでしょうか?」

「面白いと思う?」

「なにごとも大げさに構えれば、難事に応じて実行ができない。しかし、たとえば煙草を止めることの利害得失をよく理解し、そして利得が多いということになれば、一日煙草を止めるごとに、その利得が積みあがることになります」

藤兵衛は、納得されていますかと言うように、首を傾《かし》げた。

「なるほど」と岩次郎は大きく頷《うなず》き、「貯蓄のように利得を積み上げる面白さを感じれば、三日坊主にならなくてすむということですね」と言った。

「そのとおりです」

藤兵衛は、わが意を得たりという顔で、煙を吐いた。

「そこまで悟られているなら、藤兵衛さんも煙草を止めたらいいのではありませんか」

岩次郎は、からかい気味に訊《き》いた。

「私は、煙草の薬効を信じておりますので、止められませぬ」と藤兵衛は言い、声を出して笑った。

「あらあらお楽しみでございますこと」

女将《おかみ》が入ってきた。側《そば》に十代前半と思《おぼ》しき娘が座っている。

「さあ、お食事を運びなさい」

女将が命じると、若い娘が配膳をし始めた。

「かわいい娘さんですね」

藤兵衛が言った。

「ええ、ようやく店の手伝いができるほどになりました。私の娘、登勢《とせ》でございます。看板になればと思っています」

女将は言った。

「登勢でございます」

娘は、丁寧《ていねい》に頭を下げた。

「藤兵衛です。こちらは岩次郎様」

「岩次郎です」

岩次郎は、登勢と目を合わせた。急に恥ずかしさがこみ上げてきて、頰《ほお》を赤らめた。

「ほほう、岩次郎様の顔が赤らんでいますぞ」

藤兵衛が笑った。

「止めてください」

岩次郎は怒ってみせた。

「ますます赤くなった」

藤兵衛が笑った。

「さあ、お食事をゆっくりお楽しみください。たいしたものではありませんが、心づくしに酒を一本ずつ付けさせていただきました」

旅籠《はたご》の料理は、一汁一菜《いちじゅういっさい》か二菜と決まっていた。二菜の場合も和《あ》え物などを猪口《ちょこ》などの小さな器に入れたものが追加されるだけだ。

飯、汁は切り干し大根の味噌汁、皿はアサリ、寒天酢醤油《かんてんすじょうゆ》、ぼら焼き、平椀《ひらわん》には、焼き豆腐、人参《にんじん》の煮物、小鉢にはうなぎ。

「美味《おい》しそうですね」

岩次郎は、目を細めた。

「お注《つ》ぎいたします」

登勢が、酒の入った徳利を手に取った。

岩次郎は、杯《さかずき》に手を伸ばしていいものかどうか、迷った。禁酒の誓いを破ることになる。

「岩次郎様、せっかくの女将の志だ。いただきなさいよ」

藤兵衛が勧めた。

「はい」と岩次郎は、杯を手に取り、登勢に差し出した。登勢は、徳利を傾け、なみなみと酒を注いだ。

「いただきます」

岩次郎は、一気に飲み干した。

禁酒の誓いを破る後悔はあるが、登勢にすすめられて、断るのは男らしくない。煙草とは違って、酒は体の芯《しん》から寛いだ気持ちにしてくれた。

「そうそう、藤兵衛さん、お荷物を預かっていますよ。後でお届けに参ります」

女将が言った。

「それは申しわけありません。助かりました」

藤兵衛は、頭を下げた。

「荷物って？」

岩次郎は訊いた。

「私たち、富山の薬売りは、旅先に飛脚便《ひきゃくびん》で薬を事前に送っておくのです。そうすれば楽で良いですし、道中の安全も図れますからね」

藤兵衛は答え、なにやら胸元を探る仕種《しぐさ》をしていたと思ったら、「これは茶代だ。少ないがとっといてくれ」と紙に包んだ金を渡した。

茶代は、心づけ、いわばチップで旅籠にとっては重要な収入源になっていた。旅人一人で十文《もん》から二十文。もちろん、茶代を出さない客もいる。

また公家《くげ》や文人墨客《ぶんじんぼっかく》は、短冊などに絵や書をしたためた。名のある人の書いたものであれば、相応の価値があり、旅籠の主人たちは喜んだ。

「いつもすみませんねえ」

女将は礼を言った。

「こちらこそ。いつも無理を言ってすまない」

藤兵衛も頭を下げた。

「ではごゆっくりお寛ぎください」

女将は、登勢を連れて、部屋を辞した。

「この旅籠も、あんな可愛《かわい》い跡取りがいるのなら安泰《あんたい》ですな」

藤兵衛が、登勢のことを誉《ほ》めた。

旅籠もなかなか経営は苦しいに違いない。この宿場《しゅくば》だけでも、いったいどのくらいの数の旅籠があるのかわからない。そこで何とか特長を出すために、登勢が若くして店に出されたのだろう。

食事が終わり、部屋に夜具が敷かれ、岩次郎はすぐに眠った。


「岩次郎さん、岩次郎さん」

目を開けた。

「誰？」

「登勢よ」

「えっ？」

岩次郎は、目を擦った。目の前に登勢が、にこやかな笑《え》みを浮かべて立っている。

「どうしたの？」

岩次郎の心《しん》の臓が激しく波打つ。あたりは暗い。ひょっとして夢？　と思い頬をつねってみる。痛い。夢ではないのか。

「登勢は、岩次郎さんが好き」

登勢が岩次郎の胸に飛び込んでくる。

「あっ！」

岩次郎は叫んだ。

「どうしたのですか？」

誰かが腕を揺する。目が開いた。心配そうに見つめる藤兵衛の顔があった。

「悪い夢でも見たのですか？」

「やっぱり夢ですか……」

ほっとしたような、残念であるような複雑な気持ちだ。

「どんな夢ですか？」

藤兵衛が訊いた。

「登勢さんが出てきて……」

岩次郎は、少し恥ずかしそうに答えた。

「登勢？　ああ、あの娘ですか」

「ええ、私を好きだと……」

「岩次郎さん。人生には誘惑が多いですな。煙草、酒、そして女」

藤兵衛が笑った。

「どうも私は誘惑に弱い質《たち》のようです。藤兵衛さんが言われたように、面白がって、自分に制約を設けることにいたします。それが克己心《こっきしん》を養うことになるでしょう」

岩次郎は、真面目に答えた。禁酒の誓いを破ったためにおかしな夢を見てしまったのだろう。

これから江戸に行けば、多くの誘惑が口を開けて待っているに違いない。うかうかしていたら、この身など骨ごと食われてしまうに違いない。夢が、十分心して江戸に行けと告げてくれたのだ。

2

翌朝、大きな問題が発生した。藤兵衛が腹痛を起こしたのだ。

明け方、隣に寝ている藤兵衛が、うんうんと唸《うな》っている。

今度は、藤兵衛が悪い夢でも見ているのだろうと、岩次郎は近づいた。

額に汗が浮かんでいる。苦しそうな息遣い。顔も歪《ゆが》んでいる。

「これは相当な悪い夢だ」

岩次郎は独り言を言い、「藤兵衛さん、藤兵衛さん」と声をかけた。

「ああ、岩次郎様……」

藤兵衛が、うっすら目を開ける。

「どうされましたか?」

「起きましたか?　騒ぎ立てしてすいません。朝方になって腹が差しこむように痛くなって……。熱もあるのです。岩次郎さんを起こさないように気をつけていたのですが」

藤兵衛は、ずっと起きていたのだ。悪夢を見たわけではない。

「反魂丹《はんごんたん》は飲みましたか」

岩次郎は、富山で名高い万能薬の名を挙げた。

「飲みました。恥ずかしいことに効《き》かないのです」

藤兵衛は掠《かす》れるような声を上げた。

食べ物にあたったのだろうかと岩次郎は思ったが、そうであれば自分も同じようになっていなければならない。自分の腹が痛くないところをみれば、食べ物ではない。

「医者を呼びましょう」

岩次郎は言った。

たんなる腹痛ではないかもしれない。もし重大な病気であったら大変だ。

「すまない」

藤兵衛は、息も絶え絶えに言った。

岩次郎は、部屋の外に出て、旅籠の人を探した。空は、白み始めている。七つ半時（午前五時）くらいだろう。岩次郎は、大きな音を立てながら帳場に向かって走った。

「どうなされました」

登勢が現れた。

岩次郎は、頰をつねり、叩いた。痛い。今度は夢ではない。

「藤兵衛さんが腹痛で苦しんでおるのだ。医者を呼んで欲しい」

岩次郎は言った。

「それは大変！　すぐに手配します。お部屋に戻って待っていてください」

登勢は、急ぎ足で去っていった。岩次郎は、登勢なら任せて大丈夫だろうと信じ、部屋に戻った。

「藤兵衛さん、医者が参りますから」

岩次郎は言った。

藤兵衛は苦しい息を吐くだけで、何も言わない。岩次郎は、苦痛に喘《あえ》ぐ藤兵衛をじっと見ていた。

「お医者様です」

登勢が、上気した顔で部屋に飛び込んできた。

「待っておりました」

岩次郎は、ほっとした顔を登勢に向けた。

丁度《ちょうど》、客として医者が泊まっていたらしい。

「藤兵衛さん、大丈夫ですか」

女将が遅れてやってきた。

医者は、藤兵衛の脈を取り、いろいろ調べていたが、風邪から来る腹痛であろうと言い、これを飲ませなさいと薬を置いて帰って行った。

岩次郎は、登勢から水をもらい、医者の処方した薬を藤兵衛に飲ませた。薬売りのくせして、薬を飲むのが苦手なのか、藤兵衛はむせながら、ようやく飲み下《くだ》した。

しばらくして藤兵衛は、少し落ち着いた息遣いになった。薬が効いて来たのだろう。

「顔色が良くなってこられたわ」

登勢が、藤兵衛を覗《のぞ》き込んだ。

「よかったわ。大丈夫？　藤兵衛さん」

女将が声をかけた。

「頼みがある」

藤兵衛が目を開け、喘ぎながら言った。

「なんですか。おっしゃってください」

「岩次郎様に過書《かしょ》を書いて、持たせて欲しい」

「過書ですか？」

「岩次郎様は、急なことで過書がないまま、江戸に向かおうとしている。今から、甲斐《かい》、武蔵《むさし》と抜けて行くのに、鶴瀬《つるせ》や小仏《こぼとけ》の関所を通過せねばならない。私がいればなんとかなるが、こういう具合では一緒に行けない……」

「そこで過書を書いて欲しいということですね。承知しました」

関所を通過する関所手形や旅の必需品である往来手形は、しかるべき役所か村役人に発行してもらうのが普通だが、旅籠の主人などが書くものも十分に通用した。

「すまない」

藤兵衛は、寝たまま、頭を下げる仕種《しぐさ》をした。

「藤兵衛さん、一緒に江戸へ参ろう」

岩次郎は、強く言った。

「申し訳ない。私は、少しこの旅籠で休んでいきます。大丈夫です。ですから岩次郎様は、一人で江戸に向かってください」

藤兵衛は目を閉じた。眠気がきたようだ。

「わかりました。この先は、一人で江戸まで参ります」

岩次郎は藤兵衛の手を握った。

「岩次郎さん、在所などを教えておくれ」

女将に聞かれ、岩次郎は富山の生まれであることや父善悦の名前などを答えた。女将は筆と紙を持ってきて、

「この者、江戸表へ奉公まかりいで候《そうろう》あいだ、……諸所お関所相違なくお通しくださるべく候。後日のため、よって件《くだん》の如《ごと》し」

と過書を書き、自分の旅籠名を記した。

「これでたいていの関所は大丈夫だからね。なにか言われたら、岡本屋の名前を出しなさい。お役人様たちとは、持ちつ持たれつの関係だから」

女将は、力強く言った。

「江戸へ行って何におなりになるのですか」

登勢が訊いた。

「千両の分限者《ぶげんしゃ》です」

岩次郎は答えた。

「まあ、素晴らしいこと！」

登勢は目を輝かせた。

「さあ、藤兵衛さんは、私たちがちゃんと看病しますから、安心して江戸に向かってください。そうと決まれば、朝餉《あさげ》を用意しますからね」

女将は、登勢に言って、朝食を用意させた。

朝食は、飯、刻み大根の味噌汁、鰈《かれい》の焼き物、平皿には八杯豆腐《はちはいどうふ》、猪口に角大根、揚げ豆腐。

岩次郎は、飯をお代わりした。隣では、藤兵衛が落ち着いた息遣いで眠っている。熱も下がったようだ。これなら幾日も寝込むことはないだろう。

「これも持っていきなさい」

女将は、残りご飯で握り飯を作り、竹の皮に包んで岩次郎に持たせてくれた。

「藤兵衛さんをよろしくお願いします」

岩次郎は、旅籠の玄関で深く低頭《ていとう》した。

「大丈夫よ。それより出世してくださいね」

登勢が笑顔で言った。

女将が言った。

「無事に江戸まで行くんだよ」

「はい、必ず。今回のご恩は忘れません」

岩次郎は、志さえしっかりと持っていれば、多くの人が助けてくれるものだと実感していた。病気の藤兵衛を置いていくのは気が引けるが、江戸に着いて千両の分限者になることで恩返しができる。岩次郎は、街道を踏み出した。

3

岩次郎は、先を急いだ。今度は過書がある。甲州《こうしゅう》街道を江戸に向かう途中の関所もこれで通過できるだろう。

旅籠の過書ということで少し不安があるが、名主《なぬし》や和尚《おしょう》などが過書に署名することもあるから、旅籠でも大丈夫だろう。

街道には多くの人が歩いていた。刀を差して歩く若者もいた。武者修行の旅なのだろうか。吉松《よしまつ》を思い出した。彼も今頃、剣の道を究《きわ》めるために修行に励んでいるに違いない。

三味線《しゃみせん》を担ぎ、小さな大八車のようなものを曳《ひ》きながら行く人がいる。後ろからは、女と子供が車を押している。

旅芸人の一家なのだろう。岩次郎は、家族仲良く三味線を弾《ひ》きながら、旅から旅へと全国を移動する一家の姿を想像して、その自由さに憧《あこが》れに似た気持ちを抱《いだ》いた。

ガタンッ。

突然、大きな音がして大八車が横倒しになった。

「あぶない！」

岩次郎は、急いで駆け寄り、車を押していた子供をかかえた。もう少しで車の下敷きになるところだった。

「ぎゃあああ」

子供が泣き出した。

子供と一緒に車を押していた女性が、飛び跳《は》ねるように避《よ》けた。車の下敷きになっては大変だからだ。

「大丈夫か？」

車を曳いていた男が叫び、岩次郎の元に駆け寄ってきた。

「心配しないでください。坊やは大丈夫ですよ」

岩次郎は、笑顔で答えた。

「急に車輪が外れて、びっくりしました」

父親らしき男は、盛んに頭を下げた。

岩次郎は、泣いている子供を地面に下ろした。頭を撫《な》でてやるとようやく落ち着いたらしく、泣くのを止めた。

「おかげさまで怪我《けが》がなくて……」

母親らしき女性が、子供を両手で抱きかかえた。

「私たちは、親子三人で芸をしながら諸国を回っています。私と女房が三味線を弾き、この子が唄《うた》うのです」

父親が子供の頭を撫でた。

「車を起こしましょう」

岩次郎は、申し出た。時間がもったいないが、このまま放置して行き過ぎることはできない。

「申し訳ありません。手伝っていただけますか？」

「いいですよ」

岩次郎は、倒れた車の側に行き、力を込めた。父親も一緒に車に手をかけた。車は、起き上がった。積んでいた家財道具の一部が、地面に散乱している。それらを母親と子供が拾い集めている。

「弱った……」

父親が頭を抱えている。車輪が外れてしまっているのだ。

「箍《たが》が外れたみたいですね。修理しましょう」

岩次郎は、旅の時間を割《さ》かれるが、乗りかかった船だと諦《あきら》めた。

外れた箍を全員で探す。

「あった！」

子供が大きな声で街道脇の草むらを指差している。箍を見つけたらしい。

「偉いぞ。坊や」

岩次郎が誉めた。

岩次郎は、外れた木製の車輪を軸にはめ、「石を探してください。箍を打ち付けますから」と父親に言った。

父親は、いそいで街道脇に行き、石を探してきた。

「これでいいですか」

「大丈夫でしょう」

岩次郎は、箍をはめ、石で打ちつけた。今度こそ外れないようにと力を込めて叩いた。

「直りましたよ」

「本当に助かりました」

父親と母親が頭を下げた。

「お兄ちゃん、ありがとう」

子供が明るい笑顔で言った。

「よかったね」

岩次郎は、頭を撫でた。

「僕の名前は、小吉《こきち》。お兄さんは？」

「私は岩次郎だよ」

「どちらですか？　ご出身は？」

母親が訊いた。

「富山の安田村です」

「あら、私たちも富山です」

「同郷だとは」

父親がうれしそうに言った。

「お礼をしなくてはいけませんのに、三味線を弾くくらいしかできません。申し訳ありません」

母親が言った。

「そんなこと結構です。困ったときは、相身互《あいみたが》いですからね。では先を急ぎますので」

岩次郎は旅芸人の家族に別れを告げて、先を急いだ。

「さようなら、お兄ちゃん！」

小吉の声が後ろから追いかけてくる。

鶴瀬の関所が見えてきた。大きな木戸門があり、その両側を柴垣で囲っている。門の前には、役人が二人、しっかりと正面を睨《にら》み、刺股《さすまた》、突棒《つくぼう》を抱えて立っていた。

恐怖に足がすくむ。今回は、一人だ。しかし大丈夫だ。旅籠の女将が書いてくれた過書がある。岩次郎は、胸元に手を当てた。

あっ。

心臓が止まるかと思われた。もう一度、胸元に手を入れた。ない。過書がないのだ。

どこかで落としたのか。先ほどの大八車……。岩次郎は、途方に暮れてしまった。裏街道を行き、関所破りをするかとも考えたが、過書をなくすという愚かさに腹が立ち、力が抜けてしまっていた。

「お兄ちゃん！」

呼ぶ声に振り返ると、小吉だった。大八車を押す両親も見える。

「どうされました？」

先に行ったはずの岩次郎が、関所を前に佇《たたず》んでいる。何か、問題が起きたのだろうと父親は思ったのだ。

「実は、過書をなくしたみたいなのです」

岩次郎は、過書を書いてもらった顚末《てんまつ》と、せっかくの過書をどこかに落としたらしく、どうやって関所を越えるか、考えあぐねていたところだと話した。

「出世のために江戸へ行かれるところですか。それは感心です。過書をなくされたことは私どもにも責任があります」

「いえいえ、そんなつもりでは……」

岩次郎は恐縮した。大八車を修理したせいで過書をなくしたと、責任を感じたのではないかと思ったのだ。

「私たちと一緒に関所を通過しましょう。後ろからついて来てください」

父親が、大八車を曳いて、木戸門をくぐった。岩次郎は、言われるまま小吉と母親と一緒に車を押しながらついて行った。

父親は、役人の前に進み出た。

「芸人か？　何かやってくれるか」

役人は、父親に過書を見せろとも言わず、笑みを浮かべた。

「お任せください。飛騨《ひだ》に伝わります祝い唄、〝めでた〟の一節《ひとふし》をやらせていただきます。さあ、小吉」

父親が小吉に呼びかけた。

「はい」

小吉は元気良く、前に進み出た。両脇に三味線を持った両親が立った。岩次郎は、大八車の荷物を守っていた。

三味線の音色が響くと、小吉が唄い始めた。澄んだ、透明な声だ。

「めでた　めでたの若松さまよ　枝も栄える　葉も繁る　ツイタトテ　ナントセズ　ゼンゼノコ　コリャ　マンマノコ……」

役人は、手を叩いて喜んだ。

「良い声じゃのお。こっちへ来い」

役人は、小吉を近くに呼ぶと、財布から二十文を取り出し、「さあ。礼じゃ」と小吉の手に握らせた。

「ありがとうございます」

小吉は大きな声で礼を言った。

「通ってよいぞ」

役人は言った。

父親は、大八車を曳き、岩次郎、母親、小吉が後ろを押す。無事、通過できた。

大八車は、関所が、後方に見えなくなった場所で止まった。

「助かりました。それにしても小吉坊は、唄が上手《うま》いですね」

岩次郎は、感心して言った。

「私たち旅芸人は、関所で過書を見せろといわれることはまずありません。時々、役人が見飽きる、聞き飽きるまでやらないといけないところもありますがね」

父親は苦笑した。

岩次郎は、礼を言い、先を急ごうとした。

「お待ちなさい。このままですと、また次の関所を通過するのに問題が起きますよ」

父親が呼び止めた。

「なんとかいたします」

「そんな行き当たりばったりはいけません。同郷の好《よしみ》ですから、ちょっと時間を下さい。この近くの名主の家に立ち寄りましょう」

「そこで何を？」

「岩次郎さんの過書を書いてもらいます。私たちを可愛がってくださる親切な名主さんですから、大丈夫ですよ」

父親が言った。

「ご親切には感謝します。しかしどんな困難も切りぬけてこそ、目標が達成できます。せっかく、書いてもらった過書をなくしたのは、私の不注意ですが、きっと神様が、過書なしで江戸まで行けと言っているに違いありません。試練だと思ってがんばってみます」

岩次郎は、明るい顔で言った。

「お兄ちゃん、偉くなってね。お金持ちになってね。僕も良い唄い手か役者になるから、舞台を見に来てね」

小吉が岩次郎に駆け寄った。

「約束するよ。千両の分限者になって、必ず小吉坊の舞台を見るからね」

岩次郎は、小吉と固い握手を交わした。

4

岩次郎は、野宿や寺の軒先で眠りながら甲斐国を抜け、武蔵国小仏の関所に近づいてきた。それを抜けると、もう一気に江戸に行くことができる。

山の脇道を抜けようかと考えながら歩いていた。旅芸人の気持ちを受けて、過書を書いてもらったほうがよかったかと、後悔の気持ちが少し芽生えてきた。

「おかげでさ　するりとさ　ぬけたとさ　おかげでさ　するりとさ　ぬけたとさ……」

遠くから華やかな歌声が聞こえてくる。立ち止まって耳を傾けていると、その歌声はだんだん大きくなる。

「おかげでさ　するりとさ　ぬけたとさ……」

岩次郎の耳にははっきりと聞こえてきた。

「おかげ参りの歌じゃないか」

岩次郎は、その場に立ち止まった。街道の向こうから多くの人がやってくる。多くは若者だ。おかげ参りだ。幟《のぼり》を立てて踊り、唄いながら歩いてくる。白装束《しろしょうぞく》の人が多いが、派手な衣装を着た人や、貧しい身なりの人もいる。

おかげ参りは、夢に天照大神《あまてらすおおみかみ》が現れたとか、水が酒に変わった、足の立たない老婆《ろうば》が歩き始めた、しつこい病気がたちまちに癒《い》えたなどの不思議な現象が起き、誰が言い出すのかはわからないが、集団で伊勢参りを行なうことだ。

このおかげ参りに参加して、若者たちは関所も関係なく街道を堂々と歩き、遠く伊勢まで行く。抜け参りだ。

おかげ参りの集団が来ると、街道では握り飯や粥《かゆ》を振舞ったりする。もし振舞いをしなければ、農家や商家に勝手に入り込み、飯を食べたり、酒を飲んだりしてしまうこともある。

岩次郎のすぐ側におかげ参りの集団がやってきた。いったい何人いるんだろうか。数えきれない。数百人の群れだ。恐ろしくなってくる。誰もが唄い、踊っている。幟を上下させ、上に伸ばした手を歌に合わせて、ゆらゆらと揺らしている。

岩次郎は、集団の中に吸い込まれると、自然に両手を上げ、「おかげでさ　するりとさぬけたとさ　おかげでさ　するりとさ　ぬけたとさ……」と唄い出した。

おかげ参りは、関所で過書を求められることなく通過することができるからだ。

町人や農民など、時代に抑圧《よくあつ》された人たちが、その鬱憤《うっぷん》を晴らすように唄い、踊る。時代の権力の象徴である関所も、その力を押さえることができない。ただ見送るだけだ。

「おかげ参りは、俺と似ている」

岩次郎は、踊りながら呟いた。

武士が、ただ武士であるだけで威張《いば》り、その武士も、ただ家柄が良いだけで身分の低い武士を虐《しいた》げる。こんな理不尽な世界があるものか。

人間は、その出自や身分に関係ない。能力が高い、志が高い者が正しく評価され、報われねばならない。努力もしないで、先祖が偉かっただけで、高い地位と俸禄《ほうろく》が約束されている、こんな世界は壊れてしまうべきだ。このおかげ参りも庶民の怒りが爆発したものに違いない。

「俺もこんな世界を自分の力で壊してやる。変えてやる。おかげでさ　するりとさ　ぬけたとさ……」

岩次郎も狂ったように唄い、踊った。小仏関所の木戸門が近づいてきた。門を守る役人が、遠巻きに集団を眺めている。

「おかげでさ　するりとさ　ぬけたとさ　おかげでさ……」

ひと際高く叫び、岩次郎は関所の木戸門をくぐった。もう江戸は目の前だ。

第七章　はじめての奉公

1

岩次郎《いわじろう》は、江戸に着いたものの右も左もわからない。とにかく大通りを江戸城に向かってひたすら歩いた。頼りは、旅の途中に薬売りから聞いた神田柳原《かんだやなぎはら》の小西という人物。同郷で、銭湯《せんとう》を経営しているという。たったこれだけだ。思えば無謀な話だ。

内藤新宿の手前までは、まだ富山と同じように田畑が広がっていて、のどかな風景だった。ところが四谷《よつや》まで来ると、もう目が回るほどの人の流れだ。道の両側には家々が軒《のき》を連ね、その間の細い道を、人が肩を触れ合わんばかりに行き交《か》っている。

「もたもたすんねぇ！　あぶねぇぜ」

米俵を積んだ荷車が岩次郎のすぐ側を、ものすごい勢いで走りすぎた。周囲に目を奪われていた岩次郎は、わっと大声を上げて跳び上がり、どうとその場に尻餅《しりもち》をついた。

富山を出て十四日目、五月中旬になっている。藤兵衛《とうべえ》と別れてからというもの、ほとんど飲まず食わずで江戸市中に入ってきた。

——江戸が俺を待っている。

不思議なことだが、そういう気持ちで疲れも知らず歩いてきた。しかしどうしたことだ。誰一人、声を掛けてくれない。尻餅をついて、痛そうに顔を歪《ゆが》めても手を差しのべてくれる人もない。むしろなんて間抜けな奴だという顔で見られてしまう。

「あの……神田はどの方角に行けばいいのでしょうか」

「悪いな、先を急いでいるからな」

誰も不安そうな岩次郎に答えてくれない。江戸とは、なんと人は忙しく、かつ不親切なことだと思い知った。故郷、富山では人はゆっくり歩き、顔を見れば挨拶をし、困っている様子をみれば、どうしたのかと、声を掛ける。

——早く江戸の風に馴染《なじ》み、地理を頭に入れなければ大変なことになるぞ。

岩次郎は、急いで通り過ぎる人々を見て、気持ちを引き締めた。

ようやく道具を担いだ大工が止まってくれた。岩次郎が、「神田柳原の小西という銭湯に行きたいのだが」と尋ねると「ここから北に向かえば、川に突き当たる。橋を渡って東に向かって歩けば、柳原土手がある。そこは見事な柳並木になっており、その側の柳原通りには多くの店や屋敷が続いている」と教えてくれた。

「そこには小西という銭湯がありますか」

銭湯は、江戸に六百とも八百とも言われるほどあり、単に体を洗うだけではなく、庶民の憩《いこ》いの場として繁盛《はんじょう》していた。

「銭湯は、町にひとつと決まっているからすぐわかるんじゃないか。夜、一杯やる前に銭湯に行くのは、粋《いき》だからね。早くしねぇと、夜になるぜ。夜になると夜鷹《よたか》に襲われるぞ。柳原土手には夜鷹が集まるからな」

大工はにんまりとした。

「夜鷹ですか？」

岩次郎は、首を傾《かし》げた。

「これだよ、これ」

大工は小指を立てた。

「わかりました。気をつけます」

岩次郎は真面目な顔で答えた。

「まあ、お前さんは、夜鷹に食われるには、ちょっと薄汚れているし、臭《にお》うから、なにはともあれ風呂に入ったほうがいいな」

「臭いますか？」

「ああ、臭うね。汗臭ぇな。どこから来たんだい？」

「越中富山《えっちゅうとやま》からです」

「ほう、随分遠くからだね。江戸は生き馬の目を抜くところだから、せいぜい気をつけるんだな」

大工は、岩次郎に微笑《ほほえ》むと、道具を担ぎなおして、去っていった。

「親切な人もいるではないか」

岩次郎は、気を取り直して、北に向かって歩き出した。

しばらく歩くと、川端についた。言われたとおり東に向かう。土手の柳が風に揺れている、賑《にぎ》やかな家並みが続く場所に出た。

ここが神田柳原のようだ。岩次郎は、銭湯を探した。

「神田西の湯」という暖簾《のれん》を掲《かか》げた、三層の、まるで寺社のような構えの銭湯があった。

表札を見ると、小西とある。ここに違いない。

「すみません！　失礼します！」

岩次郎は、勢いをつけて暖簾をくぐった。

中に入ると、番台があり、少し高いところに老婆が座っていた。

「大人は八文《もん》だよ」

老婆は岩次郎に言った。老婆の座っている番台の向こうに脱衣場があるようで、暖簾の下から動いている人の素足だけが見える。

「違うのです。銭湯のご主人の小西さんでしょうか」

「ああ、そうだけども」

老婆は、怪訝《けげん》そうな顔をした。

「越中富山から来ました。岩次郎と申します。江戸で働きたいのですが、同郷の小西さんを訪ねろと言われ、やって参りました」

「おやおや、それは大変だったね。今、江戸に着いたんだね」

老婆が笑顔を浮かべると、顔の皺《しわ》が一層、増えた。

岩次郎は、やっと大海原に頼るべき船を見つけたような気になった。同郷というだけで心が安らぐ。

「はい。十四日もかかりました」

岩次郎は、老婆が親切そうだったので、目を輝かせた。

「道理で、汚くて臭うね。ちょいと待ちなさいよ。孫を呼ぶからね。おい、捨次郎《すてじろう》！」

老婆が脱衣場に向かって叫んだ。

「どうした祖母《ばあ》さん」

暖簾を掻き分けて出てきたのは、上半身裸で、白いさらしの下穿《したば》きを身につけた精悍《せいかん》な印象の若い男だった。

「この人、越中富山から来なすった。何はともあれ、同郷同士、この広い江戸で助け合わねばならねぇ。だからまず湯浴《ゆあ》みをさせてやってくれ。どうにも臭《くさ》い。ここにいても臭うくらいじゃ。越中人は汗臭いと言われたかぁないからね」

老婆は、岩次郎にさっさと上に上がれと指図した。

——風呂に入れる……。

岩次郎はうれしくなった。八文は惜しいが、髪の毛などから汗染みた臭いがするのを落とさねば、仕事は見つからないだろう。

「お代は……」

岩次郎が財布に手をかけようとしたら、老婆は、「同郷からお足は取れないよ」と言った。

旅先でも街中でも、人々は同郷意識が非常に強かった。他人は信用しない世の中なのに、同郷というだけで誰しもが手を取り合った。

——やはり同郷はいいものだ。

岩次郎は、草鞋《わらじ》の紐《ひも》を解《ほど》いた。

2

岩次郎は、湯船を洗っていた。客はいなくなったが、湯屋の中には、まだ湯気が籠《こも》っている。

木造の湯船には、多くの人の垢《あか》がこびりついている。その中には岩次郎のものもあるはずだ。

——感謝を込めて、洗わないといけない。

岩次郎は、棕櫚《しゅろ》のたわしを湯船にこすり付けた。

「もういいですよ。上がりましょうか」

桶を片付けていた捨次郎が言った。

「はい！」

岩次郎は答えた。そのとき、腹の虫がぐるると鳴った。そういえば、江戸に着いてから何も食べていない。

「それにしても丁寧《ていねい》ですね」

捨次郎は湯船を触って、湯垢がきれいに落ちているのに驚いている。

「一生懸命磨きました」

岩次郎は、どんな仕事も一生懸命やろうと誓っていた。

「明日の客が喜ぶでしょう。ところで腹が減ったでしょう。飯でも食いに行きますか」

捨次郎が言った。

「はい！」

飯と聞いただけで、またぐるると鳴った。

岩次郎は、右も左もわからない江戸でいい人に出会った。それも運と言えるだろう。

小西という老婆は親身になってくれた。銭湯は、息子である捨次郎の父親に経営を譲っていた。老婆はもっぱら番台に座るのを日課とし、あとは人の世話をしながら暮らしていた。

岩次郎が、過書《かしょ》もなく、家出同然で江戸に来たことを告げると、親不孝については、厳しく叱《しか》られたが、「成功して、親元に錦を飾るまでは泣き言《ごと》をいうんじゃないよ」と老婆は励《はげ》ましてくれた。

風呂に入り、長旅の垢を思う存分落としたら、脱衣場には新しい着物が用意してあった。

「捨次郎と同じくらいだから、それを着なさい」

老婆は言った。岩次郎は、涙が出るほどうれしくなった。

鬚《ひげ》を剃《そ》り、湯でさっぱりすると、岩次郎は新しい着物を着て、老婆の前に立った。元来、体つきもよく、美丈夫《びじょうふ》ともいえる男だ。

「いい男になったじゃないか。髪を整えてやるよ。仕事を探すには、身だしなみが大事だからね」

老婆は、自ら、岩次郎の髪を整えてくれた。

「仕事が決まるまで、ここに寝泊りするといい。その代わり風呂を洗ったり、片付けしたりの手伝いをしておくれ。いいかい」

老婆は言った。

もちろん、岩次郎に異存はない。寝る所をどうしようかと思っていたところだった。

郷里を出てくるとき、写本や野菜の行商で貯めたお金、二分《ぶ》八百文を持って出てきた。旅の間に一分二朱《しゅ》使い、今、手元には二朱八百文しか残っていない。よくぞこれだけ少ない路銀で江戸まで来ることができたと、岩次郎は我ながら感心したが、仕事が見つかり、収入が得られるようになるまでは、これで暮らさねばならない。

幕末のお金を現代の価値に換算するのは、非常に難しい。何を基準にするかで大いに違いが出てくるからだ。仮に「かけそば」の値段を基準にとって一文を二十五円と仮定すると、一両は十六朱、幕末当時の相場で六千五百文だから、二朱八百文は約四万円になる。

こんなに少ないお金ではどうしようもないと途方に暮れるところだが、岩次郎の前向きさと、同郷意識の強い世話好きの小西の老婆のおかげで、なんとかなった。

老婆の提案は、岩次郎にとって願ってもないものだった。

仕事が見つかるまで銭湯で寝泊りしていい。ただし湯船掃除《そうじ》などの銭湯内外の清掃や客の背中を流すなどの仕事をすること。給金はなしだが、食事はつけるというものだった。

岩次郎は、一も二もなく承諾した。

「ちょうど、うちも人手が足りないのだが、風呂屋は嫌か？　日銭が入っていい商売だよ」

老婆は訊《き》いた。

「嫌なことはありませんが、できれば物を売る商家を紹介してください」

岩次郎は頼んだ。商人として身を立てると誓いを立てたのだから、風呂屋というわけにはいかない。

「承知だよ。あんたのようないい男なら、私も紹介し甲斐《がい》があるというものだ。任せておきなさい」

老婆は、大きく頷いた。

岩次郎のように同郷の人を訪ねて江戸に来ると、たいがい世話好きの女性がいて、仕事の斡旋《あっせん》をしてくれた。人材派遣業とでも言うべき口入れ稼業《かぎょう》だ。中には怪しい者もいたようだが、同郷ネットワークとでもいうべき人材派遣のルートができ上がっていた。

捨次郎は、岩次郎より一歳年長の二十一歳だった。

あまり利発そうではないが、頑健で性格は優しい。

「近くというわけではないですが、日本橋によく行く茶飯屋《ちゃめし》がありますから、そこに案内しましょう」

「茶飯屋といいますと？」

「江戸では、お茶で炊《た》いた飯《めし》におかずを添えて出す店が流行《はや》っているんです。近くにもありますが、日本橋まで時々行くんですよ。せっかくですから歩いていきましょう」

捨次郎は、そう言うが早いか、もう表に飛び出した。岩次郎は、はぐれては大変と、捨次郎の後に続いた。

3

岩次郎は捨次郎に案内されて、南に下り、神田堀を渡って、小伝馬町《こでんまちょう》へとやってきた。

「江戸は、大坂に負けないくらい橋が多い。有名なのは日本橋ですけどね」

「この塗り壁の大きなお屋敷は何ですか？」

「これは小伝馬町の牢屋敷ですよ。石出帯刀《いしでたてわき》様のお屋敷ですが、たくさんの罪人が入れられています。岩次郎さんも、ゆめゆめここにはお世話にならぬように」

捨次郎は、足早に通り過ぎ、さらに南へ向かって歩く。

「賑やかな通りですね」

通《とおり》旅籠町《はたごちょう》は繁盛している商家が並んでいる。岩次郎は、目を輝かせた。

「あれが大丸《だいまる》、丁子屋《ちょうじゃ》」

ひと際大きいのが丁子屋だった。糸問屋だ。多くの小僧や手代《てだい》が忙しく立ち働いている。

「この界隈《かいわい》に大川（隅田川）から船で上がってくるときは、丁子屋をめざしてくるんですよ」

捨次郎の説明に、岩次郎は、自分も早くあんな繁盛する店を持ちたいと思った。

「ここの五色の切山椒《きりざんしょう》という菓子は美味《うま》いですよ。新粉《しんこ》と砂糖と山椒の粉を臼《うす》でついて、短冊《たんざく》に切ったものです」と捨次郎が森清と書かれた看板の店の前で目を細める。口の中に唾《つば》があふれてくるようだ。

「あっちに見えるのが亀屋。あそこの柏餅《かしわもち》もめっぽう美味いんです」

多くの店が並ぶ通りを歩く。乾物《かんぶつ》や食材を扱う店が多い。捨次郎の説明によると、もう少し南に下ったところに日本橋があり、そのあたりを中心に魚河岸《うおがし》があるからだという。

「またじっくりと見物するといいですね。でも魚河岸にある店が、いつも人手を欲しがっていますから、岩次郎さんもそのうちのどこかに紹介されるかもしれませんよ」

捨次郎は、忙しく往来する人たちの間を巧《たく》みにすり抜けていく。岩次郎も江戸では、人にぶつからずに歩く方法を身につけねばならないと思うほどだった。

本町《ほんちょう》四丁目、三丁目と西に歩く。

「そろそろです」

捨次郎が、振り向いた。

「あの大きなお屋敷は？」

岩次郎は指差した。

「あれは金座《きんざ》ですよ。小判を作っています。まあ、あまり縁はないですが」

捨次郎は笑った。

岩次郎は、素直にすごいと思った。魚河岸に金座。人の生活に絶対に必要な食と金の中心が、ここにあるのだと理解したからだ。

――江戸で働くなら、この界隈にしよう。ここなら千両の分限者《ぶげんしゃ》になるための機会に満ちているに違いない。

「着きました。ここです」

捨次郎は、小さな茶飯屋の前で立ち止まった。

「ここは本町一丁目。すぐ向こうはお堀で、常盤橋《ときわばし》を挟んで松平様のお屋敷なんかがあります。さあ、入りましょうか」

捨次郎は暖簾をくぐった。

岩次郎は、もう少し外を眺めていたいという気持ちを抑えて、中に入った。

小さな店だった。十人も入ればいっぱいで、人気店なのか混んでいた。

「待たずに入れるなんて運がいいですよ」と捨次郎は、近くの卓に陣取ると、「茶飯、二つ」と小女に声をかけた。

茶飯は、米や雑穀を煎茶《せんちゃ》やほうじ茶で炊いたもので、奈良で食されていたものが江戸でも流行ったものだ。蜆《しじみ》の味噌汁や豆腐などを添えて出される。

一つの値段が十二文という安さだ。現在で言えば、約三百円といったところか。ファストフード店での値段程度と考えていいだろう。

「腹がすいたでしょう。今日は、私がおごりますよ」

捨次郎は言った。

「申し訳ありません。いつかきっとお返しします」

岩次郎は、頭を下げた。持ち金は少ない。この江戸で生きていくには十分ではない。しかしこうして多くの人に助けられるというのは、自分に運があるからだ。努力はするが、この運というものも大事にしなくてはならない。

「さあ、食べましょう」

茶飯と味噌汁、あんかけ豆腐、香《こう》の物が運ばれてきた。量は、江戸らしく上品で、たっぷりというわけではない。しかしすきっ腹には、ありがたい。岩次郎は、箸《はし》を取った。味が沁《し》みていてなかなか美味い。

「今日からは　おぼこもじゃこのととまじり　やがてなりたき男一匹。どうだい？　上手《うま》い歌だろう。この茶飯と比べても遜色《そんしょく》ないぜ」

店の女相手に、大きな声で自慢している男がいる。店の女は、「なによ、それ？　変な歌」と笑っている。

「変な歌じゃない。今は、おぼこでもやがてでっかい魚になるっていう歌だ。俺が作ったんだぜ」

男は言った。

岩次郎は、茶飯を食べながら、その張りのある声に耳を傾けた。明るく、こちらまで元気になるような声だった。

――俺と同じように大きな夢を抱《いだ》いている奴がいる。

背を伸ばして男を見てみると、小柄だが機転の利きそうなキラキラとした輝く目をしている。どことなく太閤《たいこう》秀吉を思わせる風貌だ。

「岩次郎さんは、江戸に仕事を探しに来たのですよね」

捨次郎が、茶飯で頰をふくらませながら言った。

「仕事を見つけるだけでなく、千両の分限者になるためです。富山では世間が狭いので江戸に来ました」

「千両の分限者ですか。それはすごい」

「捨次郎さんは、日本一の銭湯にするのですか?」

「私が、ですか?」と捨次郎は驚いたように目を見張り、「考えたこともないですね。親の仕事を手伝っているだけですから」とやや頼りなげに答えた。

また男の声が聞こえてきた。

「俺は、越後《えちご》の新発田《しばた》では、小太閤《しょうたいこう》と呼ばれていたんだぞ。いずれは天下を取る男だぞ」

男の声は、どこまでも明るい。

「ここは江戸よ。太閤さんをやっつけた徳川さんの街よ。太閤さんでは出世できないわよ」

女はからかい、はしゃいでいる。

「何を言うか。出世は太閤さんだ。もともと武士ではないんだぞ。そこから天下を治めたんだ」

男の勢いは止まらない。聞きようによっては武士の世の中を批判しているようにも聞こえる。

「大倉屋《おおくらや》さん、お酒も飲んでないのに、もうそのくらいにして」

女が、すこし困っている。

「いや、太閤さんが一番の出世頭だと認めん限りは、もうこの茶飯屋には来ないぞ」

男は言った。怒ってはいない。目が笑っている。

岩次郎は、すっと立った。捨次郎が、驚きと心配の入り混じった顔で見上げた。岩次郎は、まっすぐに男の卓に歩み寄った。

「何だ？　何か用か？」

男が警戒した視線を岩次郎に送った。

「同感です」

岩次郎は、男に言った。

男は、怪訝そうに首を傾げた。

「今の話です。天下一の出世頭は誰か？　太閤秀吉だという話です。それに私も同感するということです」

岩次郎が男を見つめると、男も目を細めて、岩次郎を検分するかのように見つめた。

「俺もなりたや太閤様に……。大倉屋の喜八郎《きはちろう》と言います。下谷上野町摩利支天横町《したやうえのちようまりしてんよこちよう》で、乾物を商っています」

喜八郎は、手を差し出した。

「越中富山の安田村から来ました岩次郎と言います。私も太閤様に憧《あこが》れて、千両の分限者になるために江戸に来ました。よろしくお願いします」

岩次郎は、喜八郎の手を握った。

「それはたいしたものだ。しかしあなたなら、千両の分限者になれるという気がします。そんな眼をしておられる」

喜八郎は、岩次郎の手を固く握り締めながら言った。

「ところでここの茶飯、美味いですね」

岩次郎が微笑んだ。

「ええ、美味いですとも」

喜八郎が言った。同時に二人は笑い出した。捨次郎が離れた卓から心配そうに見つめていた。

4

「いい働き口が見つかったよ」

いつものように湯船を磨いていた岩次郎のところに老婆がやってきた。江戸に来てそろそろ二週間が過ぎた。まさかこのまま風呂屋になってしまうのではないかと不安になっていた。老婆や捨次郎は親切で、非常に過ごしやすいのだが、自分のやりたい仕事ではない。老婆は、岩次郎の真面目で丁寧な仕事ぶりに感心して、何度も「うちの小僧になれ」と言っていたが、その都度、申し訳ありませんと断っていた。そのたび、老婆の皺の多い顔が渋くなる。もういい加減にして欲しいと思っていたところだった。

「どんなところですか」

「日本橋四日市町《よっかいちまち》の丸屋さんだよ。海苔《のり》や乾物を商っていなさるんだ。繁盛しているよ」

「四日市町ですか」

四日市町は、日本橋川の南、江戸橋と日本橋に挟まれた大路だ。

毎月四日に市《いち》が立つ。北の対岸には魚河岸があり、そこに荷揚げされた多くの魚や乾物、野菜などを商う店が集まり、買い物客で賑わっていた。

明暦《めいれき》の大火（一六五七年）で多くの家屋が焼失したため、防火のため川岸には、封疆蔵《どてぐら》と呼ばれる石組の防火壁が設けられていた。その封疆蔵に沿って、戸板に魚を並べただけの店や暖簾を掲げた老舗《しにせ》などが軒を連ねていた。

「知っているのかい？」

老婆は訊いた。

実は、岩次郎は茶飯屋で知り合った喜八郎に案内されて、魚河岸や四日市町を歩いたことがあったのだ。

喜八郎は、魚河岸で仕入れた鰹節《かつおぶし》、伊豆の大島などの魚の塩物、干物などを、茶屋に納めたり、摩利支天横町の店で売ったりしている。草鞋履きで誰よりも早く魚河岸に行き、いい品物を仕入れ、茶屋に納めた。とにかく熱心な仕事ぶりで、暴風雨や不漁の日などには現金で魚を買占め、自分の店や上野広小路《ひろこうじ》などで販売したり、他の魚屋、乾物屋に転売したりする。他の店は仕入れを控えていたため、大いに稼いだという。

「とにかく働き甲斐があるぞ。しかしいつまでも使われていては面白くない。俺は真面目に貯金をして、実家の資金も少し頼りにしたが、いち早く店を持ったというわけだ」

と喜八郎は、大きな目を生き生きと輝かせて話した。話を聞きながら、実家の資金を当てにできた喜八郎を羨《うらや》ましく思ったが、自分も彼に続くと決意を固めた。

「ええ、少し捨次郎さんに案内していただきました」

「とにかく忙しい店だが、いいご主人だよ。それよりうちの銭湯で働く気は、本当にないのかい？」

老婆は、名残惜《なごりお》しそうに言った。

「すみません！」

岩次郎の心は日本橋四日市町に飛んでいた。

当時、商家に小僧として入ると、十年は年季奉公をしなければならなかった。三年目には半元服《はんげんぷく》になり、雪駄《せった》の鼻緒《はなお》が、竹皮の貧乏鼻緒から鰌《どじよう》鼻緒に変わる。五年目には、本元服といい、駒下駄《こまげた》が支給され、実家に帰ることが許される藪入《やぶい》りに羽織を主人から賜《たまわ》ることもある。

この頃、若衆と呼ばれるようになり、その後も真面目に勤めていれば次第に出世し、手代、番頭《ばんとう》にのぼり詰めるが、十年の年季を勤め上げたところで、一年のお礼奉公をする。これでやっと三両（今の約四十八万円）程度の餞別《せんべつ》をもらって暖簾わけが許される。

「お前はなかなか見どころがあると向こうさんには話してある。だからきちんと勤め上げるんだよ」

老婆は、何度も念を押した。

「わかっております」

岩次郎は、返事をしたが、十年も同じ店で辛抱《しんぼう》するつもりはなかった。一日でも早く独立をする、喜八郎に負けてたまるかという気持ちだった。目標とする太閤秀吉も織田信長に仕官するまでは七年間の雌伏《しふく》の日々があったという。我慢したとしてもせいぜい七年だ。それまでには独立し、千両の分限者になってみせる。

しかし商家に勤めて暖簾わけという形で独立するには、大変な苦労があった。独立には、五十両、百両という資金が必要だといわれていたが、なかなかそんな資金を作ることはできない。

住み込みなら住居や最低限の食事の心配はすることはないが、給金は年三両二分（約五十六万円）だ。これで銭湯から髪結いなど、日常のすべての費《つい》えを賄《まかな》わなくてはならない。銭湯が八文、髪結いが三十二文、ちょっと茶飯屋で食べても十二文もかかる。酒や煙草《たばこ》も嗜《たしな》みたいとなると、結構、生活費がかかってしまう。

そのため藪入りに主人から三十銭、内儀《おかみ》さんから二十銭程度支給される賞与的な金銭を貯めておくなどの努力をしなければならない。それでもたいていの使用人は資金がなく、たとえ番頭になっても通《かよ》い番頭といい、いわば雇われ番頭として長く勤務することになる。

「とにかく収入の八割で暮らすことだ。残りは貯蓄する」

岩次郎は、江戸に出てくるときの誓いを新たにした。

岩次郎は、丸屋に奉公し始めたのを契機に忠兵衛《ちゅうべえ》と改名した。心機一転との強い思いからだ。これからは岩次郎改め、忠兵衛と名乗ることにする。

5

忠兵衛は、熱心に働いた。朝、早くに起床し、店の前を掃除し、暖簾を出す。番頭など上司の布団《ふとん》を片付けたり、商品を並べたり、早朝にやらねばならないことは多い。店が開けば、目が回るほど忙しい。ぼんやりする暇もない。

食事は、朝食に味噌汁、香《こう》の物、昼に魚が出るか出ないか、夜もせいぜい汁と香の物程度だ。腹は減るが、貯蓄をするためには仕方がない。たまに仕入れに来た喜八郎と待ち合わせし、茶飯屋で夢を語るのが、貴重な息抜きだった。

忠兵衛が主人に重宝《ちょうほう》されたのは、安田村で少年祐筆《ゆうひつ》と言われたほど字が上手かったことだ。同輩の者たちの中には字が書けないで、勉強中の者もいる。その中で商人に必要な字の読み書きができ、大人以上に能筆である忠兵衛が頭角《とうかく》を現すのは当然だった。

「これを頼む」と主人から、店の商品の案内などを書くように頼まれることもたびたびだった。忠兵衛は嫌がらず、心を込めて書いた。そのたびに二十銭、三十銭の小遣いが支給されたが、これを貯めておき、同輩の者たちで平等に分配した。こうしないと仕事仲間の嫉妬《しっと》を買うことになるからだ。これが仲間で協力をして、仕事を進めるルールだった。忠兵衛は、丸屋での仕事から様々なことを学んだ。協力して働くルールもそのうちの一つだが、相場《そうば》にも関心を持った。

年齢や実力では手代と変わらないが、新参者であり、仕入れを任されることはない。しかし番頭や手代たちが魚や乾物を仕入れるのを注意深く観察した。

――たくさん入荷があれば、仕入れ値は下がる。

――安く売れれば、客が飛びつく。そのため客は安くなるのを待っている。

――よく売れるからと言って、誰もがそれを仕入れようとすると、仕入れ値が上がる。

商品の売れ筋などを見ているだけで楽しくて仕方がなかった。

喜八郎が、自慢していたことも思い出した。大雨の日に、同業者が仕入れを控えていれば、そのときこそ儲《もう》けることができるということだ。資金と度胸《どきょう》があれば、大量に仕入れても、高値で飛ぶように売れていく。

自分なら、もっと上手く儲けることができると歯がゆく思いながら、先輩の番頭や手代たちの仕事ぶりを暇を見つけては観察していた。

まるで給金をもらって学校に通わせていただいているようなものだと、忠兵衛は丸屋の勤務を楽しんでいた。

ところがある日、西の湯の老婆が丸屋にやってきた。

「忠兵衛さん、元気かい？」

「おばあさん、しっかりやっていますよ」

老婆が訊いた。

忠兵衛は明るく答えた。

「太田弥助《やすけ》さんという人を知っているかい？」

「ええ叔父です」

「訪ねてこられたんだよ。だから丸屋にいると話したからね。忠兵衛さんを連れて帰ると息巻いておられたからね。もうすぐ来られると思うから、事前に知らせておいてやろうと思ったんだよ」

老婆は、事態が忠兵衛にとって好ましくない方向に進む予感に、暗い顔をしていた。

「父上だな」

忠兵衛は呟《つぶや》いた。

父善悦《ぜんえつ》が、弥助に連れ戻すように依頼したに違いない。

忠兵衛は、後悔した。こんなことなら手紙を書いて、安心させるのだった。出世するまでは、父には秘密にしておこうと思ったことが、かえって心配させてしまったのだ。

——隠れるか、それとも主人に頼んで弥助に連れ戻すことを諦《あきら》めてもらうか。

しかし忠兵衛は弥助に会い、きちんと彼の話を聞こうと肚《はら》を決めた。弥助には、郷里を出るとき、見逃してもらった恩もある。これ以上、迷惑はかけられない。

「会うかい？」

老婆は訊いた。

「はい」

忠兵衛は返事した。

老婆が去ってしばらくすると、弥助がやってきた。

「岩次郎、いや、今は忠兵衛になっているようだが、探したよ」

「叔父さん、お久しぶりです」

弥助とは店の座敷で会った。事情を聞いた主人が、店先で会うのもなんだからと座敷に上げてくれた。重用《ちょうよう》されている忠兵衛だからこその扱いだった。

「一生懸命働いているようだね」

「はい。大事にしていただいています」

「私も、一旦は、江戸行きを見逃した身だ。善悦殿にたいそう叱られてしまった」

弥助は眉根《まゆね》を寄せた。

「申し訳ございません。おかげで一歩を踏み出すことができました」

忠兵衛は頭を下げた。

「戻る気はないかね」

弥助は、情けない顔をした。

「戻る気はありません」

忠兵衛はきっぱりと言った。

「善悦殿も千代《ちよ》殿も酷《ひど》く悲しんでおられるぞ。そこをなんとか曲げて、帰ってきておくれ。このとおりだ」

弥助は畳に額を擦《こす》りつけるまで深く頭を下げた。

「叔父さん！　もったいない。顔を上げてください」

忠兵衛は慌《あわ》てた。

「いや、私はご両親の悲しそうな顔をこれ以上見るわけにはいかない。忠兵衛が帰ると約束してくれるまでは、顔を上げげん」

弥助は、畳に額を擦りつけたまま言った。

「うーん」

忠兵衛は腕を組み、天井を睨《にら》んだ。

このまま帰らないということになると、弥助に恥をかかせることになる。また善悦から、お前が江戸行きを見逃したせいだと責められるかもしれない。

「帰ってあげなさいよ。親孝行、したいときには親はなしってね。後で後悔するよりいいよ。忠兵衛はまだ若い。江戸へは、正式に親から許されて来たらいい」

いつの間に座敷に入ってきたのだろうか。声に驚いて、振り向くと主人だった。

「わかりました。帰ります」

忠兵衛は弥助に言った。

「おう、帰ってくれるか。これで善悦殿に顔向けができる。ご主人！　感謝いたします」

弥助は、主人に礼を言った。

主人は、穏やかな笑みを浮かべながら「その代わり忠兵衛が、もう一度江戸に来るときには、ぜひ丸屋に奉公するようにお願いします」と弥助に言った。

「わかりました。その際は、忠兵衛を説得いたします」

弥助は胸を叩いた。

「申し訳ありません。短い間でしたが、大変勉強になりました。お暇《いとま》いたします」

忠兵衛は主人に頭を下げた。

「寂しいが仕方がないねぇ」

主人も心から残念そうに言った。

「さあ、そうと決まれば、心変わりをしないうちに江戸を出発しましょう。忠兵衛、荷物を纏《まと》めてきなさい」

弥助が立ち上がった。

――次はいつ江戸に来ることができるだろうか。

忠兵衛の江戸で働くという試みは、またも挫折《ざせつ》に終わった。焦りを感じないわけにはいかなかった。

そして帰郷して、善悦と千代を説得すると考えるだけで、深い憂鬱《ゆううつ》に襲われるのだった。

第八章　太閤《たいこう》に学べ

1

弥助《やすけ》に連れられて善悦《ぜんえつ》の前に座った。千代《ちよ》が、白湯《さゆ》を運んできた。彼女の顔には、忠《ちゅう》兵衛《べえ》が無事に帰ってきたことで、安堵《あんど》した表情が浮かんでいた。

「お前、改名したのか」

善悦が、腕を組み、難しい顔で訊《き》いた。

「はい、江戸で千両の分限者《ぶげんしゃ》になるために忠兵衛となりました」

「岩次郎《いわじろう》から忠兵衛か……。まあ、悪くない名ではある」

「将来、千両の分限者になりました暁《あかつき》には、お父上のお名前から一字でもいただきたいと思っております」

忠兵衛は覚悟を決めていた。江戸行きは、二回とも失敗に終わった。一回目は、自分自身の準備不足もあり、途中で猟師の親子に説得されて、断念した。二回目は、なんとか江戸にたどり着き、江戸の華やいだ空気を嗅《か》ぐことができた。しかしこうして弥助に連れ戻されてしまった。だが物事は考え方次第だ。何も後悔することはない。それは二回とも失敗に終わったが、確実に江戸に近づいているからだ。

三度目の正直と言うではないか。それに一足《いっそく》飛びに成功するのは、自分の性《しょう》に合わない。一歩一歩、着実に目標に向かっていく、千里《り》の道も一歩からという生き方が、自分にはふさわしい。

忠兵衛は、善悦に対して自分の行動を反省するというより、理解してもらいたいと考えていた。

「お前は長男だ。家を守《も》り立てねばならない」

善悦は厳しい口調で言った。

「家を守り立てるのは、富山にいなければできないことではありません。江戸でもできます。いやむしろ江戸のほうが、好都合と申せましょう」

忠兵衛は反論した。

「江戸は、大きなところだ。お前のようななんの伝手《つて》も縁故もない者が立身出世できるところではない。野垂《のた》れ死ぬか、尾羽《おは》打ち枯らして帰ってくるかどちらかだ」

「絶対にそのようなことにはなりません。今、江戸には、全国から身を立てることを求めて、私のような縁故係累《けいるい》のない者たちが、集まってきております。それぞれが胸に大望を抱《いだ》いております」

　忠兵衛は、大倉喜八郎《きはちろう》のことを思い浮かべた。彼も夢を実現しようと、江戸で死に物狂いで働いている。彼に遅れを取りたくない。同じような夢を抱いた同世代の人間たちと出世を競いたい。

「江戸は、活況を呈《てい》しております。外国船の来航により、武士の世が、このまま続くのか、はたまた全く違う世の中になるのか、いろいろな思惑が蠢《うごめ》いております。そのため私のような若者が、諸国から江戸に集まり、立身の機会をうかがっております。私は、負けません。必ず彼らより立身し、家名を高めます」

　忠兵衛は、善悦を強く見つめた。

「忠兵衛殿は、自分で見つけた丸屋という大店《おおだな》で働き、短い間に主人の高い評価を得られてござった。もしもう一度江戸に来ることがあれば、必ずうちで働いてくれと念を押されたくらいだ。たいしたものだ」

　弥助は、自慢げに話した。忠兵衛の援護をしているつもりなのだ。

「そうか……」

　善悦の表情が、少し緩《ゆる》んだ。

「忠兵衛は、富山にいるより、広い江戸の空が似合っていると思う。獅子《しし》は、我が子を千《せん》尋《じん》の谷に突き落とすと言うではないか」

　弥助は言った。

「この子は、何度でも江戸に行くと思いますよ。いくら止めても……」

　いつの間にか、善悦の側に座っていた千代が呟《つぶや》いた。諦《あきら》めたという表情ではあるが、自分の力で江戸まで行き、たとえ数か月でも仕事をしてきた忠兵衛を頼もしく思っているようでもあった。

　善悦は、腕組みをしたまま、口を固く結び、目を閉じた。

　忠兵衛は、焦らず、善悦の思案の結果を待つことにした。

　数か月後、善悦は、忠兵衛を部屋に呼んだ。

「許す」

　善悦の口からはひとことだけが飛び出した。

　忠兵衛は、身を乗り出した。

「江戸行きを許していただけるのでしょうか」

「何度も言わせるな。許すといったら許す。必ず目的を達成して、家名を高めて欲しい」

「ありがとうございます」

　忠兵衛は、畳に額を擦《こす》りつけるほど、低頭《ていとう》した。これで晴れて江戸に行くことができる。この場にいることがじれったくなるほど、心が浮き立った。

「親戚の林松之助《まつのすけ》が江戸に勉学に行く。それに同行させてもらうように頼んでおいた」

「本当でございますか？」

忠兵衛は、再び額を畳に擦りつけた。

善悦は、忠兵衛が安全に江戸に行くことができるように、親戚と相談したに違いない。

この期待に応《こた》えなくてはならない。忠兵衛は決意を新たにした。

十七歳で初めて江戸行きに挑戦して、五年目のことだ。安政《あんせい》五年（一八五八年）、忠兵衛は二十一歳になっていた。

2

「ご無沙汰《ぶさた》です。帰ってきました」

忠兵衛は、神田柳原《かんだやなぎはら》の「神田西の湯」に小西の老婆《ろうば》を訪ねた。

「おうおう忠兵衛さんじゃないかね。幽霊じゃないよね」

老婆は、顔を皺《しわ》でいっぱいにした。

「本物ですよ。ほら」と忠兵衛は、両足を勢いよく叩いて「足があるでしょう」と笑った。

「無理やり、富山に連れ戻されたから、幽霊になって魂だけが江戸に帰ってきたのかと思ったよ」

老婆は、両手で忠兵衛の体を挟《はさ》んだ。その顔には懐かしさがあふれていた。

「忠兵衛さん」

「捨次郎《すてじろう》さん、帰ってきましたよ」

忠兵衛の目の前に、煤《すす》で頰《ほお》をくすませた捨次郎が相好《そうごう》を崩して立っている。

「必ず戻って来ると思っていましたよ。また茶飯《ちゃめし》を食べにいきましょう」

捨次郎は、忠兵衛の手を強く握った。

「行こう。あれは何度食べても美味《うま》いからね」

忠兵衛は言った。

「おやまあ、お前さんたち、二人でいいことをして遊んでいたんだね」

老婆が、笑みを浮かべながらも忠兵衛を睨《にら》んだ。

「茶飯を時々、食べただけですよ。他に何も悪いことなどしていません」

忠兵衛は、慌《あわ》てて否定した。

「今度は、親御さんのお許しが出たんだね。この間のように家出同然で出てきたんじゃないね」

老婆は訊いた。

「ええ、今度こそは父の許しを得ることができました。千両の分限者になる決意でがんばります」

　忠兵衛は言った。

「それなら相当な覚悟をして江戸で働くんだね。忠兵衛さんは、見どころのある人だ。しかし長く江戸にいると、たいていの人が江戸の魔に魅入《みい》られて、身を持ち崩す。私は、大勢の若い人を世話してきたがね、どの若い人にも才能も、夢もあった。しかし成功した人もいれば、失敗した人もいる。どちらかと言うと失敗した人のほうが多いだろうね」

　老婆は、先ほどとは打って変わった真面目な顔になった。

「成功と失敗を分けたのは？」

　忠兵衛は訊いた。

「それは、どんなときにも真面目にこつこつと努力できるかということに尽きるよ。陰《かげ》日向《ひなた》なく努める人は、間違いなく成功したね。もちろん成功というのは、何もお金持ちになるばかりでないよ。お金持ちではないが、温かい家庭を作り、友人に恵まれることも大変な成功だよ」

　老婆は、優しく微笑《ほほえ》んだ。

「よくわかりました。努力します」

　忠兵衛は、この老婆のような人生経験豊富で、滋味《じみ》のある人と出会えたことは、自分の運の強さだと思った。

「ところで仕事はどうするんだい？　丸屋さんに戻るのかい？　いつでも戻ってきてくれと言われているんだがね」

老婆の問いに、忠兵衛は少し弱った顔をした。

「どうした？」

「私は常々、太閤《たいこう》秀吉のようになりたいと思っております」

「どういうことじゃ？」

「秀吉も信長に仕えるまでに七年間の修業を経ています。最初は、蜂須賀小六《はちすかころく》に、次は松下嘉平治《かへいじ》に仕えました。蜂須賀の下《もと》では、戦略の立て方、戦いのやり方を学び、松下の下では、兵法、内政、財政を学びました。これだけの期間、修業をして信長に出会ったわけです。ですから、どれほど信長に難題を突きつけられても一向に動じることなく、対処できたのです。これが、秀吉が信長の下で頭角《とうかく》を現した理由です。秀吉ほどの豪傑、天才でさえ地道な修業を行なったわけですので、私も同じように修業したいと思います」

「修業先が、丸屋ではいけないのかい？」

「問題はありません。むしろもったいないくらいです。むしろ私のような信用のない者を快く雇っていただいただけでも感謝に堪《た》えません」

「だったら丸屋でいいじゃないか。先方さんもお望みだし……」

老婆は、怪訝《けげん》な顔をして忠兵衛を見つめた。忠兵衛が悩む理由がわからない。

「秀吉は、まず蜂須賀の下で戦略や戦《いくさ》の仕方を学びました。秀吉は、野武士《のぶし》一族である蜂須賀と領地を動き回ったのです。そうやってまず戦う土地、風土、人の性質などを学びました。私もこれから江戸で戦うにあたって、動き回り、その土地や風土、人の性質などを学びたいと思います。その後に、丸屋のような商いの本道を学ぶべきかと思います」

　忠兵衛は、思案げに言った。

「要するに江戸で本腰を入れて商売をするのに、もっと江戸を知りたいということだね」

　老婆は納得したように笑みを洩《も》らした。

「敵を知り、己《おのれ》を知れば、百戦危うからずと言いますから」

「見上げた心がけじゃ。捨次郎、ならばどんな仕事がいいかのう？」

　老婆は、捨次郎に訊いた。

「江戸をくまなく知るには、行商だろうね。飴《あめ》売りもあるが、うちが親しいとなると玩具《がんぐ》売りがいいんじゃないか」

　捨次郎は言った。

「玩具売りねえ」

　老婆が思案げに首を傾けた。

「玩具？　おもちゃですか」

　忠兵衛は身を乗りだした。

「玩具売りは、天秤棒《てんびんぼう》に葛籠《つづら》をぶら下げて、江戸市中を流して歩くんだ。雛《ひな》祭りの時節は、よく売れるらしいよ。江戸では、あまりに華美な贅沢《ぜいたく》は禁止されているから、小さなお雛様なんかに人気があるのさ」

捨次郎は言った。

「干支《えと》飾りを持ってきておやりよ」

老婆に言われて、捨次郎は、自宅に急いで帰った。しばらくすると、手になにやら小さな人形を抱《かか》えて戻ってきた。

「これが毎年、玩具売りから買っている干支の人形さ」

捨次郎が、両手を広げた中には、紋付《もんつき》を着た猪や牛の土鈴《どれい》があった。

「可愛《かわい》いな」

「これは面白いよ」

土鈴の側に竹細工がある。

「それはなんだ?」

「とんだりはねたりと言ってね、竹細工にバネが仕込んであって、はねあがると、この被《かぶ》り物が脱げて、中から人形が出てくるんだよ」

実際に、捨次郎がやって見せると、帽子のような被り物が取れ、中から歌舞伎《かぶき》の助六《すけろく》姿の人形が現れた。たわいもないが、愛嬌《あいきょう》がある。

「紹介してください。玩具売りをやります」

「葛籠を二つも天秤棒で担《かつ》いで江戸市中を売り歩くのは、なかなかつらいよ。大丈夫かい？」

老婆は眉根《まゆね》を寄せた。

知らない江戸で、赤の他人に物を売るなど、なかなかできることではない。そんな苦労をするよりは、丸屋の店先に立っていたほうがいいのではないかと、親心から心配している。

「私は、富山で行商をやっていましたから、ご心配には及びません」

忠兵衛は、努めて明るく言った。

「横山町の玩具問屋江戸屋さんが、小僧さんを探しているって言ってたじゃないか」

捨次郎が大きく頷いた。

「そうだね。江戸屋さんならしっかりしておられるからいいやね。住み込みにもなるしね」

老婆も頷いた。

「よろしくお願いします」

忠兵衛は頭を下げた。

横山町は、小西の風呂屋のある神田柳原から、南東に行ったところに位置する活気ある問屋街だ。

「いくらつらくても逃げ出さず、がんばるんだよ」

老婆が諭《さと》した。

忠兵衛は、「はい」と明るい声で返事をした。

3

世の中には、才気煥発《さいきかんぱつ》であっても成功しない人がいる。一方、学問もなく、あまり才能に恵まれていないのに大成功を収める人がいる。この違いはなんだろうか。

それは才能のない人が非常に忍耐力に富み、自分が定めた目的に執着《しゅうちゃく》して、脇目も振らず突き進むからだ。才能がないために、これしか道はないと思い定めたら、自分の信じる道を、ただひたすら歩み続けるからだ。

ところがなまじ才能があるばかりに、目的を一つに定めることができず目移りしてしまう。あるときは右、あるときは左と進む道をふらふらと迷っているうちに、時は過ぎ、何も達成せずに終わってしまうのだ。

才気煥発の人が、才能を発揮せずに終わってしまうのは、まるで樫《かし》の実の山を見て、樫の森林だと言うようなものだ。才能の開花しない天才は、天才ではない。

忠兵衛は、自分のことを才能がない人間だと思っていた。愚直に一歩ずつ進むしかない。その進む意志力だけは誰にも負けない。

今度は自ら望んで行商人の仕事を選んだ。慣れた仕事に就《つ》くのではなく、あくまで自分の将来にとって何が大切かを考えた選択だ。その選択が間違っているかどうかは、やってみないとわからない。とにかく信じる道を歩くのみだ。

「ここだよ」

老婆は、賑《にぎ》やかな問屋の店先に忠兵衛を案内してくれた。

江戸には多くの行商人がいた。付け木売りという硫黄《いおう》を塗った木片売り。これは火打石から出る火を移すもの。木片一つが一文《もん》程度の小商いだ。弥次郎兵衛《やじろべえ》人形売りや鶯笛《うぐいすぶえ》売り。子供相手の商売で、せいぜい一つ四文程度。シャボン玉売り、お猿売り、蝶々《ちょうちょう》売りなども子供の玩具売りだ。シャボン玉は、泡の玉を作る材料など、お猿は、竹串をお猿の人形が登るというからくり人形、蝶々は竹の先に紙製の蝶々をつけたものだ。どれもこれも四、五文の小商いだ。

江戸屋は、玩具問屋でもかなり大きな規模だ。取り扱っているのも、捨次郎が見せてくれた多少値の張る干支の縁起物《えんぎもの》から、シャボン玉やお猿人形まであリとあらゆるものを扱っている。主人は与三郎《よさぶろう》という。

「ご主人の与三郎さんを呼んどくれ。小西の婆《ばば》が来たとね」

老婆は、店先にいた小僧に言った。小僧は、次々に店へ入ってくる行商人に玩具を渡していた。

小僧は、ちらりと老婆に視線を送ると、後ろを振り向き、店の奥に向かって「お客様です。旦那様《だんな》」と呼びかけた。

姿は見えないが、「誰だい？」と返事があった。

「小西の婆とおっしゃっています」

「やけに婆を強く言うね」

老婆が文句を言った。

「小西さんか……。わかった。今すぐ行くから」

奥からゆっくりと歩いてきたのは、大柄な男だった。目が大きい、はっきりとした顔立ちだ。

「久しぶりだな。今日は、またなにか用かい」

「いい人を連れてきたんだよ」

「それはまたありがたいことだな。だが以前、紹介してくれた子は、三日と持たず、逐電《ちくでん》してしまったぞ」

与三郎は、ちらりと忠兵衛を見た。忠兵衛は、老婆の前に進み出て、「忠兵衛と申します。富山、安田村の出身です」と挨拶し、頭を下げた。

「あの子は、見込み違いだった。謝るさ。しかしこの忠兵衛さんは、なかなかだよ。字も達者だし、何よりも克己心《こっきしん》がある」

「ほう、克己心ね」

　与三郎は、感心したように言い、忠兵衛を嘗《な》め回すように見つめた。

「真面目に、将来に向かって努力する人が欲しいと言っていたから、忠兵衛さんはぴったりだよ」

「わかった。今度は期待するよ」

　与三郎は、口とは裏腹に冷たい視線を忠兵衛に送った。

「よろしくお願いします」

　忠兵衛は、あらためて頭を下げた。

「うちはね、見てのとおりの玩具屋だ。多くの行商人に、ここにある玩具を江戸中で売り歩いてもらう。おもちゃはいらんかね、鶯笛が四文、ホウホウキョキョキョ、ひぐらし笛が四文、ピッピピッピピッという具合だ」

　与三郎は、玩具売りの口上《こうじょう》を真似《まね》た。なかなかよく通る、伸びやかな声だ。

「私も、行商人から身を立てて、問屋になった。うちは、完全な歩合制《ぶあいせい》だ。うちの商品を貸してあげるから、それを市中で売って、売り上げの四割がお前さんの取り分になる。道具も何もかも貸し与える。住まいもこの裏手の長屋に住めばいい。もしも大きく儲《もう》けたいと思うなら、うちから商品を仕入れ、お前さんの力で売ればいい。卸値《おろしね》は、四割だから、六割がお前さんの取り分になる。儲けはあるが、売れ残れば、お前さんの損になる。まあ、最初は、無理しないほうがいいんじゃないか。徐々に客がつき始めたら、儲けの多いやり方を選んでも良い」

与三郎は、一方的に話した。何度も同じ説明をし、飽き飽きしている様子だ。きっと多くの若者を雇い入れたが、定着せず辞めていくのだろう。

「それから言っておくが、甘い商売ではないよ。最近の若い人は、自分がうまくいかないことは主人が悪い、仕事を教えてくれないからだ、などと愚痴《ぐち》や文句ばかり言う。しかし私もそうだったが、主人から親切にされて、成功した奴なんか一人もいない。みんなこき使われるからこそ、なにくそと思ってがんばれるんだ。だから主人の良い悪いは全く関係ないと私は思っている。お前さんも将来は独立して、何か商売をやろうと思っているのだろう?」

「はい。千両の分限者になります」

忠兵衛は、はっきりと言った。

「ほほう、千両の分限者ねえ」

与三郎は、目を剝《む》いた。しかし顔は、小莫迦《こばか》にしたように笑っている。

「私もなりたいが、なかなかなれないねえ。なあ、小西の婆さんよ」

与三郎は、老婆に言った。

「まあね。よほど、運がよかぁないとね」

老婆も苦笑した。

「そこまでお前さんの夢が大きいなら、話は簡単だ。とにかく成功するかどうかは、主人のせいじゃない。お前さん自身のせいだ。そう思って努力してくれ。ところで出鼻をくじくようで悪いが、玩具売りじゃあ千両の分限者にはなれないぜ。玩具屋になるために玩具売りになるのかい」

「まだなんの商売をするかは決めておりません。働くうちに、何がふさわしいか決まると思っています。私は、職人になるのではありません。職人なら大工は大工、建具《たてぐ》は建具で修業しないと一人前にはならないでしょう。しかし商売人は違うと思います。それはどの商売も呼吸は同じだと思うからです。ご主人のおっしゃるとおり、奉公する目的は、この商売の呼吸を自分で会得《えとく》するためです。この呼吸さえ会得すれば、なんの商売でもやることができます。奉公先の仕事のことしか思いが及ばないようでは、たいした商売人にはなれません。玩具売りをやりつつ、あらゆる商売に通じる呼吸を会得するように努力いたします」

忠兵衛は、自分の考えを語った。与三郎の口がぽかんと開いている。これほどまでに理路整然と言い返されたことがないからだ。

「ねっ、なかなかの者だろう？」

「ああ、口は達者だな。後は、実績だ。口舌《こうぜつ》の徒と言われないように気をつけてくれ。では早速、番頭から店の決まりを聞いとくれ」

与三郎は、近くにいた番頭に忠兵衛の世話を命ずると、さっさと奥に行ってしまった。

「しっかり働いておくれね。なにか困ったことがあれば、必ず相談に来るんだよ。与三郎の旦那は、ああいう風にいうけれど、私は、忠兵衛さんは見どころがあると思っている。せいぜいがんばって、このお婆を喜ばしておくれね」

老婆は、優しい笑みを浮かべた。

「必ず小西さんに喜んでもらえる仕事をします」

忠兵衛は、老婆に頭を下げつつ、心はすでに江戸の街中に飛んでいた。やるぞと自分の心に強く言い聞かせた。

4

忠兵衛は、格子柄《こうしがら》の着物の裾《すそ》を帯の中にたくし上げ、歩き易《やす》い恰好《かっこう》になると、天秤棒を肩に担いだ。両端にぶら下げた玩具を詰めた葛籠がずっしりと重い。

忠兵衛は、江戸の地図を開いた。まず江戸の地理を覚えなければならない。

江戸は、江戸城を真ん中にすると、その東側に大川が南北に走っている。この大川に神田川などの多くの水路が流れ込む。

大川の東には、本所《ほんじょ》、深川《ふかがわ》、亀戸《かめいど》など、西側には、浅草《あさくさ》、日本橋、神田など、もっと西に行けば、番町《ばんちょう》、市谷《いちがや》、四谷《よつや》などが続いている。

それぞれに街の特色があるに違いない。住む人も違えば、人情も違うことだろう。なにやら考えるだけでわくわくしてくる。

とりあえずの第一歩は、どこへ行こうか？

「吉松《よしまつ》に会いに行こうか」

富山での親友の吉松は、今、忠兵衛がいる日本橋横山町のすぐ近く、神田於玉《おたま》が池《いけ》の道場玄武館《げんぶかん》にいるはずだ。

晴れて江戸の住人になった。そのことを吉松に報告しよう。そして約束したとおり、お互いがお互いの道で努力するのだ。

「行ってきます」

忠兵衛は、店の中に向かって大きな声を上げた。

「行ってらっしゃい！」

小僧たちが一斉《いっせい》に声を上げた。

忠兵衛は、横山町の問屋街を北西の方向に歩いていく。馬喰町《ばくろちょう》、橋本町など地名を確認しながら歩いていく。

「おもちゃいらんかね」

歩きながら大きな声を出す。

町の辻で子供が、独楽《こま》を回して遊んでいる。盆の中で小さな独楽を回すと、それがぶつかり合う。そしてその盆からはじき出されたほうが負けになり、独楽を取られてしまう遊びだ。喧嘩《けんか》独楽と言われる遊びだ。

子供たちの歓声が聞こえる。

忠兵衛は、子供たちに近づいていく。今、自分の持っている玩具で彼らの気を引く物があるだろうか。

ふと、この商売は難しいと思った。今まで行商をしたことはある。しかしそれらの客は、すべて大人だった。彼らは、じっくりと商品の説明を聞き、納得し、代金を払ってくれた。

ところがここにいるのは、支払う金を持っていない子供ばかりだ。金を持っていない子供に物は売れない。子供に物を売るのではない。親に売るのだ。

「子供が買いたいとねだり、親が金を払ってもいいと思うもの……」

忠兵衛は、一人呟きながら子供たちの遊ぶ様子に見入っていた。

「おいちゃん、独楽ある?」

子供が寄ってきた。負けて独楽を取られたのだろう。

「あいにくそれと同じ独楽は持っていない」

忠兵衛はしゃがみこみ、子供と同じ目線で話す。

「どんな独楽？　見せて」

忠兵衛は、天秤棒から葛籠を外し、蓋《ふた》を開ける。

あざやかに色づけされた木の独楽が出てきた。

「かっこいいな」

子供は目を輝かせた。

「おーいみんな、この独楽、すごいぞ」

遊んでいた仲間に声をかけた。彼らが遊んでいたのは、なんの愛らしさもない黒い独楽だった。

「この独楽、いくら？」

「五文。みんなが遊んでいる独楽の五倍だな」

「五文か……」

子供は考え込んだ。

「この独楽を使って勝ったら、みんなの小さい独楽を五個、もらうことができるという取り決めにしたらどうだ」

忠兵衛は、新しい遊びを提案した。

「これを使って勝ったら、五個の小さい独楽が手に入るのか……」

「そんなの大きい独楽が勝つのに決まっているだろう？」

別の子供が口を挟む。

「それはわからない。小さくても、独楽に勢いがあれば、大きい独楽を十分倒し、はじき出すことができる。もし勝てば小さい独楽で、この独楽が手に入る。五倍の儲けが出たと同じだ」

子供たちの目が輝き始めた。

「母ちゃんは、家におるよ」

一人の子供が言った。

「呼んでくるかい？」

忠兵衛は言った。

「呼んでくる」

「おいらも呼んでくる」

子供たちは口々に言い、自宅へと走って行った。

母親たちが子供に着物の袖を引っ張られてやってきた。

「このおもちゃ売りさんの独楽は、この独楽の五倍になるんだ。買って」

子供たちは母親たちにねだった。当然、母親たちは渋い顔をした。

「一度、独楽を回して見せてよ」

一人の母親が言った。

「やってみましょう。誰か私に挑戦する子供さんはいますか」

忠兵衛は、子供たちを一人ずつ見回した。

子供たちは、小さな独楽をしっかりと抱いて、忠兵衛を見つめている。まさか玩具売りが、子供相手に独楽回しの挑戦をするとは思わなかったからだ。中には、緊張して、音を立てて唾《つば》を飲み込む子供もいる。

忠兵衛は、子供のころ、独楽回しをしてよく遊んだが、最近はやっていない。

「もしその小さな独楽が、私の大きな独楽に勝てば、これは君のものだよ」

忠兵衛は、最も多くの独楽を持っている子供に向かって言った。

負けて、独楽を取られるかもしれない。しかしこれだけ多くの母親を連れてきてくれたのだ。玩具売りとしての宣伝になったと思えば、安いものだ。

「母ちゃん……」

子供が母親を見つめた。

母親が眉根を寄せている。

「ねえ、おもちゃ売りさん、もしあんたが勝てばどうなるの？」

母親が首を伸ばして聞いた。

「当然、これを五文でお買い上げいただきます」

忠兵衛は微笑んだ。

「あんた子供相手に博打《ばくち》を打つような商売するのね。一つくらいくれなさいよ」

母親は批判がましいことを言う。

「お母さん、子供は厳しく育てねばなりません。タダでもらったものは、タダで無駄にしてしまいます」

忠兵衛は真顔《まがお》で言った。内心おかしくてならなかった。今にも笑い出しそうだった。たった五文の独楽を売るのにここまでやるのかという気持ちだった。しかし最初の客だ。なにごとにも全力投入する忠兵衛の真骨頂《しんこっちょう》だ。

「さあ、勝負だぞ」

「いくよ、おじさん」

盆の中に独楽が投げ入れられた。忠兵衛の独楽は、色鮮やかに回る。子供の独楽は、真っ黒だが、勢いがいい。お互いがぶつかり合う。カチン、カチンと音がする。

「がんばれ！」

「がんばれ！」

いつの間にか、母親も子供の応援に回っている。いつもなら、いつまで遊んでいるのと怒っているのに、子供と一緒に喜んでいる。

「ああっ」

子供が両手で顔を覆《おお》った。自分の独楽が盆の外に飛び出してしまったのだ。忠兵衛の独楽は、勝利の余韻《よいん》に浸《ひた》りながら、赤や黄や青の線を描いている。

「私の勝ちだ」

忠兵衛は言った。

「仕方ないわね」

母親は、五文でその独楽を買った。他の子供たちもそれぞれの母親にねだった。この場所だけで十個の独楽が売れた。しめて五十文だ。

「またね、おじさん」

立ち去っていく忠兵衛に子供たちが手を振った。

幸先《さいさき》がいい。代金を払う客に商品の良さをわかってもらうこと、そしてそれを使うことの楽しさや喜びを客に与えること、どんな場合も客の目線で応対することなどを学んだ。

「この調子で、江戸の路地という路地を、歩いてやるぞ」

忠兵衛の足が軽くなった。

通りの向こうから、「面《めん》」「籠手《こて》」や「キェーッ」という悲鳴のような声が聞こえる。

道場が見えた。千葉周作が開いた玄武館だ。ここに吉松はいるはずだ。

人気道場という話に間違いはないようだ。大勢の人が、窓の外にぶらさがるようにして中を覗《のぞ》いている。忠兵衛も近づいて行き、窓の縁にぶら下がるようにして中を覗いた。

「吉松はいるかな」

忠兵衛は、首を長く伸ばした。

「ここには強い先生が多いからね」

観客が、剣士の名前を挙げている。吉松の名はない。

一生懸命に中を覗きこむが、吉松は見つからない。この玄武館ではないのか。玄関に回って門弟に吉松のことを尋ねようかと思った。

一瞬、天秤棒を担いでいる自分の姿を思い浮かべた。顔が赤くなるほどの恥ずかしさに襲われた。武の道を究《きわ》めようとしている神聖な場所に、天秤棒を担ぎ、着物を尻からげにした玩具売りが訪ねていいものか。吉松に迷惑をかけるのではないか。

「もう少し出世してから、吉松には会いに行こう」

忠兵衛は玄武館の前を立ち去ろうとした。

足が止まった。今度は、自分自身に対する怒りで顔が赤くなった。何が恥ずかしい、なにが吉松の迷惑になると思うのだ。

この天秤棒は、吉松が握っている竹刀《しない》と同じではないか。武士にとっての刀のようなものだ。

ようやく江戸での第一歩を踏み出した自分を、吉松は祝福こそすれ、恥ずかしい友人だと思うはずがない。

「会おう」

忠兵衛は、踵《きびす》を返して、再び玄武館に向かって歩き出した。

「岩次郎、岩次郎ではないか？」

道場の外で汗を拭《ぬぐ》っている若い剣士の中の一人が立ち上がって、手を上げている。

「吉松！」

忠兵衛は、天秤棒を揺らしながら、走った。

荒い息を吐きながら、忠兵衛は、吉松の前に立った。吉松は白を基調とした涼やかな道着と袴《はかま》を穿《は》いている。

「いつ江戸に来た」

吉松は言った。顔に喜びがあふれている。

「ついこの間だ。やっと父上に許された」

忠兵衛も喜びで破顔《はがん》した。吉松は変わっていない。

「富山さん、この男は友人ですか」

隣にいた若い剣士が、視線を背《そむ》け気味に言った。友人としてふさわしくないという顔だ。

「ああ、同郷の岩次郎だ。こいつは千両の分限者になるという大望を抱いている。郷里の富山では武士なのに、商人になろうとしている。俺と反対だ」

「富山？」

　忠兵衛は訊いた。

「名前を変えた。吉松を富山松之進《まつのしん》だ」

「私も岩次郎から忠兵衛に変えたぞ」

「では忠兵衛、その恰好は？」

「玩具売りを始めた。まず江戸での仕事の第一歩だ。では松之進、剣の修行は進んでいるのか？」

「ああ、進んでいる。今、世の中は混沌《こんとん》としている。井伊大老《いいたいろう》が、アメリカと貿易の条約を結び、ついに開国に踏み切ろうとしている。このままでは我が国もシナのようにアメリカや欧州列強の植民地になってしまう。われわれは、攘夷《じょうい》の道に命を投げ出さねばならない。俺も考え方を同じくする同志と攘夷運動に奔走《ほんそう》している。もしその間で仕官の道があれば、それも選択肢《せんたくし》のうちだ」

　大老井伊直弼《なおすけ》は安政五年（一八五八年）六月十九日、孝明《こうめい》天皇の勅許《ちょっきょ》を得ず、アメリカと通商条約を締結《ていけつ》し、国内では攘夷派の公家《くげ》や武士たちが反対運動を繰り広げていた。

忠兵衛は、吉松がすっかり武士の顔つきになっていることに頼もしさとともに、ある種の危うさをも感じていた。

今、忠兵衛は、幕末という激しい時代のうねりに飛び込もうとしていたのだが、まだ彼自身には、その自覚はなかった。

第九章　行商人暮らし

1

忠兵衛《ちゅうべえ》は、いつもの本町《ほんちょう》一丁目の茶飯屋《ちゃめしや》で一枚の紙を見つめていた。

それは長い間、折りたたまれていたのか深く折り目が入り、ところどころ染《し》みで汚れていた。お世辞にもきれいとは言えないものだった。

「それはなんなの？」

捨次郎《すてじろう》が茶飯をかき込むのを止めて、覗《のぞ》き込んだ。

「これ？」と忠兵衛は、気力のない声で答えると、紙に書かれた内容を読み始めた。

「第一には、子供の頃からたしなんだ酒を五か年間禁じる。煙草《たばこ》も止《や》める。第二には、勤勉を守る。第三には、他力を頼まず自立する。嘘をつかない。人に迷惑をかけない」

「随分、厳格だね」

「十七のとき、江戸に出ようと試みた際に立てた誓いなんだ」

「酒も飲んでるし、あんまり守っていないんじゃない？」

　捨次郎が皮肉な笑いを浮かべた。

「それなりに守っていると思う」

　忠兵衛は力なく答えた。

「江戸に来て、酒も飲まない、煙草も吸わない、こつこつ真面目《まじめ》に働くだけなんて人生はおかしいよ。そもそも誓いなんざ、守れないから立てるもんだ」

「最初は、守るつもりでいたさ。でも、行商人になって、玩具《がんぐ》を売ってもいくらの稼ぎにもならない。なんとなく飽《あ》いてしまったんだ」

「だから風呂屋になれっていっただろう」

　忠兵衛は、安政《あんせい》五年（一八五八年）に両親からの許しを得て、江戸で働くことになった。江戸で成功するには、街の隅々《すみずみ》までの地理を頭に入れ、なおかつそこに住んでいる人の人情をも知る必要があると思い、玩具の行商人になった。

　しかし二年目に入り、忠兵衛には迷いが生じてきた。

　迷うとおかしなもので、今まで楽しくやっていたことが急に楽しくなくなる。朝、起きると、すっきりと目覚めたことに感謝し、朝日に手を合わせたものだが、近頃は、それさえアホらしい。感謝などしなくても、朝日は勝手に昇ってくる。たまには休みやがれと思うのに、忘れずに昇ってくる。布団《ふとん》の中から起き出すのが、嫌になる日もあった。

「疲れてるんじゃないのかな」

捨次郎は言った。彼は、初めて出会ったときと変わらない。実家の風呂屋を手伝って、日々楽しそうな顔をしている。

「忠兵衛さん、精が出るね」

後ろから誰かが肩を叩《たた》く。

「なんだ、飴《あめ》売りの太郎兵衛《たろべえ》さんじゃないか」

忠兵衛は言った。

赤地に白く「とらへい」と染め抜いた着物に、虎縞《とらじま》の派手な袖なし羽織という姿。急に周りが華やかになる。

「そこに座って」

捨次郎が、忠兵衛の隣の腰掛けを勧めた。

「それじゃあ、ちょいとすまないね」と太郎兵衛は腰を下ろすと、「茶飯！」と張りのある声で店の人に声を掛けた。

「相変わらず派手だね」

忠兵衛は、太郎兵衛の頭から足下まで見渡した。

「こんな恰好《かっこう》をしないと、人は集まらないからね。子供相手だろう？　とにかく、おもしろおかしくだよ」

太郎兵衛が頭にかぶった虎縞の帽子を脱いだ。

飴は、広く庶民の甘味として広まっていた。

製法はいたって簡単で、もち米を炊《た》き、よく冷ました後、熱湯と大麦もやしを加えて、保温して一晩寝かす。翌朝、それを絞《しぼ》ると、甘味のある液体が出てくる。これを煮詰めて、練り上げれば飴になる。

誰でも簡単に作れるからなのか、売り方だけは派手だった。

尖《とん》がり帽子に羽根飾りをつけ、腰のあたりがふくらんだ唐人風《とうじんふう》のズボンを穿《は》き、ラッパを吹いて、子供を集める唐人飴売りなどもいた。

「儲《もう》かってるのかい」

忠兵衛は訊《き》いた。

「まあ、ぼちぼちってとこじゃないか。この恰好もそろそろ飽きてきたから、今度は鳴り物入りで、唄い、踊りながら売って歩こうかなと思っているんだ」

太郎兵衛は、陽気に言うと、女が運んできた茶飯を手に取った。

「そういやあ、この間、三味線《しゃみせん》弾きながら、飴を売っていた奴がいたな。たいして三味線は上手《うま》くなかったが、つい買ってしまった」

捨次郎が言った。

「三味線弾いて、鎌倉節《ぶし》を唄う奴、太鼓《たいこ》叩いて、念仏する奴、まあいろいろだよ。忠兵衛さんだって、売り上げを増やすのは大変だろう?」

「まあね……」

忠兵衛は気のない返事をした。

「どうしたんだい? 忠兵衛さんとは思えない肩の落としようじゃないか」

「これを読んでよ」

捨次郎は、忠兵衛の誓いを書いた紙を見せた。

太郎兵衛は、それを手に取り、興味深い顔で読んだ。

「うーん、なかなか立派な字だね」

「そうじゃないさ。中身だよ」

「中身も良いことが書かれているじゃないか。そのまま守れればね」

「忠兵衛さんは、それを守れていないんだよ。それで落ち込んでいるんだ。そうだよね」

捨次郎が説明した。

太郎兵衛が訊いた。

「なぜ、こんな誓いを立てたのさ」

忠兵衛は、顔を上げ、太郎兵衛を見つめ、「千両の分限者《ぶげんしゃ》になるためさ」と言った。

太郎兵衛は、茶飯をぐっと喉《のど》に詰まらせ、目を剝《む》いたかと思うと、大きな音をたてて飲み込んだ。

「うはっ、苦しかった。死ぬかと思った」

太郎兵衛は、顔を赤くして大きく息を吐《は》いた。

「茶飯食って、死んだ奴はいないと思うよ」

捨次郎が真顔《まがお》で言う。

「本気で千両の分限者になろうって考えているのかい?」と太郎兵衛は、忠兵衛を覗き込むように見て、急に大声で笑い出した。

「なにがおかしい」

忠兵衛は頬《ほお》をふくらませ、怒りを面《おもて》に出した。

「当たり前だろう。江戸にいったい何人の行商人がいると思うんだ。数百じゃきかねえ。数千いるかもしれねえ。いや、数万だ。誰も彼も行商人だよ。近在の田舎からも、上方《かみがた》からもみんな江戸に物を売りに来る。お上《かみ》にとっちゃ、それが江戸の賑《にぎ》わいでいいが、あんまり多すぎて人の数に入っちゃいないほどの商売だ。もっとも下に位置する商売だ。一文《もん》、二文の稼ぎにヒーヒーいってるんだぜ。いったいどこに行商人から千両の分限者になった奴がいるんだい。いたら顔を拝ませてもらいたいいね」

太郎兵衛は、一気にまくし立てた。もともと、口上《こうじょう》が得意だから、勢いがある。忠兵衛は、恨《うら》めしそうに見つめて「中にはいるんじゃないかな。行商人から身を立てた奴が……」と呟《つぶや》いた。

「江戸の人間は、宵越《よいご》しの銭は持たないものだ。なんでも忠兵衛さんは、こつこつと金を貯めこもうとしているそうじゃないか。そんな小さな人間じゃあ、どうあがいても千両の分限者にはなれないね」

太郎兵衛は、残っていた茶飯を一気にかき込んだ。

「五文の収入で五文支出し、二十文の収入で二十文支出するという生活は、人間のやることではない。禽獣《きんじゅう》の生活と同じじゃないか。私は父にそう教えられた。確かに江戸の人は、粋《いき》がって宵越しの銭は持たないと言っているが、たちまち食うに困っているじゃないか。一日、二日はなんとかなっているが、三日ともなれば、身につけている衣服まで質屋に入れて、大の男が、裸で布団に包《くる》まり、子供は泣き、女房は怒鳴《どな》りまくっている。こんなことでいいと思うのか」

忠兵衛は、持論である貯蓄重視について話した。

「忠兵衛さん、あんたの言ってることはもっともなことだ。しかしそれであんたは貯蓄できてるか？　稼ぎがたいしたことないのに、余裕なんぞできるはずがない。それにあんたのこんな評判も耳にしたぜ」

太郎兵衛は、身を乗り出した。その真剣な顔に釣《つ》られて、忠兵衛も捨次郎も身を乗り出した。

「どんな評判だい？」

忠兵衛は、音を立てて唾《つば》を飲み込んだ。太郎兵衛の様子では、いい話ではなさそうだ。

「忠兵衛さん、あんたの評判、最悪だよ」

太郎兵衛は、眉根《まゆね》を寄せた。

「何が最悪だよ」

忠兵衛は、息が詰まりそうになった。この先を聞きたいのか、聞きたくないのかよくわからない。

「聞きたいかい？」

太郎兵衛の言葉に忠兵衛は頷《うなず》く。

「あんたは江戸屋さんで、庭先を掃《は》いたり、みんなの草履《ぞうり》を揃《そろ》えたり、玩具の壊れたのを直したり、いろいろと気働きをしているだろう？」

太郎兵衛が言うとおり、忠兵衛は、単に行商人として働いているだけでなく、誰に言われたわけではないが、庭先を掃いたり、草履を揃えたりと雑事もこなしている。

「ほんとうに見上げた心がけだよ。誰にでもできることじゃない。しかし他の連中にしてみれば、たまったもんじゃない。旦那《だんな》が、そんな真面目なあんたにほれ込んで忠兵衛、忠兵衛と言うものだから、余計だ。あんたが真面目に仕事をすれば、他の連中も給金以上の仕事をせざるを得ない。旦那が、忠兵衛を見習えと言うからね。ある奴は、あんたは江戸屋に養子で入り込む胆《はら》なのかもしれないと噂し、またある者は、あんたは旦那から給金以外に、たっぷりと小遣いをせしめているに違いないと噂している。聞こえてこないかい？」と太郎兵衛は、耳に手を当てた。

忠兵衛は、首を横に振った。

「そうだろうな……。聞こえていないだろうな。飴屋の私に聞こえても、忠兵衛さんには聞こえない。私も嫌なことを言っちまったね」

「私は、江戸屋に養子に入ろうなんてこれっぽっちも思っちゃいない。また旦那様から給金以外に特別なお金をもらったこともない」

忠兵衛は、誤解されていることが悔《くや》しくて、涙が出そうになった。

「そんなことはわかっているさ。だけどね、行商人などというその日暮らしの人間にとっちゃ、忠兵衛さんの真面目さが目障《めざわ》りになるってことだよ。これは嫉妬《しっと》という感情だ。人間しか持っていない感情だよ。だけど、この気持ちを理解していないと人を使えないぜ。もしあんたが人の上に立とうとするなら、なおさらだ」

太郎兵衛は、説得するような口調で言った。

忠兵衛は押し黙った。

「忠兵衛さん」

黙っていた捨次郎が口を利《き》いた。

「なに？」

忠兵衛は、がっくりと力を落とした顔を捨次郎に向けた。

「吉原《よしわら》に行こう」

捨次郎が笑《え》みを浮かべた。

「吉原？」

忠兵衛は訊き返した。

「忠兵衛さんは、真面目すぎるんだよ。希望は大きい。しかし現実は遅々《ちち》として進まない。これでは疲れるさ。そういうときは、吉原でパーッと騒ぐに限るさ。ねえ、太郎兵衛さん」

「ああ、そのとおりだ。たまには息抜きしなくちゃ、元気も出ない。俺も付き合うぜ」

太郎兵衛は早速、腰を上げた。

「吉原には……」

忠兵衛は口ごもった。

「行ったことがないんだろう。俺が教えてやるさ。さあ、行くよ」

捨次郎は、ぐいっと忠兵衛の腕をつかんだ。

2

「いそげいそげ」

捨次郎と太郎兵衛は、早足で歩く。

「もうすぐ暮れ六《む》つ（午後六時）だ。夜見世《よみせ》が始まるぞ」

太郎兵衛が言った。

「馴染《なじみ》の茶屋があるのか」

捨次郎が、歩きながら聞く。

「そんな贅沢《ぜいたく》はできない。張見世《はりみせ》で女を選んで、部屋へ直行だよ」

太郎兵衛の足は、ますます速くなる。

忠兵衛は憂鬱《ゆううつ》だった。勢いに乗せられて吉原に行くことになってしまったが、まだ迷っていた。

吉原には、遊女に玩具を売るために行ったことはある。しかし客として行ったことはない。それよりなにより忠兵衛は、まだ女性との経験がない。

仕事のことばかり考えていたから、女性に目が向かなかったことも事実だ。

ひたすら浅草寺《せんそうじ》をめざして歩く。浅草寺前の広小路《ひろこうじ》を右に曲がり、大川橋方向へ行く。

左手に風雷神門《ふうらいじんもん》が見えた。

浅草寺にお参りして、観音様《かんのん》にお許しを請《こ》いたい気持ちだ。捨次郎らに無理に誘われたとはいえ、吉原で浪費しようとすることは、誓いを完全に破ることだ。

なぜ、こんなことになったのか。それは自分が、くたびれて息をついたからだ。いくら働いても、子供相手の玩具の行商では一向に金が貯まらない。金を貯めることにいささか疲れてしまったのだ。

太閤《たいこう》秀吉も、そんな倦《う》んだ気分になったことがあっただろうか。こんなことでは太閤秀吉に笑われてしまう。

気持ちは迷うが、足は動いてしまう。きっぱりと捨次郎と太郎兵衛に断ればいいのだが、一度、倦んだ気分に入り込んだ誘惑の悪魔は、そう簡単に出て行ってはくれない。

大川橋の手前を左に曲がり、大川沿いに歩く。花川戸《はなかわど》を左折する。このあたりは法善院《ほうぜんいん》、金剛院《こんごういん》などの寺院が並ぶ。

「馬道《うまみち》までできたぞ」

太郎兵衛が喜びを顔に出す。馬道を右に曲がり、寺院に囲まれた通りを抜けると、日本堤に突き当たる。これは吉原に行くために作られた道のようなもので左に曲がり、まっすぐ行くと見返り柳が見える。

「見返り柳だぞ。俺たちもあの柳の下で、吉原を振り返って見るほどいい女に会いたいものだな。ところで女との経験はあるんだよね」

太郎兵衛がにんまりとした。

「う、う、あるよ」

忠兵衛は、喉の奥に物が詰まったような声を出した。

「それなら良かった。もしも何もかも初めてだったら、茶屋にひとこと断りを言って、いくらか余計に包まにゃならんから」

太郎兵衛の口元が薄く笑っている。

忠兵衛は耳まで赤くなった。女性との経験がないのを見抜かれていると思った。恥ずかしいのか、悔しいのか、自分の気持ちが判然としない。

いつも理詰めで動いてきた。これは無駄な支出だ、これは意味がない。ところが自分も感情に突き動かされることがあるのだ。今日は、まさにその日だ。このまま今まで蓄えた金を、廓《くるわ》の女性に浪費してしまうのか。それでもいいではないか。いやダメだ。二人の忠兵衛が葛藤《かっとう》する。

大変な賑わいだ。大川から船で上ってくる者もいる。

「どいた、どいた」

駕籠《かご》が、客を乗せて忠兵衛の脇をすりぬける。ぼんやりしていたら撥《は》ね跳ばされてしまう。忠兵衛たちのようにいそいそと吉原に急ぐ者もいれば、もう帰ってくる者もいる。日本堤の通りは、袖擦《そです》りあうほどの混み様だ。

「さあ、衣紋坂《えもんざか》だ」

太郎兵衛が、着物の襟《えり》を直した。

「ここで着物の乱れを直すから、衣紋坂というんだ」

捨次郎が言った。

坂の向こうに五十間《ごじゅっけん》通りが続いており、その向こうの吉原大門《おおもん》を抜けると、廓になる。

吉原は、以前は日本橋にあり、明暦《めいれき》の大火の後、日本堤に移された。その後は、新吉原と呼ばれ、江戸で唯一の幕府公認の遊廓《ゆうかく》だった。吉原といえば、この新吉原のことを言う。

大門を抜けて右手の西河岸《にしがし》には、江戸町《えどちょう》一丁目、揚屋町《あげやまち》、京町《きょうまち》一丁目、左手の羅生門河岸《らしょうもんがし》には、江戸町二丁目、角町《すみちょう》、京町二丁目とあり、遊女屋が軒《のき》を連ねていた。吉原全体は、お歯黒《はぐろ》どぶと呼ばれる水路に囲まれ、約二万坪の敷地内に数千人の遊女が働いていた。

吉原の遊女は、格によって呼称が異なり、もっとも格上の遊女は、花魁《おいらん》と呼ばれて歌や書などもよくこなし、言わば吉原文化の最高の担《にな》い手だった。

こうした花魁と遊ぶことができるのは、大名格の武士や、相当、羽ぶりのいい商人ぐらいだった。

吉原遊びは、「揚屋遊び」と言われ、遊女を揚屋という店に呼ぶ慣《なら》わしとなっていた。この遊びは、なかなか決まりが厳しく、初会、裏、三会目と三度、同じ遊女と遊ぶことで初めて床入《とこい》りが許された。初会は顔見世だけ。それも遊女が上座に座り、客を選ぶというものだ。次に裏。裏を返すという言葉があるが、ここで遊女と寛《くつろ》いだ雰囲気《ふんいき》になる。今風に喩《たと》えて言うなら、初会が見合い。裏が、デートということになるのだろうか。そしてようやく三会目で馴染客となり、遊女と体をあわせることになる。めでたく結婚、ゴールインということになるだろう。

これは大変な費用のかかる遊びで、揚げ代が一両二分《ぶ》、遊女との宴会費用、祝儀などで七両二分（約百二十一万円）が一回に消えた。三度とも同じくらいの費用がかかるから、約二十二両（約三百五十七万円）。大尽《だいじん》遊びと言われる所以《ゆえん》だ。

「なにを心配しているんだ？」

吉原の遊びについて説明をしていた太郎兵衛が、いささか緊張した顔つきの忠兵衛を見た。

「金がかかる……」

忠兵衛が呟く。吉原大門をくぐり抜けることができない。

「忠兵衛さんが、千両の分限者になったら揚屋遊びをしたらいいよ。俺たちは張見世だよ」

捨次郎が笑った。

普通の客は、格子戸《こうしど》の中に並ぶ遊女を選んで、遊女屋に上がる。遊ぶ代金は、二分か一分、約八万円か四万円。もちろん、それ以下の遊女もいて、特に羅生門河岸には安い遊女が多かったという。

「揚屋遊び」にしても、張見世で遊女を選ぶにしても、吉原では茶屋を通じることが普通だった。

吉原には、引き手茶屋と呼ばれる茶屋が、五十間通りから廓内に百数十軒もあるが、茶屋と言っても茶を売るわけではない。吉原案内所といった役割を担っている。

茶屋には、やり手婆《ばば》といわれる老女がいて、客はその老女に気に入った遊女を指名し、遊び代を預ける。やり手婆は、客を座敷に案内したり、指名された遊女を連れてきたり、支払の代行をする。客にしてみれば、やり手婆と馴染になることで、それなりに吉原での信用もついたのではないだろうか。

「さあ、行こう」

捨次郎が、ぽんと忠兵衛の背中を押した。一歩、足を踏み出してしまった。

3

吉原大門をくぐると、両脇にずらりと茶屋が並んでいる。多くの客が出入りしている。中には家紋《かもん》付きの駕籠に乗ってくる武士がいる。

「莫迦《ばか》な侍だな。いくらなんでも家紋付きはないよな」

捨次郎が言った。

武士は、茶屋の前で駕籠から出ると、自分の刀を女将《おかみ》に渡している。揚屋に上がるのに刀剣類を携帯してはいけないことになっているからだ。

「武蔵屋《むさしや》という茶屋が俺の馴染だ。ホクロっていう女将が、なかなかのやり手なんだよ」

太郎兵衛が言う。

「ホクロとは、また面妖《めんよう》な」

忠兵衛が訊いた。

「額の、ここに」と太郎兵衛は指を差し、「大きなホクロがあるんだよ。だからホクロと呼んでいるんだ。本名は、知らないな」と言った。

「あそこだ、あそこ」

太郎兵衛は、武蔵屋をめざして急ぐ。忠兵衛は、仕方なく後に続く。しかしまだ心が定まらない。こんなところで浪費していいのかという思いが強い。

忠兵衛の金銭哲学に吉原は似合わない。忠兵衛は、金をたくさん稼ぎたいというより、十の収入であれば、支出を七にする、もし七の収入なら支出を四にするという考えだ。入りにあわせて出を調整すれば貧乏になることはない。しかし吉原は、入り以上に出を競わせる場所なのだ。ここでは出を惜《お》しんではならない。それは野暮《やぼ》であり、粋ではない。

「あれ？　武蔵屋の前に切棒《きりぼう》駕籠が止まっているな。医者が来ているのか？」

太郎兵衛が、首を傾《かし》げた。

「病人？」

忠兵衛が訊いた。

「いやいや病人が出たからって、表で大っぴらに医者を呼ぶことはないさ。店の評判に関わるからな。遊女が病気になっても、たいして看病もしてもらえず、死んで、浄閑寺《じょうかんじ》に投げ込まれるのが落ちだ」

吉原大門を出て、日本堤を北西、金杉《かなすぎ》村、三ノ輪《みのわ》村のほうへ行くと浄閑寺という寺がある。ここは投げ込み寺と呼ばれ、廓で亡くなった遊女たちの遺体が投げ込まれ、無縁仏として葬られている。現在も遊女たちの供養は続いており、この寺に葬られた数は約二万体と言われている。

「揉《も》めているな。見に行こうぜ」

武蔵屋の前に人垣ができている。なにごとも好奇心旺盛《おうせい》な太郎兵衛が走り出した。

額にホクロのある女将が、二人の武士を相手に平身低頭《へいしんていとう》しているが、それでもなにやら言い募っているようだ。

「ハゲ万もいるぜ」

見事なハゲ頭の男が頭を下げている。武蔵屋の下男《げなん》だが、頭が禿《は》げているのでハゲ万と呼ばれていた。本名は万吉《まんきち》という。

「このような駕籠で来られては困ります。医者駕籠で遊びに来られるのは例のないことでございます」

ホクロの女将が低頭しながらも強く言った。

「なにを言っているんだ。粋ではないか」

一人の大柄な武士が文句を言う。酒に酔っているようだ。

「黒部さん、もう別の茶屋に行きましょう。ここには借金が多すぎる。こんな医者駕籠を頼む金があれば、まず借金を清算しておればいいのです」

連れの武士が、酩酊《めいてい》した武士に注意をしている。

「何を言うか。この武蔵屋は粋がわかるはずだ。わざわざ医者駕籠を用意したのだ。ぜひここで遊ばせて欲しいという私の気持ちをわかってくれるはずだ」

「たんに女将を脅《おど》かそうとしただけでしょう。もう私は行きます」

連れの武士はその場を立ち去ろうとした。

「私は恥をかかされた。ここで武士道の極《きわ》みを見せる。この武蔵屋の一家全員を斬り捨てて、切腹して果ててやる」

酩酊した武士が腰の刀に手をかけた。

ハゲ万が、武士に近寄って頭を下げた。とにかくお帰りくださいと言っているのだ。

武士が、刀を抜いた。

「キエッ」

鳥が喉を詰まらせたような声を発し、ハゲ万がその場に倒れた。

「黒部さん！」

もう一人の武士が、黒部という武士の刀を持つ腕をつかんだ。

「ハゲ万が斬られた」

太郎兵衛が叫んだ。

「大丈夫、峰打ちだ。殺しはしない。安心しろ、富山《とやま》」

黒部が言った。

「富山？」

忠兵衛は、武士の顔を見た。茶屋から洩《も》れ出る明かりでは、ぼんやりとしてはっきりしない。人をかき分けて中に入る。

「私は行きます。これ以上騒ぎになれば、只《ただ》ではすまない」

「何を言うか。我らは尊王攘夷《そんのうじょうい》に命をかけたる者。明日は、この命もないも同然。それに情けをかけるのが、吉原の粋というものであろう」

黒部が叫んだ。

富山の顔に緊張が走った。

「もう黙らっしゃい！」

富山は、黒部の鳩尾《みぞおち》に当身《あてみ》を食らわせた。黒部は、潰れたような声を出し、白い液体のようなものを吐き出すと、富山の腕の中に崩れた。

「お騒がせした」

富山は、丁重《ていちょう》にホクロの女将に頭を下げ、黒部を医者駕籠の中に入れた。

忠兵衛の後からついてきた太郎兵衛が、「医者駕籠で来て、医者駕籠で帰る、酩酊武士。字余り」とからかい気味に言った。

忠兵衛は、富山と名乗る武士をじっくりと見た。間違いない。富山松之進《まつのしん》、吉松《よしまつ》だ。

お互い江戸に来たことを確認しあってから会っていなかった。

声をかけるべきかどうか、迷った。今いる場所が、お互い気まずい。これが江戸市中であれば、どうってことはないが、吉原では、久しぶりと気楽に声をかけづらい。

「お武家様のおかげですよ。すいません。酒を飲まないで、借金が片づいたら、また来てくださいと黒部さんによくおっしゃってください」

　ホクロの女将が頭を下げた。

「生きててよかった……」

　ようやく気がついたハゲ万が頭を撫《な》でながら、ほっとした顔をした。頭にうっすらと刀の跡が残っているようにも見える。峰打ちとはいえ、相当、強く刀が当たったようだ。

「万吉さん、これは詫《わ》び料だ。裸で申し訳ない」

　松之進は懐から一両を取り出すとハゲ万に渡した。

「これはすみません。これならもう少し殴《なぐ》られるんだった」

　ハゲ万は機嫌を直して、笑《え》みを浮かべた。

「吉松！」

　忠兵衛は声をかけた。黙って立ち去ろうと思っていたが、先ほどの黒部が言った「尊王攘夷に命をかけたる者」という言葉が気になった。なぜだかここで松之進と話をしないと、二度と会えないような胸騒ぎがしたのだ。

　松之進が、声の方向に顔を向けた。忠兵衛と目が合った。

「岩次郎《いわじろう》！」

　松之進は言った。

「忠兵衛さん、お前さん、あのお武家さんを知っているのかい」

太郎兵衛が驚いた顔で言った。

忠兵衛は、太郎兵衛に頷くと、松之進の前に進み出た。

「久しぶりだな」と松之進は、うれしそうな顔をすると、駕籠かきに「すまないが、この駕籠を運んでくれ」と指示した。駕籠かきは、黒部を乗せ、動き出した。

4

「お前、こんなところで何をやっているんだ」

茶屋の前で松之進は忠兵衛を怒鳴った。

忠兵衛はうつむいた。

「お武家様、大変失礼ですが、忠兵衛さんの仕事仲間の太郎兵衛です。しがない飴売りですが、こんなところで何をしているとおっしゃいましたが、吉原は女と遊ぶところでございます。忠兵衛さんは、毎日真面目に働き、今日、初めて息抜きに来られたわけです。怒鳴るようなことではないと存じますが」

恐れながらという様子で太郎兵衛が口を挟《はさ》んだ。

「私も忠兵衛さんの友達の捨次郎と申しますが、お武家様こそ、こんなところで騒ぎを起こされて、何をされているのかとお聞きしたいくらいです」

捨次郎は、忠兵衛が怒鳴られたのが、よほど腹に据《す》えかねたのか、怒った顔をした。

「みんな、いいんです。彼は吉松といって幼馴染《おさななじみ》ですから」

忠兵衛は、二人に謝った。

「どうぞ、こちらでお話しください。先ほどのお礼に、お茶の一服でも差し上げたいと思います」

ハゲ万が、松之進の前に進み出た。

「ホクロの女将、俺たちにはいい女を紹介してくれよ」

太郎兵衛と捨次郎は言った。

「はいはい、いい娘っこがいますからね」

女将は、にこやかに言った。

「忠兵衛さん、俺たちは遊んで行くよ。お前さんは、積もる話もあるだろうから、ここで失礼するよ。きっちり遊んで、憂《う》さを晴らすんだよ」

太郎兵衛は言った。

「では初体験話を楽しみにしているからね」

捨次郎は言い、女将に手を引かれて遊女屋に消えて行った。

「いい友達のようだな」

松之進が言った。

「ああ、いい友達だ。俺が悩んでいるのを見て、ここに無理やり連れてきてくれた」

　忠兵衛は言った。

　ハゲ万が「どうぞ」と、忠兵衛と松之進を武蔵屋の中の一室に案内した。

「いきなり怒鳴って悪かった」

　松之進は忠兵衛に頭を下げた。

「いや、おかげで目が覚めたよ。玩具の行商をして二年目に入るが、江戸の地理は覚えたし、人情風俗も知った。しかし金は貯まらん。これでは千両の分限者になるなど、夢のまた夢だ。そう思ったら急に空《むな》しくなって……。彼らに、ここはパーッと遊んだほうがいいだろうと、有無《うむ》を言わせず吉原へ連れてこられた」

「そうか……。確かに玩具売りでは金は貯まらんだろうが、七年はがんばる、太閤秀吉も七年は下積みだったと言っていたのは忠兵衛ではなかったか。それを二年足らずで倦むとは、それこそ千両の分限者にはなれんぞ」

　松之進は厳しく言った。

「そのとおりだが、吉松、いや松之進もなぜ、吉原に来たのだ。あんな変な武士と付き合っているのか」

　忠兵衛は、酔態《すいたい》の黒部の姿を思い出した。

「黒部さんは、道場の先輩だ。酒に酔わなければ、北辰一刀流《ほくしんいっとうりゅう》の免許皆伝《かいでん》だよ。変な武士ではない。今、徳川幕府は幕府の体《てい》をなしてない。大老《たいろう》井伊直弼《いいなおすけ》は、勝手にアメリカと通商条約を締結《ていけつ》して、開国してしまった。清国《しん》はどうなった？　知っているか？」

「清国？　そんな外国の話より、江戸の地理を覚えるのに必死だ」

「忠兵衛は、政治向きのことに無関心でありすぎる。清国は、英国に征服されたも同然だ。日本を欧米列強の自由にさせたら、清国の二の舞になる。それを防ぐためには、徹底して欧米を排除する攘夷でないといけない。もし幕府がその考えをとらないならば、私たちは天皇を御旗《みはた》に立てて、幕府を倒さねばならないかもしれない」

松之進は、周囲に気を配りながら言った。

「そんな過激な考えを持っていたら、幕府につかまってしまうぞ」

忠兵衛は声を潜《ひそ》めた。

井伊直弼は幕府に反対する論客や武士などを次々と逮捕、投獄《とうごく》していた。最近は長州《ちょうしゅう》藩の思想的指導者吉田松陰《しょういん》を投獄した。

「私は、黒部さんと京都に行く。京都は、尊王攘夷派の武士が多く集まって江戸幕府と対抗勢力を築いている。私もその渦中《かちゅう》で、この国のために働きたい。それで出発を前にして吉原に来てしまったわけだ。忠兵衛と同じく、景気づけしようという黒部さんについ乗せられてしまったのだが……」

「俺も、お前も、まだまだ修業が足りんな。人につい乗せられるようでは……」と忠兵衛は笑った。松之進も一緒に笑った。

「もうすぐ江戸では大変なことが起きる。それも幕府を揺るがすようなことだ。なあ、忠兵衛、時代はどうなるかわからない。お前のように全く政治には無関心でいるのもいいだろう。しかし男と生まれた以上、この動乱の時代をどう生きるか、考えてみろ。動いているぞ。庶民の目では、わからないだろうが、ものすごく動いている。幕府はきっともたないだろうと思う」

「幕府が潰れるのか?」

忠兵衛は身を乗り出した。

「今の幕府が潰れるという意味だ。欧米と対抗するためには、今の幕府では弱い。もっと強い幕府を作らねばならない。そのために俺は働く」

「今の幕府を潰す側に加担《かたん》するんだな?」

忠兵衛の問いに、松之進は大きく頷いた。

「俺は、町人だ。武士ではない。今の幕府にいくら取り入っても、いくら金で武士の株を買っても、門閥閨閥《もんばつけいばつ》に敵《かな》うわけがない。しかしもし今の幕府を潰して、新しい幕府を作ることができれば、新しい武士ができるということだ。俺は、その新しい武士になる。そのほうにかける」

松之進は熱を込めて言った。

「新しい時代を自分で作って、そこで力を得ようというのか」

忠兵衛は、真剣な顔で訊いた。

「俺は、剣でこの世を変える。そのために血の滲《にじ》むような修行をした。それなりの剣の遣い手になった。忠兵衛、お前は、金で世の中を変えろよ」

「金で？」

「そうだ。金は力だ。ひょっとすると剣よりも強い。お互い、吉原で遊ぶ暇があるなら、寸暇《すんか》を惜しんで力を蓄えようじゃないか」

松之進は忠兵衛の手を握った。その余りの強さに忠兵衛はたじろいだ。松之進の修行の日々が、これだけの強さの源になっているのだ。

「金で世の中を変える……。面白そうだな」

忠兵衛は微笑《ほほえ》んだ。

「とにかく政治に無関心でもいい。しかし世の中の動きには、敏感でなければならない。そこに忠兵衛の金儲けの機会があると思う。行商人をもう十分にやったのなら、次の仕事に変われ。それも時代の変化を感じられる仕事だぞ」

松之進は、立ち上がった。

「どこへ行く？」

忠兵衛も立ち上がった。

「吉原でぐずぐずしているわけにはいかない。一日も早く、京都に行く。今度、会うときは、お互いもっと男を磨いておこうな」

松之進は、手を差し出した。

忠兵衛は、その手をしっかりと握った。かつての喧嘩《けんか》仲間は、すっかり大人になり、時代を駆け抜けようとしていた。

「負けないぞ。今日お前に会えてうれしかった。お互いがんばろう」

「こっちこそだ。またためらめらとやる気が出てきた。達者《たっしゃ》でな」

松之進は、武蔵屋を出て行った。忠兵衛は、吉原の賑わいの中に消えて行く松之進の後ろ姿をいつまでも眺めていた。

松之進と別れて数か月後の安政七年（一八六〇年）三月三日、大老井伊直弼は水戸浪士十七名、薩摩《さつま》浪士一名に江戸城桜田門外で襲われ、惨殺《ざんさつ》された。

忠兵衛の耳にもこの事件の噂が伝わってきた。これが松之進の話していた幕府を揺るがすことなのだろうか。忠兵衛は、時代は動いているという言葉を、じっくりと噛みしめた。

第十章　転職と天職

1

忠兵衛《ちゅうべえ》は、悩んでいた。松之進《まつのしん》にも言われたが、そろそろ玩具《がんぐ》売りの仕事を辞めようかと思っていた。

飴《あめ》売りの太郎兵衛《たろべえ》も、玩具売りで千両の分限者《ぶげんしゃ》になれるわけはないと言っていたが、忠兵衛も玩具売りで成功しようとは思っていない。江戸の地理、風俗を学び、将来に備えることができればいいという考えで始めた仕事だ。

安政《あんせい》五年（一八五八年）に江戸に来て、万延《まんえん》元年（一八六〇年）に年号も変わった。吉松《よしまつ》、改名して富山松之進《とやままつのしん》と、吉原《よしわら》で会ったときは、やる気が出たものの、それも一時のことだった。

朝食の仕度《したく》をしていると、松本宿《じゅく》で別れて以来会っていなかった藤兵衛《とうべえ》が、ひょっこりと忠兵衛の住む長屋に顔を出した。

「岩次郎《いわじろう》様、いやいや忠兵衛様、元気にやってますか」

「藤兵衛さん、久しぶりです。どうぞ、どうぞ」

上がれといっても四畳半一間だ。

「朝飯ですか？　ほう、たたき納豆。美味《おい》しそうですね」

たたき納豆は、納豆を包丁でたたいて細かくし、豆腐や野菜、薬味を入れたものだ。八文《もん》（二百円）で早朝に、納豆売りが長屋に売りに来る。

「納豆汁にしますから、一緒に食べましょう」

忠兵衛は、部屋の隅のかまどに行き、湯の沸いた鍋にたたき納豆を入れ、納豆汁にした。

「いやあ、まさか朝からこんなご馳走《ちそう》を振舞ってもらえるとは、僥倖《ぎょうこう》、僥倖」

藤兵衛は相好《そうごう》を崩した。

「大げさだな、藤兵衛さんは……」

忠兵衛は、納豆汁をすすりながら苦笑した。

「ところでどうしたんですか？　突然にやってきたりして」

「江戸に行ったら、忠兵衛様の様子を見てきてほしいと千代《ちよ》殿に頼まれましてね」と藤兵衛は、納豆汁を食べ終えた椀《わん》を置いた。

「母上から」

忠兵衛は、胸の奥から急に熱いものがこみ上げてきた。

「元気そうでなによりです。立派にがんばっていますと報告しておきましょう。それでは」

藤兵衛は腰を上げた。

「ちょっと待って、藤兵衛さん」

「どうしました？」

「話があるんだけれど……」

江戸屋に向かわなければならないが、少しぐらい話をする時間はあると、忠兵衛は藤兵衛を引き止めた。

「少し、お悩みかな。元気そうとは言いましたが、以前のような明るさは見えませぬな」

藤兵衛は、じろりと忠兵衛がたじろぐような視線で見つめた。

忠兵衛は、嘘はつけないと思った。顔に表れているのだ。行商の肉体的な疲労とともに、心にも憂《う》さが蓄積されてきているのだろう。

「仕事を変わろうと思っているのです」

「どうしてですか」

「玩具売りをして、江戸の地理や人情もおおかた把握《はあく》いたしました。毎朝、江戸屋から玩具を借り受け、おもちゃはいらんか、太鼓《たいこ》はいらんかと天秤棒《てんびんぼう》が肩に食い込むのも厭《いと》わず、江戸の街を隅々まで歩く。呼ばわり過ぎて喉《のど》も渇き、腹が減ったとて、少しの金をも惜《お》しむ気持ちから何も口にすることはない。ようやく日が西に傾くころ、江戸屋に戻り、天秤棒と葛籠《つづら》を下ろし、売れ残った玩具を返し、代金を主人に渡します。一日、一貫《かん》文（二万五千円）から、上手《うま》くいけば二貫の売り上げ。主人に玩具の仕入れ代を払い、私の取り分は、お店《たな》奉公するより少し多めの年四両ほど。まあ一人暮らしていくにはなんとかなります。しかし同僚の中で、女房や子供がある者は、米代、菓子代とせびられて、酒も飲めば何も残らないと愚痴《ぐち》を言っております。もし借金でもあれば、暁《あかつき》に鳥の声を聞き、夕刻、住処《すみか》に帰る烏《からす》が鳴くころまでのたった一日にも満たない間に、トイチ、トニ、の利息で百文に二文、三文、一両に二百文、三百文も取られてしまう。これでは一向に貧しさから抜け出ることはできません。周りにそうした人たちの多いのを見るたびに、やるせなくなってくるのです」

忠兵衛の話をじっと聞いていた藤兵衛は、「千両の分限者になる夢はどうしましたか？」と聞いた。険《けわ》しい顔だ。

「無論、諦《あきら》めてなんかいません。ただこのままでは、だらだらと江戸の暮らしに流されていってしまうような気がしてなりません」

忠兵衛も真剣な顔で答えた。越中《えっちゅう》の田舎から江戸という絢爛《けんらん》豪華な街へやってきた。

多くの若者が、成功を夢見て日々、精進《しょうじん》するのだが、いつしか進んでいるのか、後退しているのか、わからなくなってしまう。

田舎から江戸に来た者の陥《おちい》る共通した悩みだった。周りの豊かさに比べ、自分の惨《みじ》めさに情けなくなり、焦ってしまうのだろう。

「ならば一歩一歩進んだらいかがですか？」

「そうしているつもりなのですが……」

「忠兵衛様、あなたはなんのために働いているのですか」

「それは千両の分限者になるためです」

「では、なぜ千両の分限者になりたいのです」

藤兵衛の目が厳しい。

「それは……金持ちになって両親に楽をさせてあげたいと……」

「働くという意味を知っていますか？」

「意味？」

「忠兵衛さんは、自分が金持ちになりたいという思いだけで働いている。だからそれが思うに任せないと焦るということになります。これでいいのか？　このままで終わってしまうのではないか？　と思ってしまうわけです。私も若い頃は、同じでした。薬を売り、全国を歩きましたが、もっと出世したいと思ったものです。しかし働くというのは、『傍《はた》』

を『楽《らく》』にするということだと教えられました。世のため、人のためになってこそ『はたらく』意味がある。その結果、千両の分限者になる人もいれば、そうならない人もいる。しかしそれは問題の本質ではないのです」

藤兵衛は語気を強くした。

「傍を楽にするから、はたらくか……。それが働くという意味……」

忠兵衛は思案げに頷《うなず》いた。

「それで私は、この薬売りの仕事に誇りを持つことができました。この薬を多くの人が待っている。これで病を治したい。私は、単に薬を売っているのではない。わが儲けのために人に薬を売りつけているのではない。人の幸せのために働いているのだと思うようになりました。それで一層、精進《しょうじん》するようになったのです」

「藤兵衛さん、少しわかった気がします。出世、出世とばかり焦るなということですね。世のため、人のため、傍を楽にするつもりで精進していれば、結果はおのずとついてくるということですね」

「よくおわかりです。若い頃は、とかく出世を焦るものです。じっくりと、千里《り》の道も一歩からですぞ。これをお忘れなく。では私は行きます。千代殿に忠兵衛様は日々、精進していますとお伝えしておきます」

藤兵衛は戸を開け、外に出た。足早に長屋の狭い路地を去っていく。忠兵衛は後ろ姿を見送りながら、藤兵衛の言葉を反芻《はんすう》していた。

2

「このあたりだな？」

不忍池《しのばずのいけ》をぐるりと巡り、上野広小路《ひろこうじ》から狭い路地に入れば、摩利支天横町《まりしてんよこちょう》がある。

忠兵衛は、大倉喜八郎《おおくらきはちろう》の大倉屋を訪ねて来た。茶飯屋《ちゃめし》仲間ではあるが、店を見たことはない。一足早く独立を果たしている喜八郎の働く様子を見て、元気をもらいたいと思ったのだ。

路地には、数人の女がたむろしている。暇をもてあましている女房たちだ。なにやら楽しげに喋《しゃべ》りながら、時々、忠兵衛を品定めするように見ている。

江戸は、女が少ない。約百万の人口に対して、女が約二十五万人。だから遊女屋が賑《にぎ》わったとも言われているが、所帯を持つとその分、女が強くなる。

亭主が外で働き、収入のいい大工の女房などは、近所の女房たちと井戸端会議に明け暮れる。中には、かるたなどの博打《ばくち》に興じ、連れ立って若い男のいる茶屋で昼間から酒を飲んだり、芝居見物をしたり、一日、太平楽に暮らす者もいる。

女房たちの姿を見て、忠兵衛は、同僚の行商人の愚痴を思い出した。

「一日中、働いて家に帰っても、女房からはご苦労様の一言もない。そればかりか、俺の顔を見るなり、やおら動きだして、サア水を汲《く》め、サア鍋を火にかけろと、飯の仕度まで手伝わせやがるんだ。俺が、飯の仕度くらいしておけって怒鳴《どな》ると、ぷいっと不機嫌になり、あたしも忙しいのよと言いやがる。そのくせ、団十郎だ、菊五郎だと観てきた芝居の話になると、もう夢中だよ。こうなるとどっちが主人で、どっちがかかあか、わからない」

この同僚は、よく商う男で、江戸では稼ぎの多い大工、左官、仕事師などの職人並みの収入があった。

普通の庶民の稼ぎが一日三百文くらいであれば、大工らは五百文から六百文もの収入があった。だから大工らの女房の暮らしは豪勢なものだったが、同僚の行商人の女房も大工の女房と同じだったのだ。

「お前さんも商売をするなら、絶対に女房は愛想よく、客を大事にし、夫婦共稼ぎを厭わず、なにごとも浪費をせず、倹約する女をもらいなよ。商売で成功して、女房で失敗する奴が多いからね」

同僚は、忠兵衛に言った。

「あの教訓は、よく覚えていなければ……」

忠兵衛は女房たちに近づいた。

「あの、このあたりに大倉屋という店はありませんか」

「あるわよ。玩具屋さん？　なにか楽しい玩具はあるの」

一人の太った女房が、いやらしい笑《え》みを浮かべて言った。

「また、スミさん、若い玩具屋さんに色目つかってるわよ。ははは……」

別の女房が笑いだした。

「もう亭主が働きに出ていると思ったら、すぐ男に色目をつかうんだから。でも良い男よね」

また別の女房が言った。

「玩具は、お子様のものです。大倉屋はどこでしょうか？」

忠兵衛は、頰を染めながら訊《き》いた。

「すぐそこよ。そこに摩利支天をお祭りした徳大寺さんがあるわ。その前よ。私たち、大倉屋さんが施《ほどこ》しをするのを待ってるのよ。あんたもそう？」

「施し？　それはなんですか？」

「店の乾物をみんなに施してくれるの。太っ腹よね。たいしたもんじゃないの。私たち、その施しをもらおうと待っているのよ」

喜八郎に何かが起きたのか。忠兵衛は、教えられた方向に急いだ。

間口二間《けん》（約三・六メートル）ばかりの小さな店だ。大倉屋という看板だけは大きい。

喜八郎の気持ちをよく表している看板だ。

店の前には、長屋の住人と思われる男や女が十数人も集まっていた。なんとなく空気が険悪だ。家主らしき男と喜八郎が睨《にら》みあっている。

「喜八郎さん」

「おお、忠兵衛さん」

喜八郎は、忠兵衛の顔を見るなり、ほっとしたように肩の力を抜いた。

「どうされたんですか」

店の前の人たちを眺める。先ほどの女房たちの顔もあった。

「実はね。ここにいる連中に、店のものを施すことになっちまったんだ」と喜八郎は、苦笑混じりにいきさつを説明した。

江戸の街は、飢饉《ききん》や不景気で貧しい人たちが打ちこわしといわれる暴動を繰り返していた。米の買占めなどで暴利を得ている商人の家などを、集団で壊しに行くのだ。

それに恐れをなしたある富豪が、庶民に米を施すことになった。そこでこの摩利支天横町の長屋の住人たちも家主が先頭に立って、幟《のぼり》を立てて、その富豪の家に押しかけようと集まった。

「江戸中の貧乏人にお救い米を下さるんだ。ここの住人は、みんな貧乏人だ。早く仕度《したく》をしなさいよ。みんなで押しかけるよ」

家主が呼びかけた。

「私は行きません」

喜八郎は断固として言った。

「どうして行かない？　みんな行くのに」

家主は、怪訝《けげん》そうな顔をした。

「私は貧しいかもしれませんが、そんなお救い米をもらうほど卑《いや》しくありません」

喜八郎の言葉に、家主は驚いた。

「生意気《なまいき》だぞ」

「なにを偉そうに言うんだ」

家主の背後に集まっていた長屋の住人が、口々に喜八郎に怒りをぶつけた。

「俺は欲しくない。そんな卑しいことをするのは、真っ平御免だ」

喜八郎は、大声で言った。長屋の住人たちは、「なんだと！」とますますいきり立った。

「一人だけいい恰好《かっこう》しやがって。グズグズしているとお救い米が終わってしまうぞ。こんな付き合いの悪い奴は、店立《たなだ》てを食らわせろ」

店立てというのは、家主が店子《たなこ》を追い出すことだ。

「たとえ店立てを食らわされようとも、あなたたちの仲間にはならない」

喜八郎と長屋の住人たちとは、ますます険悪になった。

「それじゃあ、どうだろうね、喜八郎さん」

家主が、喜八郎に話しかけた。立場上、喜八郎と、長屋の住人との喧嘩《けんか》の仲裁をしようというのだ。

「なんと言われようと、私は仲間になりませんから」

「それならば、あんたも施しをしたらどうかね。いくらでもいい。卑しいことをしたくないと言うなら、そうすべきだと思うがね」

家主は、ねっとりとした口調で言い、喜八郎の様子を窺《うかが》った。

「私が、施し?」

喜八郎が問いただすと、家主が頷く。「そうだ、そうだ、お前が施せ」と長屋の住人が騒いだ。

喜八郎の説明を聞いて、「それで今から施しを?」と呆《あき》れた顔で、忠兵衛は住人たちを見渡した。

先ほど、無駄話に興じていた女房たちといい、誰もが明日の生活にも困るという貧乏人ではない。どちらかと言えば、ふくよかな顔をしている。ただし心は貧しいのだろう。タダでもらえるものなら何でももらおうという魂胆《こんたん》が、ありありと顔に出ている。卑しい顔だ。

「そういうことさ。今、鰹節《かつおぶし》や干物、スルメなど、仕入れていたものをやっと並べ終えたところさ。もしなんだったら忠兵衛さんも持っていきなよ」

店先には、山のように塩物、干物が積まれている。

「私はいいよ。遠慮する」

忠兵衛は、両手を振って断った。

「じゃあ、始めるか。さあ、みんな。店は借り物だが、この品々は、みんな私のものだ。施しをさしてもらうから、どうぞ持って行ってくれ」

喜八郎が言い終わらないうちに、「さあ、みんな、もらっていこうぜ」と住人の一人が叫んだ。その声を合図に、我先に飛び掛かって行く。

「どけよ」

忠兵衛は、住人に弾《はじ》き飛ばされた。

「鰹節は俺のもんだ」

懐《ふところ》から飛び出すほど、鰹節を着物の中に突っ込んでいる。

「何しやがる、このスルメは放さないぞ」

スルメを口にくわえ、両手にいっぱいつかんでいる。

「きゃあ、誰よ。あたしの尻をつかんだのは。干物じゃないわよ」

髪の毛へ角のように鰊《にしん》の干物を刺した女房が怒鳴る。

必死の形相《ぎょうそう》の住人たちが、押し合い、へし合い、怒鳴りあい、殴《なぐ》り合い、間口二間の狭い店にひしめきあう。店が潰れてしまいそうだ。

忠兵衛は、喜八郎の側で、住人たちの様子をじっと眺めていた。

「六両（九十七万五千円）分はあるな」

喜八郎は、愉快そうに笑みを浮かべている。

「そんなにあるのか」

忠兵衛は、目を見張った。

店先からみるみるうちに品物がなくなっていく。それにつれて住人たちが三々五々帰って行き、誰もいなくなった。

「終わったな……。さあ、片付けるか」

喜八郎は、住人たちが散らかした店先を片付け始めた。品物を並べた戸板がひっくりかえり、ところどころに穴が開いている。勢いよく手を出したからだろう。干物を入れていた俵がばらばらになっている。

「野分《のわけ》の後のようだな」

忠兵衛も片付けを手伝いながら言った。

「野分か……。ちげえねえな」

喜八郎が笑った。

「うれしそうだな」

「ああ、あんな人たちの仲間にならなくて、これほど痛快なことはない。施されるより、施すほうがよっぽどいい。たしかに六両は大損だ。しかしどういう形であれ、俺の塩物、干物が他人様《ひと》のお役に立ったということはありがたいことだ。もっと世のため、人のために施しをしなさいと言われているようなものさ」

喜八郎は、小柄だが声は大きい。

「忠兵衛さんも世のため、人のために働いていなさるかい？」

藤兵衛と同じことを喜八郎がいう。喜八郎の顔に藤兵衛が重なって見えた。

「金持ちになりたいのは自分の慾《よく》だ。その慾が自分を動かしているのは間違いない。しかしなぜ金持ちになりたいかと問われれば、施しではないが、世のため、人のためになることをしたいからだ。ここの住人だって、好んであんなことをしたいわけじゃない。貧乏が心にまで沁《し》み込んでいるんだ。憐《あわ》れなものさ。俺は金持ちになって、世の中から一人でも貧乏人を少なくしたいね」

忠兵衛は、喜八郎の輝くような笑顔を見ていた。

迷いが晴れつつあるような気がした。金持ちになるのが、目的ではない。金持ちになって何をするかが大事なのだ。世のため、人のために働けば、結果はおのずとついてくるだろうと自信を持って、まっすぐ歩けばいいのだ。

「ところでなにか用かい。茶飯でも食おうってのかい？」

「そうじゃないさ。喜八郎さんの顔を見て、元気をもらおうと思ったのさ」

「こんな面《つら》でよければ、納得するまで見てくれ」

喜八郎は、ぬうっと顔を忠兵衛に突き出した。

「もう十分だよ」

忠兵衛は笑った。

「忠兵衛さん、そろそろ仕事を変わったらどうだ？　以前、丸屋さんにいたと話していたな。あそこの息子さんが独立なさって、人を探しているんだ」

「林三郎《りんさぶろう》さんが？」

丸屋の長男は、林三郎という。家出同然で江戸に出て丸屋で働き始めた忠兵衛に、親切に仕事を教えてくれたことを思い出す。

「日本橋小舟町《こぶなちょう》に銭両替と鰹節を商う広田屋林三郎商店、通称広林《ひろりん》を開きなさったんだよ。どうだい？　行ってみないか？　紹介するぜ」

忠兵衛は、喜八郎の大声に釣られるように頷いていた。

3

善は急げと、喜八郎は忠兵衛を引き連れて広林に行き、林三郎に会った。

「お久しぶりです」

忠兵衛は、懐かしい思いを抱きながら、頭を下げた。

「おお、いい人を連れてきてくれたね。忠兵衛さんなら文句はない。すぐに来ておくれ」

林三郎は、満面の笑みで忠兵衛を迎えてくれた。

給料は年三両二分《ぶ》（約五十六万円）と決まった。

玩具問屋江戸屋の主人は、忠兵衛が辞めると聞いて、驚き、怒り、最後は泣き出さんばかりだった。

「本当に辞めるのかい？　養子になって私の跡継ぎになってほしい」

主人が床に頭をつけた。

忠兵衛の真面目《まじめ》な仕事ぶり、読み書き算盤《そろばん》など商売に必要な能力の高さなどを評価していたのだ。こんな優秀な人材に去られてしまったら、到底、埋め合わせはできないと思ったのだろう。

「そのお言葉、もったいないことです。しかし私は、安田の家の跡取りであり、養子に入るわけにはいきません。これまでのご親切、一生忘れません」

「そうかい。わかった。それならば新しい門出だ。喜んで送り出そうじゃないか。ちょっと待ってなさい」

主人は、奥に入ると、しばらくして包みを持って現れた。

「これは今までのお礼といっちゃなんだが、いろいろと物入りだろう。とっときなさい」

主人は、その包みを忠兵衛に手渡した。紙をあけてみると、三両も入っている。

「こんなに？　もったいなくていただけません」

忠兵衛は返そうと主人のほうに手を伸ばした。主人は、それをそっと押し返し、「みんなが帰ってきたら、うるさい。まあ、私の気持ちだ。これからもちょくちょく顔を出しておくれ。広林さんとは、親しいからね」と笑顔を浮かべた。

千両の分限者になるために働いていたが、これほど主人が自分の働きを評価してくれていたのかと思うと、感激して涙が滲《にじ》んできた。

「忠兵衛さん」

後ろから呼びかける声に、振り返ると小西の婆《ばあ》さんが立っていた。

「広林に行くのかい」

「はい。新しい仕事に挑戦します」

「まいったよ。こんないい人を広林さんに取られてしまった。哀《かな》しくてやりきれないね」

主人が、小西の婆さんに残念そうに言った。

「仕方がないね。この忠兵衛さんを引き止められないようじゃ、江戸屋もおしまいだね」

小西の婆さんが笑みを浮かべて嫌味を言った。

「おいおい、めったなことを言わないでくれよ。本当になったら困るじゃないか」

主人が、眉根《まゆね》を寄せた。

「今度は鰹節屋だってね」

店先から、派手な衣装の男が顔を出した。飴売りの太郎兵衛だ。

「早耳ですね」

「広林の主人が喜んでいたから。いい人が来てくれるってね」と言い、太郎兵衛は、情けなさそうな玩具屋の主人を見て「弱っちまったって顔をしていますね。旦那」と言った。

「わかるかい？」

「わかりますとも。大きな魚に逃げられた釣り人みたいですぜ」

「お前さんから考え直すように言ってくれないか」

主人は、まだ諦めきれないらしい。忠兵衛が弱った顔をした。

太郎兵衛は、しげしげと忠兵衛を見つめた。

「この人は無理ですよ。何かをなす人のように思えるんです。玩具の行商は卒業したってことでしょう。人には、それぞれ役割がありますから、私のようにおそらく生涯飴売りで終わる者も必要ですが、この人のようにどんどん脱皮を繰り返して、最後は大きく羽ばたく揚羽蝶《あげはちょう》になる人もいるんですよ。もちろん、精進を忘れたら、ただの芋虫で終わりますがね」

忠兵衛は、背筋に電流が走ったような気分になった。ただの芋虫で終わってはならないとあらためて心に誓った。

4

広林は、乾物、鰹節などを扱っていたが、忠兵衛は、丸屋時代に鰹節などの商売を経験していたので、仕事は順調に始めることができた。

ここでも忠兵衛は陰日向《かげひなた》なく勤めた。特に玄関の履物の乱れは、誰に言われることなく自ら片づけた。

ある日、主人の林三郎が、忠兵衛を呼んで言った。

「忠兵衛、両替を手伝ってはくれないか?」

「両替ですか?」

忠兵衛は目を輝かせた。

広林は、鰹節などを扱うほかに銭両替を営んでいたが、忠兵衛は、この仕事に非常な関心を寄せていた。それは両替の手数料を得るという仕事が、非常に地味で、毎日の積み重ねを必要とするからだ。

「これは自分に向いている」と忠兵衛は直感していた。

世のため、人のために働くには、自分に相応《ふさわ》しい仕事を得ることが大事だ。その仕事を天職という。忠兵衛は、まだ天職というほどの自覚はなかったが、自分の能力や性質に相応しい仕事だと思った。

「やらせてください」

忠兵衛ははっきりと言った。この機会を逃すまいという気力に満ちていた。

「やってくれるかい。お前さんの能力が活かせると思うんだよ。私は、お前さんの仕事ぶりを見ていたのだが、本当によくやってくれている。店の者が乱雑に脱ぎ捨てた下履《したば》きを片づけるなどは、なかなかできることではない。ありがたく思っています。この両替という仕事は、そうした地味な努力の積み重ねがあってこそできる仕事なんだ。今までの手代がどうしようもなく覚えが悪くてね。地味なことが嫌いなのだろうね。それで暇を取らせたんだ。この両替という仕事は、間違いは許されない。なにせお金を扱う仕事だから。心して勤めてくださいよ」

林三郎は、いつになく厳しい口調で言った。

江戸には両替商が六百四十三軒もあった。そのほとんどが広林のような庶民相手の銭両替商で、金融も行なう本両替は十軒ほどだった。

海外旅行の際、小さな煙草《たばこ》屋で現地通貨に換えてくれるところをよく見かけるが、江戸の銭両替商もあのようなものだと想像すればいい。

客が使いたい通貨に交換し、そのときの手数料が主たる収益で、貨幣の相場次第では、鞘《さや》抜《ぬ》きで儲けることもできる。
江戸幕府の貨幣制度は、幕末の頃には極めて複雑だった。
金貨の分類は、
二分判二枚で一両、
一分判四枚で一両、
二朱判八枚で一両。

銀貨の分類は、
一分判四枚で金一両、
一朱判十六枚で金一両、
丁銀《ちょうぎん》六十匁《もんめ》から百匁で金一両、
小玉銀は丁銀に同じ。
真鍮《しんちゅう》、銅、鉄銭の分類は、
銅一文銭（寛永通宝《かんえいつうほう》）六千枚から八千枚で金一両、
鉄一文銭（寛永通宝）七千枚から一万枚で金一両、
真鍮四文銭（寛永通宝）千五百枚から二千枚で金一両、
銅四文銭（文久永宝《ぶんきゅうえいほう》）千五百枚から二千五百枚で金一両、
真鍮当百銭（天保《てんぽう》通宝）六十枚から百枚で金一両。

これだけ複雑な貨幣の仕組みに加え、幕府の決めた公定相場では四千文が一両で、千文を一貫文と言い、また各藩ごとでしか通用しない藩札《はんさつ》が千六百九十四種もあるという有り様だった。

実際は、庶民は一両小判など使わず銭を使っていた。

たとえば幕末は髪結いが三十二文。一両小判で支払ったら、お釣りは三千九百六十八文になる。一文が、三・七五グラムだとして計算すると、約十五キログラムにもなる。これでは大変なことになってしまう。

そこで江戸では、金貨、銀貨と銭貨を交換する両替商という商売が発達したのだ。

両替商の手数料は、一両について十文から二十文くらいでたいしたものではない。

しかし同じ一文銭でも銅貨の場合は、一両につき六千枚から八千枚だが、鉄貨の場合は七千枚から一万枚。銅貨のほうが価値が高い。これは鉄貨が錆《さ》びてしまうからだが、そこでこの銅と鉄との相場の差を利用しても、両替商は利益を得ていた。

庶民は、銅貨と鉄貨を分けずに両替商に持ち込んでくる。両替商では、銅と鉄をえり分けることで、ここでも鞘抜きで儲けることができる。

また日本橋に会所《かいしょ》という取引所があり、そこで毎日、銭の相場が立っていた。

広林は、日本橋松の尾、亀屋という店の会所に属していたが、ここでは銭の中値、最高値、最安値が立ち、毎日、銭の交換比率が決められていた。この相場を利用して差益を得る。それぞれの会所ごとに相場が違うため、会所ごとの相場の差を利用して儲けるのだ。

一枚の銭を集めることで手数料を得、そして相場で儲けられる両替という仕事は、読み書き算盤の能力が高い忠兵衛にはうってつけの仕事だった。

主人の林三郎は、飲み込みの早い忠兵衛に、両替の仕組みや相場について懇切丁寧《こんせつていねい》に教えた。

また金貨、銀貨には偽物も多かった。あるいは発行された年によって小判などの金の含《がん》有量《ゆうりよう》が違っていた。これらは相場にすぐに反映するため、両替商の目利《めき》き次第では、損をすることもあった。偽物や金の含有量が少ないものをつかまされないようにするのは、両替商の力量だった。

ようやく忠兵衛は、自分の働くべき場所を見つけた思いだった。

第十一章　両替商修業

1

「成り上がってやるぞ」

忠兵衛《ちゅうべえ》は、大八車の梶棒を両手でしっかりと握り締めた。荷台には江戸市中の両替商、卸問屋《おろしどんや》、風呂屋などで集めた銭が俵に入れて積んである。

重い。気を緩《ゆる》めると、重さで梶棒ごと後ろに撥《は》ね上げられてしまう。大八車は、富山にいたときから野菜などを積んで引いていたが、銭の重さは尋常ではない。腕が痺《しび》れてしまうほどだ。自分を励ます言葉を念仏のように唱えていないと、大八車に負けてしまいそうな気になる。

成り上がり。この言葉が一番自分に相応《ふさわ》しい。

富山の田舎から出てきて、全く血縁者もいない、支援者もいない江戸でこうして仕事をしている。この努力の先には、太閤秀吉《たいこう》のような天下人の未来がある。そう信じていないと、こんな重労働に耐えることはできない。

江戸では誰もが「宵越《よいご》しの金を持たない」と粋《いき》がっている。あれは粋がっているのではなく、持てないからだ。誰も貯蓄をして将来に備えるなどと考えていない。

俺は違う。多くの人々の中から、頭一つ抜け出し、成り上がるためには、みんなと同じようにしていてはダメだ。彼らが宵越しの金を持たないのなら、俺は宵越しの金を持ってやる。

棒手振《ぼてふ》りの行商をやっている頃、なかなか金が貯まらなかった。仲間も同じだと思っていたら、酒を飲み、芝居を観、岡場所や廓《くるわ》で遊んでいる奴がいる。なぜ、あんなにも遊ぶことができるのかと不思議に思っていたが、やはり借金だった。

ある日、ある男は、行商に出たきり、店に戻ってこなかった。売り物の荷物を持ったまま、失踪《しっそう》してしまったのだ。彼は「百一文《もん》」や「烏金《からすがね》」という高い利息で金を借りていた。それも質草もない「素金《すがね》」だ。明日、金が入るから、それで返済するという安易な金の借り方だ。明日、雨が降ったら、行商はできない。怪我《けが》でもしたら、たちまち仕事にあぶれる。そんな生活に不安も抱《いだ》かずに、金を借りまくって、結局、破滅だ。店の商品を持ったまま行方不明。みんなの噂では、取立てに来たヤクザ者に行商の品を奪われて、そのまま殺されたんじゃないかという。自業自得《じごうじとく》とはいうものの、自分は絶対、そんな馬鹿な真似はしない。

「成り上がってやるぞ」

忠兵衛は、何度も呟《つぶや》き、大八車を引いた。今日の最後の立ち寄り場所は、捨次郎《すてじろう》のいる小西の婆《ばあ》さんの風呂屋だ。もうすぐだ。そこの角を曲がれば、捨次郎が待っている。

忠兵衛は、大八車の重さを紛《まぎ》らわすために、いろいろなことを考えるのが慣《なら》わしとなっていた。

広林《ひろりん》の仲間は、俺のことをケチだと言う。さすがに面と向かっては言わないが、陰でこそこそ噂をしているらしい。

忠兵衛は、広林の仕事仲間からは好かれていなかった。

それは山王《さんのう》神社の祭礼のときのことに原因があった。

主人は、広林と染め抜いた単衣《ひとえ》、足袋《たび》、手ぬぐいを店員に支給し、「これを着て、祭りを楽しんで来い」と言った。彼らは、生き生きとした表情になって、すぐに着替え、「さあ、行こうぜ」と祭りに繰り出し、神輿《みこし》を担ぎ、汗をかき、酒を飲み、心置きなく楽しんだ。

「あれ？　忠兵衛がいないぞ」

誰かが酒を飲みながら言った。

「あいつ、ご主人にいただいた単衣も何もかも畳んでしまいこむと、一人で部屋に籠《こも》って、『太平記』の写本稼ぎに精を出していたぞ」

「なんだって、『太平記』？」

「軍記ものだよ。それを写本して、小銭を稼いでいるんだ。おそらくご主人にでも頼まれたんじゃないのかな」

「あいつは、ケチで生意気だ。あいつが誰よりも早く起きて、店先を掃《は》き、水を撒《ま》きやがるおかげで、俺たちまで早起きせざるをえなくなった」

一人が不満を洩らす。

「草履《ぞうり》を揃えるのも嫌味だ。急いで脱ぎっぱなしにしたのを黙って揃えているんだ。自分だけ、いい恰好《かっこう》をしている。懲《こ》らしめてやろうぜ」

誰かが提案した。

「どうするんだ？」

「一番の懲らしめは、無視をすることだ。何があっても忠兵衛とは、口を利かないぐらいはしていいだろう」

それ以来、店員は忠兵衛と口を利かなくなった。まったく無視されてしまったのだ。

苛《いじ》めが行なわれていることを教えてくれたのは、藤兵衛《とうべえ》だった。

藤兵衛は、江戸に薬を売りに来るたびに広林に寄った。しかし決して忠兵衛に親しげに声をかけたりしなかった。遠くから様子を見るという態度に徹していた。忠兵衛も、藤兵衛に親しげに近寄っては行かなかった。一生懸命働いていることを、富山にいる父母に伝えてもらうだけでよかったからだ。もし藤兵衛と親しげに口を利けば、故郷への思いが募《つの》り、つらい仕事に身が入らなくなってしまう。

しかし藤兵衛は、店員たちと薬について話をしながら、忠兵衛の評判を聞いた。それは最悪だった。「真面目《まじめ》で有能だが、ケチで仲間と群れない。だからみんなで無視をすることで苛めて追い出してやる」というものだった。

藤兵衛は、誰もいないのを見計らって、忠兵衛にその評判を伝えた。

忠兵衛は、黙って藤兵衛の話を聞いていたが、おもむろに「私は大丈夫です。ここで両替について学ぶことのほうが大事です。彼らと同じにはできません」と答えた。

藤兵衛は、予想したとおりの答えだと思ったが「焦りは禁物です。千里の道も一歩からでしょう？　多くの人と和し、教えを請《こ》うことも大事です」と諭《さと》した。

「わかりました」

忠兵衛は答えながら、腹の底では苛めるなら苛めろと思っていた。

今は、給料がたった年三両二分（約五十六万円）しかない。手代と言っても丁稚《でっち》同然だ。しかし必ず三年程度で独立を果たすつもりだ。それまで学べることは何でも学ぶ決意だ。

このまま人に使われていてはいけない。世の中、結局、金がなくては何もできない。わずかばかりの金のために強盗したり、人を殺《あや》めたり、自殺したり。とかくこの世は金の世だ。住みづらくしているのも、のんきに暮らせるのも、すべて金次第だ。今までどれだけ金で苦労したことか。父母も金では苦労したではないか。

金次第の世の中は、金で変えられると思う。俺は金の力で世の中を変えてやる。そのためには独立する資金を貯めねばならない。もしここで苛めに負けて、奴らに取り入るために同じように遊んで暮らせば、最後は牛馬のごとく、働き詰めの、情けない人生が待っているだけだ。

「成り上がってやるぞ」

忠兵衛は、再び呟いた。

「無礼者！」

突然、頭から怒鳴《どな》り声が落ちてきた。忠兵衛は、慌てて、梶棒を握る手に力を入れ、体を反《そ》らし、両足の指で地面をつかむようにして踏ん張った。

荷台の銭の重さで、体が梶棒ごと撥ね上げられそうになるのを辛《かろ》うじて堪《こら》えた。目の前に、武士が怒りに顔を真っ赤にして立っている。手は腰に差した刀にかかっている。

「申し訳ございません」

忠兵衛は、大八車を止めると、地面に両膝、両手をつき、頭を下げた。

斬られる。

忠兵衛は首をすくめた。地面についた膝と手が震えて仕方がない。この光景をどこかで見た気がした。幼い頃、城から出てくる勘定奉行に対して、土下座したことがあった。あの日は、雨の後で地面はぬかるんでいた。着物は泥で汚れてしまった。それでも顔を上げれば、斬られてしまう。

あの惨《みじ》めな記憶から、抜け出そうと江戸に出てきたのに何たる失態！　大八車で武士にぶつかってしまいそうになったのだ。気をつけていたつもりだったが、ほんの少し考えごとをしたのが間違いだった。

「貴様は、わしが歩いているのが目に入らなかったのか！」

カチリと刀の鯉口《こいぐち》を切る音がする。

「お許しください」

「許せん！　手打ちにしてやる」

忠兵衛は、目だけ、恐る恐る上げた。武士は、浪人者のようだ。着物は上等ではなく、髷《まげ》も乱れている。しかし浪人者だけにかえってプライドは高い。

幕府が安定し、天下泰平のときには、武士の刀は、まるで飾りのようなものだった。武士も剣術に汗を流すよりは、詩吟《しぎん》などの芸事に熱心だった。

ところが桜田門外の変が起きるなど、江戸市中が騒然とした空気に満ち始めると、目の血走った武士が刀を振り回すことが多くなった。

先ごろ、松田という小料理屋で上田馬之助という桃井《もものい》道場の小天狗《こてんぐ》といわれる武士が、酔った勢いで二人の武士を斬り殺したという話があった。

刀剣屋の話でもかつては飾りの多い、実用向きではない刀が売れたそうだが、今は実用的な、頑丈な刀が売れるという。

上目《うわめ》づかいに見た限りでは、この武士が持っている刀もよく切れそうだ。

「覚悟しろ」

武士の声が、落ちてきた。こんな江戸の路上で命を落とすことになるのか。所詮《しょせん》、これまでの人生か……。そう思うと忠兵衛は気持ちが落ち着いた。じたばたしても仕方がない。死ぬときくらい、惨めな態度で死にたくない。

忠兵衛は、顔をゆっくり上げ、姿勢を正し、武士を見つめた。冷静だった。人が集まり、興味本位で事の成り行きに注目しているが、いつしかざわめきは、まったく聞こえなくなった。

「お待ちください」

人垣の中から誰かが武士に声をかけた。武士が振り向くと、人垣が割れ、捨次郎が顔を出した。続いて飴《あめ》売りの太郎兵衛《たろべえ》だ。

「捨次郎さん、太郎兵衛さん」

忠兵衛は思わず声を上げた。途端に先ほどの覚悟が消え、恐怖と、こんなところで死にたくないという悔《くや》しさのような思いがこみ上げてきた。

二人は、忠兵衛に目配せをすると、武士の前に進み出て、膝を突いた。

「どうかお許しください」

太郎兵衛が言い、捨次郎も一緒に頭を下げた。

「ならぬ。こやつは、わしを大八車で撥ねようとしたのじゃ」

武士は、刀に手をかけ、今にも抜こうとしている。

「お武家様、この男は、富山から出てきた働き者で、江戸市中の路地までくまなく記憶し、この大八車を引いて、風呂屋という風呂屋から銭を集めて、両替しております。さらに番台にまで上がり、風呂屋に来る客に、自分の金で仕入れた手ぬぐいを配り、風呂屋の商売が繁盛《はんじょう》するように努めておるような男です。この男のおかげで、客は喜び、風呂屋は繁盛し、そしてこの男も喜ぶという、三方皆一両損ではなく、三方皆一両得を地で行っております。こんな真面目な男が、どのような粗相《そそう》をしでかしたかわかりませぬが、見たところお召し物を汚したわけでも、破いたわけでもなさそうでございます。もしこの男をお手にかけられたら、まさしくお武家様の名折れになりましょう」

太郎兵衛は、飴売りのときのような張りのある声で言った。

「私は、この男が贔屓《ひいき》にしている風呂屋を営んでいるものです。もしお武家様の手にかかってこの男が命を落とすようなことがございましたら、私どもの商売がたちまち不都合になるのです。ぜひとも寛大に、ご処置願います」

捨次郎も声を張り上げた。

忠兵衛はうれしくなった。二人は自分の危険を顧《かえり》みず、助けに来てくれた。店の人間たちは、働き者の自分に嫉妬《しっと》し、仲間はずれにしているが、彼らは違う。持つべきものは、やはりよき友だ。友は、何ものにも代えられない。

「ありがとう」

忠兵衛は、太郎兵衛と捨次郎に言った。

「何を礼など言うか。困っているときはお互いさまだ」

太郎兵衛は言った。

「そうだよ。きっとお武家様も情けをかけてくださるさ」

捨次郎が笑《え》みを浮かべた。

武士が顔を引きつらせた。困っているのがわかる。振り上げた拳《こぶし》をどこに下ろしていいかわからないのだ。

「お武家さん、許してやってくださいよ」

周囲の人垣から口添えするものがいる。

「そうだよ。町人と思って馬鹿にすると、痛い目にあうよ」

また別の声がする。周囲の人たちが忠兵衛たちに加勢し始めた。武士は、その空気を察した。刀から手を放した。

「わかった。お前たちの友情に免じて許す。今後は、天下の公道は注意深く歩けよ」

武士は、芝居がかった調子で言い、胸を反《そ》らし、「どけどけ」と人垣を分けて去って行った。

ふうと忠兵衛は大きなため息をついた。

「ありがとう。助かったよ」

忠兵衛は、太郎兵衛と捨次郎に頭を下げた。周囲からも「よかった、よかった」と声がかかった。

「さあ、早くうちに来て両替をしてくれないと、商売あがったりだよ」

捨次郎が、手を差し出した。忠兵衛は、その手をしっかりと握って、立ち上がった。

「この二人には一生、仲間になってもらおう」

忠兵衛は呟いた。

「何か、言ったか？」

太郎兵衛が訊いた。

「いや、なにも」

「そうかい、じゃあ行くよ。飴を売らずに油を売っちまったから、少し気張ってくるよ」

太郎兵衛は笑みを浮かべた。忠兵衛も大八車の梶棒を持ち上げた。

2

忠兵衛は、入店一年後の文久《ぶんきゅう》元年（一八六一年）には、丁稚同然の手代から、名実ともに手代の中心になった。その後も順調に出世し、番頭格になった。

入店当初は、仲間からケチだと言われ、苛められもしたが、その実力が認められるにつれて慕《した》われるようになった。元来が、面倒見のいい性格だ。それが他の手代のように、一緒に酒を飲んだり、遊んだりしないというだけで敬遠されていた。しかし忠兵衛が頼りになる人間だと誰もが思うようになるには、それほど時間がかからなかったということだろう。

「この小判はどうですか」

丁稚が、両替を依頼された小判を持って忠兵衛のところにやってきた。

小判は、すべて金で作られているわけではない。金と銀との合金で作られる。各地の金山、銀山から運ばれてきた地金《じがね》を金座、銀座で精錬《せいれん》して純金、純銀を作る。

それから定められた金、銀の混合比率に従って混ぜて溶かす。これを鋳型《いがた》に流し込むと、棹金《さおがね》という棒状金ができ、これを叩《たた》いて延ばすと、延金《のべがね》ができる。これを小判の大きさに切り、徐々に形を整え、刻印を押して完成する。しかしこれだけでは金色に輝く小判とはならない。銀を多く含有する小判は作られた直後は、鈍色《にびいろ》をしているのだ。ここで磨きと色揚げという仕上げ処理を施す。小判に細かい砂をつけ、縄たわしで丹念に磨く。それに特殊な薬品を施し、炭火で焼き、塩で磨き、水洗い、乾燥を繰り返すことで金色に輝き出す。大まかな言い方かもしれないが、金メッキ仕上げということになるのだろうか。

幕府は財政状況によって、金と銀との混合比率を変える。財政が厳しくなると、金を少なくした悪貨を作る。これを吹き替えというのだが、当然、金の含有率《がんゆうりつ》によって小判の相場が上下する。

金を多く含んだ小判の価値は高い。そのため金を多く含む小判と、そうではない小判を見分ける能力、すなわち真贋《しんがん》を見極める能力が両替商には求められることになる。忠兵衛は、主人から厳しく手ほどきを受け、手代の中では、その能力に優れていた。

江戸の両替商たちは、もし悪貨をつかまされたら大きな損失を被《こうむ》ることになる。だから忠兵衛のように金貨、銀貨の真贋を見抜く能力の高い手代は重宝《ちょうほう》されることになる。

小判の真贋を見抜くには、試金石などを使う。これは那智黒《なちぐろ》という石で作られた硯《すずり》のようなもので、これに小判を擦《こす》りつけ、その線条痕《せんじょうこん》を基準になる線条痕と照合して、金の含有率を判定するものだ。

「最近は、混ぜ物が多くなりましたね」

丁稚が、真贋を判定している忠兵衛の手元を興味深そうに見ている。

「試金石を使っても、どの程度金が含まれているかわからないことが多くなった。困ったことだ」

忠兵衛は、熱心で真面目な丁稚に仕事を教え込むことには労を惜しまない。線条痕を見せながら、真贋判定の技術を伝える。

「どうして忠兵衛さんは、真贋判定に秀でていらっしゃるのですか」

「友情という情報だな」

忠兵衛はにんまりと表情を緩《ゆる》めた。

「それは何ですか」

丁稚は、首を傾《かし》げた。

「友達を大事にしろってことさ。これは金の含有率が八割の上物《じょうもの》だな」

忠兵衛は、丁稚に小判を渡した。

「ありがとうございます。私も忠兵衛さんのようにがんばります」

丁稚は、軽やかに言い、客の元に走って行った。

実は、忠兵衛は、金座、銀座の職人から吹き替えの情報を入手していた。もちろん、すべてが正確とはいえないが、いつ金や銀の含有量を変える吹き替えが行なわれるかという情報を入手し、その情報を過去に遡《さかのぼ》って整理することで真贋判定に役立たせていた。そのため他の人間よりも、より正確に判定することができた。

なぜ友情という情報なのかと言えば、それは捨次郎の人脈からの情報だからだ。

捨次郎のいる風呂屋には、多くの金座、銀座の職人たちがやってくる。その中には、ほんの少しの小遣い稼ぎに、金座、銀座の吹き替え情報を洩らす職人がいる。

番台で捨次郎が耳を澄ましていると、「最近のお上《かみ》もダメだ。すぐに吹き替えをして、質の悪い小判を作ろうとする。相当、苦しいぞ」などと話している男がいる。捨次郎は、耳ざとくその話を聞き、それを忠兵衛に提供した。

忠兵衛は、勘がいい。これは大変な情報だと判断すると、捨次郎に頼み、その男を茶屋に呼んでもらった。果たしてその男は、金座の職人だった。そこで男の持つ吹き替え情報を提供してもらう契約を結んだ、というわけだ。

これは現代的視点から言えば、インサイダー取引のようなもので不正に思えるが、幕府が全く吹き替え情報を開示しなかったので、両替屋の多くは職人や内部の幹部から情報入手に努めていた。とにかく悪貨をつかまされないようにするために誰もが必死だったのだ。何せ六百四十三軒もの両替屋がひしめき、少ない手数料と相場《そうば》でしのぎを削っているわけだ。ちょっとした油断が命取りになってしまう。

忠兵衛が他の人間と違うのは、こうした情報を友情の輪で結んだことだ。同じく乾物と両替を行なっていた大倉喜八郎と情報交換をしたのである。二人で成り上がっていこうというのが、合言葉のようになっていた。

この二人の輪の中に加わったのが、矢島屋太郎兵衛と改めた飴売りの太郎兵衛と、後に増田屋捨蔵となる風呂屋の捨次郎だ。

彼らは、この江戸で、一介の庶民に過ぎない。誰も武士や幕府の高官につながりはない。その彼らが忠兵衛に触発されて、なんとか一流に成り上がろうとチームを作ったのだ。チーム忠兵衛とでも言えばいいのだろうか。困ったときには助け合い、喜びも悲しみも友人たちで分かち合うことを誓ったのだ。

忠兵衛は、千両の分限者《ぶげんしや》になるためには、良き友人を持つことだと思っていた。喜八郎、太郎兵衛、捨次郎は心を許し、同じ夢を見ることができる友人たちだった。

忠兵衛は客の元に急ぐ丁稚の後ろ姿を見て、「良き友人に恵まれることも千両の分限者になる道だよ」と呟いた。

「忠兵衛」

呼びかける声に振り向くと、丸屋松兵衛だった。江戸に家出同然で出てきたときの最初の奉公先丸屋の主人であり、今の奉公先広林の主人林三郎の父親だ。

松兵衛は、息子の経営する広林に忠兵衛が奉公してくれたことを、大いに喜んでいた。それは忠兵衛の陰日向《かげひなた》なき働きぶりを評価していたからだが、忠兵衛をまるで自分の息子のように可愛《かわい》がり、何かと連れ出そうとする。

「はい、お呼びですか」

「おお、忠兵衛。ちょっと喉《のど》を鳴らしに行くか？」

「義太夫《ぎだゆう》でございますか？」

「そうじゃ。忠兵衛も相当、腕を上げたそうじゃないか」

忠兵衛は、松兵衛に誘われるまま常磐津《ときわづ》や義太夫を習っていた。仕事ばかりで、ケチとまで言われた忠兵衛だったが、松兵衛のおかげで趣味も持つことができた。義太夫は、たちまち上手《うま》くなり、松兵衛をとっくに凌《しの》ぐ腕前になっている。またこうした習い事をする過程で、着物に合う小物や煙草入れを集めるなど、粋な面も出てきた。

これは給料が、入店当初と比べ格段に上がったからこその贅沢《ぜいたく》だった。最初は年に三両二分だった給料も、今では月に一両（約十六万円）にもなった。年にすると十二両、約三倍から四倍だ。

「今は大変忙しゅうございます。ちょっとお付き合いできる暇がございません」

「確かにそうじゃ。今月はかき入れ時だったか……」

松兵衛は、残念そうに舌を鳴らした。

「近在の庄屋さまたちが、納税のために両替をされるので、てんてこ舞いの忙しさです。店の者も多くは、代官所に臨時で作られた出納所《すいとうどころ》に出向きまして出張両替をしておるような次第でございます。このようなとき、私が、たとえ大旦那様のお言いつけとはいえ、音曲《おんぎょく》に浸《ひた》るわけにはいきませぬ」

江戸時代の納税、年貢の納め時は、春、夏、秋とあるが、やはり収穫の秋に集中する。普通は、収穫された米などの現物で納税、すなわち年貢を納めるのだが、金銭で納める庄屋たちも多かった。

また商人たちには、年貢と同じ御用金、あるいは冥加金《みょうがきん》という名の税金が課せられていた。これは文字通り金銭で払わなければならない。

その際は、出納所というところに両替商が控えていて、庄屋や商人たちが持ち込む小判などを鑑定し、真贋を見極め、封印する。両替商が責任をもって封をした小判しか、代官所の役人は受け付けない。だからこの納税時期は、両替商のかき入れ時なのだ。

「相変わらず堅《かた》いことじゃ。まあ、それがお前の取り柄《え》ではあるが」

松兵衛は微笑《ほほえ》んだ。

「はい、それしか取り柄がございません」

忠兵衛は、軽く頭を下げた。

「わかった。それでは多忙な時期が過ぎたら、一度、一緒に旅でもしよう。わしも隠居の身、今まで行くことができなかった西国《さいごく》に行きたいと思う。お前が一緒に行ってくれれば心強い。息子には、お前を借りることを、十分に話しておくから、安心していいぞ」

「旅ですか？」

「そうじゃ、嫌か？」

「楽しみでございます」

忠兵衛は、心が浮き立つ思いがした。実は忠兵衛は旅が好きだった。思えば富山から二度も江戸に向かって出奔《しゅっぽん》したのは、旅好きのなせる業《わざ》かもしれない。旅は、人を大人にする。見聞が広がるためでもあるが、諸事に目配り、気配りをしなければ旅を楽しみ、無事に終えることができないからだ。

現在でも海外旅行をすれば、人が成長するとよく言われるが、それと同じだ。知らない土地は、旅人を緊張させ、それが刺激になってその人を成長させるのだろう。

「そうか、一緒に行ってくれるか」

「喜んでお供いたします」

「それでは今日の義太夫は勘弁してやる。励めよ」

松兵衛は、忠兵衛が旅に同行してくれることになり、うれしさがこみ上げてくるのか、すっかり相好《そうごう》を崩している。

良い店に奉公させていただいていると忠兵衛は感謝した。

松兵衛の笑顔を見ていると、うれしくなってくる。生活もほどほどに安定し、主人も自分のことを評価してくれている。このままずっと広林に奉公していてもいい。そんな気持ちになってしまう。しかし手代や番頭では、千両の分限者にはなれない。いつかは独立しなくてはならない。仕事を覚え、「お暇をいただきます」とこの松兵衛や主人の林三郎に伝えたら、どんな顔をするだろうか。それを伝えるのは、まだしばらく先のことだろうが、忠兵衛は松兵衛の笑みを見るにつけ、少し憂鬱《ゆううつ》になった。

番頭格の忠兵衛は、広林に奉公しようと希望する者に必ず忠告することがある。それは、いつまでここにいるかを決めておけということだ。独立しようと試みると、真面目であればあるほど主人は引き止めるだろう。そしてたいていの人は、その引き止めに応《こた》えて、独立を取り止める。成功するかどうか不確定な独立の道より、奉公人という安定した立場を選択してしまうのだ。それが逆に成功への道をとざすことになる。従って奉公しようという人は、最初からこの店には何年勤めると決めておくべきだと、忠兵衛は思っていた。そして、それを実践する覚悟を持っていた。

「西には見どころが多いぞ」

松兵衛の心は、すでに旅の空だ。

「見聞を広めさせていただきます」

忠兵衛は、こうした見聞は独立後に必ず役立つことだろうと思った。

3

「大旦那様、それでは勝手させていただきます」

忠兵衛は、供の者と江戸に帰る松兵衛を見送った。

せっかく遠く西国まで来た。旅好きの好奇心が抑えられなくなり、松兵衛に頼んで、自分一人で、もうしばらく旅を続けることにしたのだ。旅は道連れで一緒になった年上の男と、大和《やまと》国多武峯寺《とうのみねでら》に参拝した。ここは藤原鎌足《かまたり》と中大兄皇子《なかのおおえのおうじ》が大化改新（六四五年）の談合をした場所である。

連れの男と離れ、一人で本堂に参拝したとき、ふとここに祈願の文言《もんごん》を書き付けたらどうかと思いついた。

当時、神社仏閣への落書きが流行《はや》っていた。宇治の平等院には頼山陽《らいさんよう》の落書きがあり、寺宝《じほう》のように保護されていたくらいだ。自分の落書きもいつの日かそのような扱いになれば愉快なことだ。

忠兵衛は早速、矢立《やたて》から筆を取りだし、本堂の柱に「大願成就」と書いた。

「待て！　貴様、何をしているんだ！　止めろ！」

大きな声が背後から聞こえた。慌てて後ろを振り向くと、庭掃きをしていたのか、箒《ほうき》を振りかざした男が、こちらをめがけて走ってくる。寺の雑役《ざつえき》をする男だ。

忠兵衛は筆をしまい、雑役夫に「申し訳ありません。悪気があったわけではございません」と謝った。

「許せん！　この尊い寺に落書きをするとはなにごとだ！　法の裁きを受けさせてやる」

雑役夫は、目を吊り上げ、血相《けっそう》を変えている。

「勘弁してください。もう二度といたしません」

忠兵衛は、困ったことになったと必死で頭を下げた。

「こっちへ来い」

雑役夫は忠兵衛の着物の袖を引っ張り、自分が住んでいる本堂近くの建物の小部屋につれてくると、その中に押し込めた。

「ここで待っていろ。そのうちお沙汰《さた》が下るだろう」

雑役夫は、忠兵衛をその小部屋に閉じ込めたまま消えてしまった。

「弱ったな」

忠兵衛は、途方に暮れた。

しばらくして戸が開いた。

「お前か、本堂に落書きをしたという不届き者は」

先ほどの雑役夫とは別の男が顔を出した。

「大変申し訳ないことをしました。大いに反省しております。なんとかお許しを願えませんか」

忠兵衛は、男に平身低頭《へいしんていとう》した。男は、その様子をにやにやとして見ていたが、「なんとかなるかもしれん」と言った。

地獄に仏とはこのことだ。こんなところで奉行所に突き出されては、どんなことになるやもしれない。忠兵衛はほっとして「よろしくお願いします」と言った。

「これ次第だな」と男は、指で丸を作った。金だ。

忠兵衛は、はたと気づいた。自分たちを捕まえた雑役夫とこの男は仲間だ。こうして落書きをした旅人を捕まえては、赦免《しゃめん》する代わりに小遣いを稼いでいるのだ。

しかし金で済むなら、それでなんとかしたい。

「二、三百文もあの男にやればよい。許してくれるだろう」

男は言った。

忠兵衛は、困った。持ち合わせがあまりない。

「金をやらないと、酷《ひど》い目にあうぞ」

男は脅《おど》す。

腹の具合がおかしくなった。緊張したのかもしれない。

「厠《かわや》を貸して欲しい」

「なに?」

「腹の具合が悪い」

「しょうのない奴だ」

男が「おーい」と呼ぶと、足もとも覚束《おぼつか》ない老人がやって来た。

「この男を厠に案内してやってくれ」

男は、老人に言った。

好機逸《こうきいつ》すべからず。忠兵衛は、この老人なら逃げ出せると思った。

「こっちへ来なされ」

老人は忠兵衛の着物をつかんでいる。逃げ出さないように警戒しているのだ。

「えい！」

忠兵衛は、いきなり老人の体を押した。

「あれぇ」

老人は悲鳴を上げて、その場に尻餅《しりもち》をついた。

「すまない。逃がしてもらうよ」

忠兵衛は宙を飛ぶように、一目散《いちもくさん》に走った。

門が見える。門番がいる。忠兵衛が、ものすごい勢いで走ってくるのを見て「待て、待て」と忠兵衛を止めた。

「なにごとだ」

「なんでもありません。先を急いでおります」

「ははん……、お前、落書き男だな。仲間が捕まったぞ」

門番が不審そうな顔で訊く。

「仲間？」

忠兵衛は、一刻も早くこんなところから逃げ出したいと思いつつ、ぐっと我慢した。

「先ほど、うろうろしていた落書き男の仲間を捕まえたという話が聞こえてきたぞ」

門番が薄ら笑いを浮かべて言った。

「ええっ、本当ですか」

忠兵衛は、驚いて声を上げた。

一緒にここまで来た連れの男が捕まったらしい。彼は落書きをしている私を残して境内《けいだい》を見学し、戻ってみたら、私が捕まったと聞き、心配して探していたのだろう。

「身代わりになってしまったのか」

進退窮《きわ》まれりとはこのことだ。連れの男をここに残したまま逃げるべきか？　それとも彼らのもとに戻るか？

「うーん」

忠兵衛は一言唸《うな》ると、天を仰いだ。

忠兵衛は、迷った。連れの男を置き去りにしてこの場から遁走《とんそう》しようと思えば、できるだろう。なにごともなかったように振舞えばいいだけだ。連れの男とそれほど深い関係があるというわけではない。たまたま旅の道連れになったに過ぎない。明日には、また見知らぬ他人になる仲だ。その男を救うために、のこのこと先ほどの男のところに行けばどうなるか？　今度は金ですまないかもしれない。あるいはもっと多額の金を要求されるかもしれない。

4

迷いに迷っている忠兵衛を眺めていた門番が、急に姿勢を正して、深く頭を下げた。

門番が頭を下げているほうを振り向いた。一人の僧侶が歩いていた。門番に向かって静かに微笑んで頭を下げている。その微笑は、非常に穏《おだ》やかで、人を包み込むような大きさがある。そしていささかの傲慢《ごうまん》さもない態度が、忠兵衛の心に沁《し》み込んでくる。

大和尚《だいおしょう》、高僧に相違ない。忠兵衛は確信した。

「失礼いたします」

忠兵衛は、僧侶の前に進み出た。僧侶は、いささかも動じることなく、「いかが為《な》されました。何か、心配事がおありのようだが」と静かに問い掛けた。

忠兵衛は、僧侶の問い掛けに心が崩れそうになるのを、なんとか堪《こら》えて「折り入ってお頼みしたいことがございます。それで失礼を承知でまかり出ました次第です。実は……」と落書きから始まり、捕まって金を強請《ゆす》られ、逃げ出したことを話し、「連れの男が、私の身代わりに捕まってしまいました。なんとか援《たす》け出していただきたいのです」と平伏《へいふく》した。

「私は、この寺の住職だが、なんとかしてあげるから一緒に来なさい」

住職は、歩き出した。

「申しわけございません」

忠兵衛は、住職の背に隠れるように、後に従った。

住職は、先ほど忠兵衛が捕らえられ、押し込められていた建物に入って行った。

あの男がいる。忠兵衛は、住職の背中越しに男を見た。男の後ろの小部屋に連れの男が閉じ込められているはずだ。

「あっ、ご住職さま」と男が膝をついて、頭を下げた。

「こちらの方から訴えがあってな、連れが囚《とら》われているとおっしゃるが、まことか?」

男がぬうっと顔を上げ、住職の背後に隠れている忠兵衛を覗き見た。

「あっ、お前は!」

男が叫んだ。忠兵衛は頭を引っ込めた。

「ご住職さま、あの男は不届き者で、お寺に落書きをしたのでございます」

男は、声高に訴えた。

「わかっております。すべては聞きました。確かに不届き者には違いないが、それを捕まえて金を取ろうとするのもよくない。連れのお方をすぐにそこから出しなさい」

住職は厳しい口調で命じた。男は、たじろぎ、慌てて小部屋の戸を開け、「おい、出て来い」と中に向かって言った。

転がるように連れの男が出てきた。

「おい、こっちだ」

忠兵衛は手招きした。連れの男は、やっと事態を理解して、忠兵衛の元に駆け寄った。男が、不服そうにその様子を眺めている。

「本当に助かりました」

忠兵衛は、住職に深く頭を下げた。

「あなたを捕まえて金を強請った男も悪い。しかし清浄な神仏の祠《ほこら》に落書きをしたあなたもはなはだよろしくない。落書きというものは、昔、唐国《からくに》の盗賊が、仲間との集合離散の合図に用いたものだという。それがわが国に伝わって、一般的な風習になったものです。見るところ、あなたは年も若く、体も壮健、道理もわきまえているようだ。これから正直に働き、人の踏むべき道を律儀に守っていけば、立派な人になれるでしょう。それが泥棒仲間の合図の真似をして、落書きなどをして喜んでいるようでは、とても出世など覚束《おぼつか》ない。これからは決してこのようなことはしないで、なにごとに限らず、悪いことと知れば、断然、その日より止めるという決心を持ちなさい。それでなければ立身はできません。仏様の教えに『諸悪莫作衆善奉行《しょあくまくさしゅぜんぶぎょう》』という言葉があります。この言葉は『諸々《もろもろ》の悪いことはするな、善《よ》いことをしなさい』という意味です。この言葉の後に『自浄其意是《じじょうごいぜ》諸仏教《しょぶつきょう》』と続くのですが、これがまさに仏様の教えなのです。昔、中国に白楽天《はくらくてん》という偉い詩人がおられたのですが、この方と名僧と名高い道林《どうりん》和尚との問答があります。白楽天が、道林和尚に『仏教の教えとは、何か』と問い掛けます。すると道林和尚は『諸悪莫作衆善奉行』と答えます。白楽天は、そのあまりにも単純な答えに呆《あき》れ『そんなことは三歳の童子でも知っています』と言います。道林和尚は、その言葉を聞き『三歳の童子が知っていようと、八十歳の老人ですら、これを実践することは難しい』と答えます。要するに『わかる』と『行なう』ことは違うのです。悪いことをしてはいけないなどというのは、誰でも知っていることです。しかしそれを実践することは、相当な覚悟がなければできないことです。あなたもこの『諸悪莫作衆善奉行』という言葉を日々、唱え、仕事に精を出しなさい。わかりましたか」

和尚は、言い終わると静かに微笑んだ。

「私は、これまで若気の至りと甘え、悪いことなどもしてまいりましたが、ご住職のお話を聞き、心を改めました。深く後悔しております。落書きをしたことをお許しください」

忠兵衛は、住職に謝るとともに、自分を捕らえた男にも頭を下げた。

「もう二度と、このようなことをされないよう、重ねて申し上げます。さあ、行きなさい。道中は、まだまだ長いのでしょう。気をつけて行きなさい」

住職の言葉に送られて、忠兵衛は連れの男と一緒に山を下りた。

「助けに来てくれなかったらどうなることかと思ったよ」

連れの男は、ほっとした顔で言い、「それではここで」と、忠兵衛とは別の道を歩いて行った。

「諸悪莫作衆善奉行……」

忠兵衛は、山を見上げ、手を合わせた。

「悪いことをするな、善いことをしなさい。なんと良い言葉をいただいたものか。これをいただくために、ここに来たのだな」

忠兵衛は、住職の顔を思い浮かべ、深く頷いた。

第十二章　母の死

1

「露をだにいとう大和《やまと》のおみなえし　降るアメリカに袖はぬらさじ」

太郎兵衛《たろべえ》が、茶飯《ちゃめし》をかきこみながら呟《つぶや》いた。

「それは？」

忠兵衛《ちゅうべえ》が訊《き》いた。

「知らないのかい？　横浜の港崎遊廓《みよざきゆうかく》の岩亀楼《がんきろう》の遊女喜遊《きゆう》が、アメリカ人の客を取りたくないと、懐剣で喉《のど》をついて死んだのさ」

「そりゃ可哀想《かわいそう》だ。岩亀楼といえば、店の中に川が流れ、太鼓《たいこ》橋が架けられ、幾層にも回廊が巡る、豪勢な遊廓だと聞いているけどな。アメリカ人の客を取るのが、そんな嫌だったのか」

横浜の港崎遊廓は、安政《あんせい》六年（一八五九年）の横浜開港にあたって、日本に来る外国人のために作られた遊廓から発展した。遊女屋五十九軒、遊女五百七十人を擁《よう》していた。数ある遊女屋の中でも、岩亀楼は総建坪二千四百四十平米という広大なもので、その建物には洋館風の異人館などもあった。

揚げ代という遊女との遊びの費用も普通は一日二ドル（一両二分《ぶ》）が相場《そうば》だったが、岩亀楼は一日五ドル（三両三分）と格段に高額だった。

「アメリカ人相手だと、普通と何か違うんだろうか？」

忠兵衛は好奇心を覚えた。

「へえ、忠兵衛さんも関心があるんだね」

太郎兵衛の目が笑っている。

「まあ、人並みに男だからね」

忠兵衛は茶飯を慌ててかき込んだ。

「俺の聞いた話だと、十二、三畳もある控え座敷に、西洋人の客が入ると、後ろの錠前《じょうまえ》を下ろして、そこに閉じ込める。通事《つうじ》の女が、やり手婆《ばば》みたいに取り仕切るんだが、客の下穿《したば》きを脱がせ、虫眼鏡《むしめがね》で体の隅々、尻の穴まで覗《のぞ》くそうだ」

「尻の穴まで！」

「とにかくどんな病気も見逃さないってわけだな。検分が終わると、また客は着物を着る。次は遊女が真っ裸になる。今度は客が虫眼鏡を持って遊女の前から後ろから、体の隅々まで調べるのさ」

太郎兵衛が、まるで客になったかのように、手で虫眼鏡を持つ真似をした。

忠兵衛は、ごくりと唾《つば》を飲み込んだ。なまめかしい想像に体の芯《しん》がむずむずしてくる。

「それで？」

「遊女も着物を身につけて次の間《ま》に客を連れて行くのさ。部屋には、えもいわれぬ香りが漂《ただよ》っているらしい。香が焚《た》き込められているんだな。遊女は、自分の体にも香油《こうゆ》を塗り、客にも塗る。そうしてめくるめく一戦が終わると、高麗人参《こうらいにんじん》を飲ませて、客のアレを丁寧《ていねい》に湯で洗ってくれるそうだ」

太郎兵衛の目が妖《あや》しく輝く。

「アレって、アレか？」

忠兵衛が訊く。

「アレしかないだろう。身だしなみを整えて、待っていると通事の女が酒を持って入ってくる。一日では帰さないそうだ。翌日は三両に割引されるらしい」

「太郎兵衛さんは、えらく詳しいな」

「そういう話を聞いただけだよ。行けるわけがないからな」

「ところで喜遊が自害したのは、いつのことだい？」

「八月の二十六日のことだよ」

「二十一日には、生麦《なまむぎ》で薩摩《さつま》の島津久光《ひさみつ》様のご一行が、行列を横切った英国人を斬って捨てただろう？　物騒《ぶっそう》になってきたな」

「ああ、喜遊も攘夷《じょうい》の精神を持っていたのだろうね。外国人は客に取らないことになっていたのに、店の主人が無理やり取らせようとしたらしい。なんでもその西洋人が強引だったそうだ。喜遊は遊女で品物も同然だ、金を払うんだから言うことを聞けと言ったんだ。それで日本人の意地を見せたんだろうな」

忠兵衛は、世の中が変化しつつあると感じていた。外国人をよく見かけるようになった。貿易が盛んになったのだが、それにつれて外国人排斥《はいせき》、攘夷を唱える武士たちが多くなり、さまざまな事件を起こしていた。富山松之進《とやままつのしん》、すなわち吉松《よしまつ》は今頃どうしているだろうかと、ふと気がかりになった。

「なあ、忠兵衛さん、遊女の話をしたのは、他でもない。身を固めないのかい？」

茶を飲みながら、太郎兵衛が訊いた。

「身を固める？」

忠兵衛は目を見開いた。突然の、思いがけない話に驚いたのだ。

「嫁をもらえってことさ。遊女の話の後に、不謹慎《ふきんしん》だがね」

「考えてもいないな。まだまだだよ」

忠兵衛は、一笑に付すつもりでいた。しかし太郎兵衛は真剣だ。

「一つの口より、二つの口っていうだろう？　真面目で、働き者の娘さんがいるんだ。それに忠兵衛さんの独立を支援してくれると思うんだよ。夢をかなえるためにも、実家のしっかりした娘さんをもらうべきだと思うんだよ」

太郎兵衛は、説得口調になった。

忠兵衛は、二十五歳になっていた。妻を娶《めと》ることを全く考えないでもなかった。

「どこの娘さんなの？」

「忠兵衛さんもよく知っている鰹節商玉長《ぎょくちょう》の岡安長右衛門《ちょうえもん》さんの娘さんで、チカさんだよ。実は、忠兵衛さんの働きぶりをいつも感心して見ていた長右衛門さんが、ぜひ娘の婿《むこ》にと熱心なのだよ」

太郎兵衛の話に熱が入り始めた。忠兵衛が、関心を見せたからだ。

「今、婿にって言ったよね」

「そうなんだよ。長右衛門さんは、入り婿になってもらい、ゆくゆくは玉長を忠兵衛さんに継いでもらいたいと思っているようなんだよ」

太郎兵衛が忠兵衛の顔色を窺《うかが》った。忠兵衛の表情が、固くなった。

「太郎兵衛さん、せっかくの話だけども断らせてください。私は、安田家を再興しなければならない身なので、入り婿にはなれないのです。わかってください」

忠兵衛は、頭を下げた。

「いや、忠兵衛さんの気持ちを十分に理解しての話だ。私だって、今、独立に向けてがんばっている。しかし何につけても先立つものが必要だ」と太郎兵衛は、指でお金を意味する輪を作る。「玉長さんが、店を忠兵衛さんに預けてもいいなんて条件の良い話を、みすみす見逃すのはもったいない。すぐに断らずに、少しの間くらいは考えてくださいよ」

太郎兵衛は、自信たっぷりに茶を飲んだ。

「返事は、後日ということにしましょうか」

忠兵衛は、太郎兵衛の好意をうれしく思った。江戸には多くの奉公人がいる。その中で、独立して自分の店を持つことのできる人が何人いるだろうか。ほとんどいないと言っても過言ではない。

しかし入り婿になるというのは、安田の家を捨てることになりはしないか？　いやそんなことはない。実質的に自分が玉長を仕切るようになれば、それで同じことではないか。千両の分限者《ぶげんしゃ》になると誓って江戸に出てきたが、まだまだ遠い夢の話だ。このままでは夢のままで終わるかもしれない。

忠兵衛の心は、自分でも思っていなかったほど、迷いの中で揺れていた。

忠兵衛は、店に帰る間も、ずっと考えていた。太郎兵衛の話に乗って玉長の入り婿になるべきか、今のまま自分の力だけで独立すべきか。

一日も早く千両の分限者になって故郷に錦を飾りたい。それだけを胸に秘めて、仕事に励んでいる。

2

広林《ひろりん》では、番頭格としてそれなりの処遇を受けるまでにはなった。しかし日々の生活に追われ、独立資金を蓄えるまでには至らない。それに毎日、仕事に追われている間に自分の中の独立心が弱くなっていくような気もする。広林での仕事が、順調であればあるほど、その気持ちが萎《な》えてくるのだ。生活を変える必要があるのではないか……。

忠兵衛は、自分が人並みに悩んでいることがおかしかった。焦っているのだろうと思った。幼い頃、故郷で見て衝撃を受けた、武士よりも偉い商人の姿。自分もあんな商人になりたいと思い続けてきた。それを夢で終わらせたくない。なんとかできる機会を太郎兵衛が運んできてくれた。ここは流れに乗るほうがいいのではないか……。

「忠兵衛」

主人、林三郎が呼んでいる。

「はい」

忠兵衛が、進み出ると「手紙が来ているぞ」と封書を渡された。

差出人は、父善悦《ぜんえつ》。めったにないことだ。善悦は、忠兵衛が広林で働いていることを知っている。しかし望郷の念にかられてはならないと、手紙一本寄越したことがなかった。

「ちょっと失礼いたします」

忠兵衛は帳場の奥に入り、早速、封を開けた。

手紙を読んだ忠兵衛は、必死で涙を堪《こら》えた。母、千代《ちよ》の具合が悪いという内容だった。善悦は、忠兵衛に心配をかけないように抑えた表現ながら、千代の病状を伝えてきていた。

いつも忠兵衛を信頼し、どんなことがあっても守ってくれた母、江戸に行こうとして何度も出奔《しゅっぽん》し、心配をかけたが、父からの叱責《しっせき》の楯《たて》になってくれた母、そのありがたさを思い、涙が出るのだ。

「忠兵衛殿が、大願を成就し、千両の分限者になるまではがんばり通すと常々口にしている。なんとしても千代を喜ばせてやって欲しい」

善悦が、手紙を締めくくった言葉を、忠兵衛は声に出して読み上げた。

情けない。千両の分限者の夢には、まだ全く手が届かない。遠くに形でも見えればまだしも、影さえ見えない。何をしているのだ。

母に申し訳ない……。

忠兵衛は言葉にならない声を発した。

「どうかしたのか？」

林三郎が、心配そうに忠兵衛を覗き込む。

忠兵衛は、慌てて涙を着物の袖で拭《ぬぐ》った。

「話してみなさい。主人と手代は親子のようなものだ。忠兵衛の心の重しは、私の重しだよ」

「ありがたいお言葉、痛み入ります。ですがあくまで私事であり、お心を煩《わずら》わせることは、本意ではありません」

忠兵衛は、封書を懐にしまい込んだ。

「なあ、忠兵衛。私は、神人感応《しんじんかんのう》ということをよくお前たち手代に話します。これはどんな人も真心を込めて神前に額《ぬか》ずけば、心は澄み渡り、邪念は消え、神と心が通い合うということだ」

林三郎は、忠兵衛を見つめて、説き聞かせるように話し始めた。

「はい、日ごろ、よく聞かせていただいております」

忠兵衛は答えた。

「では、その言葉をどのように受け止めておるのか聞かせて欲しい」

忠兵衛は、林三郎の意図は理解できないが、主人の指示ということであれば、答えざるを得ない。

「商家とは、客に支えられて成り立っています。客は福の神です。そのように思えば、客に接するのに男女や貧富の区別も、注文の大小も問うことなく、真心をもって接することになり、客は、その真心に感応して喜び、何度も来店するようになり、その結果、商売が繁盛するということだと心得ています。神人感応とは、神は客、人は私たちです。客に真心をもって接すれば、商売が繁盛するという商売の基本姿勢を問う言葉だと理解していす」

忠兵衛は、まっすぐに林三郎を見つめた。林三郎は、満足そうに頷いている。

「よく理解してくれているね。それならば忠兵衛、その神を主人、すなわち店の主となし、人を手代、すなわち奉公人となした場合はどうか」

林三郎は、まるで禅問答を楽しむ僧侶の趣《おもむき》だ。

忠兵衛は、林三郎の意図を完全に理解したような涼やかな表情で、「主人に真心をもって接することこそ、奉公人の道であると心得ます」と平伏した。

「然《しか》り。それならば主人の道はいかなるものと思うか?」

林三郎は、小首を傾《かし》げ、微笑んでいる。忠兵衛との問答を楽しんでいるのは、明らかだ。

「主人の道ですか……」

　忠兵衛は、答えるのに躊躇《ちゅうちょ》した。主人でない自分が答えるのは僭越《せんえつ》だと思ったのだ。

「答えにくければ、私が答えよう。手代たち奉公人を神となす。店は、お前たちが、一生懸命働いてくれればこそ成り立っているのだから、主人である私にとってお前たちは神様だ。だから主人である私を人となした場合、神人感応とは、主人が奉公人に真心をもって接することこそ商家が栄える秘訣《ひけつ》、すなわちこれこそ主人の道だよ。これを名づけて感応経営とでも言えばいいかな」

「感応経営、まことに素晴らしき考えだと思います」

　主人が、店の丁稚《でっち》や手代のことを神様と思い、彼らに真心をもって接することこそ商家繁栄の秘訣だという林三郎の考えは、忠兵衛の心に沁《し》みた。

「そこでだ。神様であるお前が悩んでいる姿は、人である私にすぐに感応してしまうのだ。悩みの内容を聞くまでは、私まで悩んでしまうというわけだ。だから話してくれないか」

　林三郎は、諭《さと》すように言った。

「まことにもったいないお言葉です。感謝以外何もございません。ではお言葉に甘えて、申し上げます。実は、母の体調がすぐれないのです。そのことが第一義に心配なのですが、母と約束した千両の分限者に、全く近づいていない自分が情けなく、悔しいのです。

母は、私が一日でも早く千両の分限者になることを心待ちにしているのです」

忠兵衛は、ぐずぐずと洟《はな》を啜《すす》り上げた。

「そうだったのか。母上との約束を果たせぬことを嘆いていたのか」と林三郎は言い、しばらく目を閉じていたが、「のう忠兵衛、嫁を取らぬか?」と訊いた。

「はっ、嫁ですか?」

忠兵衛は驚いた。今日は、太郎兵衛からも入り婿の話をされたが、まさか林三郎からも嫁取りの話をされるとは、思いもよらなかった。

「まだ早いかと……」

忠兵衛は言いよどんだ。

「そんなことはない。私も一家をなすときに、まず妻を娶った。ましてや母上が、忠兵衛の出世をそれほどまでに望んでおられるのであれば、嫁取りも、母上を喜ばせ、安心させることになる。神人感応で言えば、神は母上だ。子である忠兵衛は、母上に真心をもって仕え、安心させ、喜ばせねばならないと思うが、違うか?」

「は、はい」

有無を言わせぬ林三郎の言葉に、忠兵衛はたじろいだ。

「実は、お前を入り婿にという話なのだ。同業の玉長を知っているだろう。あそこの主人の岡安さんの娘、チカさんの婿にお前をどうかという話だ」

「えっ、玉長ですか？」

　忠兵衛は驚いた。

「どうした？　玉長となにかあるのか？　揉《も》め事でも抱《かか》えているなら、言いなさい」

　林三郎が、怪訝《けげん》な顔をした。

「いえ、なんでもございません。少し驚いただけです」

「玉長は、なかなかの店だ。商いも順調だ。主人の岡安さんが、お前をいたく気に入って、ぜひにとおっしゃるのだ。ゆくゆくは玉長をお前に任せるつもりだともおっしゃった。忠兵衛のように、なんの係累《けいるい》もなく江戸に出てきた者にとって、入り婿に所望《しょもう》されるのは、大出世というものだ。きっと国許《くにもと》の母上も大いに安心され、喜ばれることであろう」

「しかし私には安田の家を再興するという使命がございます」

　忠兵衛は辛《かろ》うじて、言葉を繋《つな》いだ。

「玉長を基盤にして、再興すればいい。それが最も確実で、早い道だ。それに望まれているときに、行動する、相手の望みに感応して行動する、これも感応経営の極意だぞ」

　林三郎は、ぐいっと忠兵衛をひと睨《にら》みした。もしもこれを断るようなことがあれば、広林から追放するとでも決意を固めている顔だ。

　忠兵衛は、覚悟を決めた。太郎兵衛からも同じく玉長の話があり、続けて林三郎からもあった。玉長の主人、岡安長右衛門が、あちこちに話を持ちかけ、忠兵衛を口説《くど》くように頼んだのだろう。

「望まれているときに行動する、これぞ感応経営の極意ですか」

忠兵衛は、林三郎を見た。

「そうだ。極意だ」

林三郎は強く言い切った。

「よろしくお願いします」

忠兵衛は、頭を下げた。

迷いは吹っ切れた。何よりも母が安心するだろうと思った。基盤のない浮き草暮らしをしているのではなく、玉長という商家に婿に入って、江戸で確実な基盤を作ったことを喜んでくれるだろう。

「先方は、岡安の家から、広林に通ってもらっていいからと申されている。忠兵衛に辞められたら、こっちが干上がってしまうからな」

林三郎は、満足そうな笑みを浮かべた。

3

忠兵衛は、岡安家に住み、広林に通いの手代として勤め続けた。

チカは、可愛《かわい》い娘であった。年齢は十八歳。商家の娘らしく、明るく愛嬌《あいきょう》があった。

この娘なら、将来、独立することがあろうとも、よき協力者になってくれるだろう。

「夫としてお前に尽くすから、なにとぞよろしく頼む」

忠兵衛は、初夜の床入《とこい》りの際に居住まいを正し、チカに言った。

チカも正座し、「よろしくお願いします」と言葉少なに答えた。

実は、忠兵衛は、かねてから妻にするならこういう女性がいいと条件を決めていた。

まず、客は商人にとって出世の神様だから、客を大切にする親切心があること。

次に夫婦共働きの精神を持ち、女中代わりの労をも厭《いと》わぬ心がけをもつこと。

そして倹約を旨《むね》とし、当分の間は絹布《けんぷ》でなく木綿《もめん》の着物で我慢すること。

しかしチカは、最初から絹の着物を着ていた。仕方がないことだ。子供のときから、玉長の娘として大事に育てられたチカに今さら木綿の着物を着せるわけにはいかない。この妻を娶る三か条は、自分の心の中に封印することにした。

千代に妻を娶ったことを知らせた。きっと喜んでくれるだろうと思い、『落ち着きましたら、お暇をいただき、チカと二人でご挨拶に参ります』と手紙に書いた。

ところが届いた返事には、母、千代が十二月四日に亡くなったと記されていた。

「母上が亡くなられた」

忠兵衛は、チカに言った。

チカの顔が青ざめた。

「母上が……」

忠兵衛は我慢できず、その場に伏して、号泣《ごうきゅう》した。

富山までの道のりが遠いことを恨《うら》んだ。鳥になって、今すぐにでも千代の元に飛んで行きたい。

涙が止まらない。いつもは亭主然と構えている忠兵衛だが、このときばかりは、チカに支えてもらわなければ倒れてしまいそうだった。まるで子供のようにチカの胸に顔を埋め、泣きに泣いた。これほど自分に涙があるとは信じられない思いだ。

チカが優しく背中を擦《さす》ってくれると、幼き頃、母と暮らした思い出が蘇ってくる。

母、千代は、どんなことがあっても叱ったり、声を荒らげたりすることがなかった。いつも忠兵衛を優しく見守り、自由に羽ばたくのを援けてくれた。千代がいなければ、忠兵衛は江戸に行くこともできず、悶々《もんもん》と富山で暗い日々を送っていたことだろう。父善悦を説得して、江戸に旅立たせてくれたのは千代だ。

千代に、千両の分限者になって故郷に錦を飾りますからと約束をしていた。それまで元気で暮らしてくれるものと信じていた。

子というものは、親がこの世からいなくなるという想像ができない。親は、いつまでも元気で、子を見守ってくれていると信じている。

まさか二十五歳で千代と別れることになろうとは、思いも寄らなかった。こんなことなら、あのときすぐに富山に帰ればよかった。後悔先に立たずというが、まさにそのとおりだ。江戸になんか出てこなければ、千代にもっと孝行ができたのではないか。

千代は苦労ばかりの人生だった。働き通しで、子供を育て、家事をこなし、父善悦の仕事を手伝った。生涯、贅沢《ぜいたく》もせず、貧乏なままだった。千代を楽にさせたい。それが千両の分限者になりたいと思う理由の一つでもあった。

「チカ、母が死んでしまっては、千両の分限者になる意味などない。そうは思わないか」

忠兵衛は、人生の目標が、霞《かすみ》のようにぼやけていくように思えた。なんのために自分は千両の分限者になろうとするのか。

大倉喜八郎《おおくらきはちろう》は、金を貯め、人のために尽くすと言った。忠兵衛もその考えに賛成だ。しかしその人というのを具体的に思い浮かべられれば、さらに一層、目標を達成しようとがんばれるだろう。その具体的な像は、忠兵衛の場合、母、千代だった。

「あなた、私にお母様の代わりは務まりませんが、この胸で思いっきり泣いてください。泣いて、涙が涸《か》れたら、またお母様のために努力されればいいではありませんか？」

チカが優しく言った。

忠兵衛は、チカの顔を見た。千代の面影《おもかげ》が重なって見えるような気がした。

「母上のために励むのか……。しかしもう母上の喜ぶ顔を見ることは叶《かな》わないのにか……」

力のない声で言った。

「お母様は、確かにこの世からは去っておしまいになりました。しかしあなたのここにしっかりとお住まいではありませんか」

チカは忠兵衛の胸を指差した。

「ここに母上が生きている?」

忠兵衛は自分の胸を見つめた。

「そうです」

チカは微笑んだ。

「怒っているだろうな。一度も看病もせず、江戸で勝手なことをしてと……」

「そんなことはありません。きっとあなたが、江戸で元気に働いておられることが、なによりの薬だったのではないでしょうか。山鳥は、巣で眠る子供を守るために、自ら獣の前に姿を現し、足を引きずりながら歩くと聞いたことがあります。そうして獣の注意をひきつけ、巣から獣を引き離すことで子供を守るのです。親は子供の犠牲になることが、役割であり、喜びなのです。あなたのことを怒っておられることなど有り得ません」

「チカ……」

忠兵衛は、チカを抱きしめた。チカの言葉は、まるで千代の言葉のように聞こえた。

チカの体から離れた忠兵衛は、居住まいを正した。正面からチカを見つめ、「母上、忠兵衛の数々の親不孝をお許しください。私は、母上にお約束した千両の分限者になるとの誓いの実現のために、今日から心を入れ替えて再び邁進《まいしん》いたします。もう何があっても泣きません。どうか天から見守ってください。なにとぞよろしくお願いいたします」と深く頭を下げた。忠兵衛は新たな出発を、チカを千代に見立てて誓約したのだった。

チカは、黙って忠兵衛の姿に優しい眼差《まなざ》しを向けていた。

第十三章　投機

1

なんだか幸せボケになっているのではないか。母、千代が亡くなり、もはやこの世では、自分が出世した姿を見せることはできなくなった。そのことは悔やんでも悔やみきれないが、出世を焦る気持ちと、日常生活にずれがある。

朝、起きればチカが朝食を作ってくれている。行ってくるよと明るく言い、広林《ひろりん》に出かける。義父の「玉長《ぎょくちょう》」岡安長《ちょう》右衛門《えもん》も親切だ。亡き母に、早く千両の分限者《ぶげんしゃ》になると誓ったものの、このままではただの善良な入り婿《むこ》になってしまう。

父善悦《ぜんえつ》も、自分が入り婿になったことを怒っているかと思ったが、店を訪ねてくれた藤《とう》兵衛《べえ》の話では喜んでいるという。善悦も人の親だ。生き馬の目を抜く江戸で、息子が苦労するより安定した生活をしていることが安心なのだろう。

これも親孝行か……。

忠兵衛《ちゅうべえ》は、ふとため息をついた。

「あなた、またため息なんかついてどうかなさったのですか」

チカが怪訝《けげん》そうな顔をした。

「なんでもないよ」

忠兵衛は苦笑した。

「また虫が騒ぎ出したのですか。お父様は、あなたを婿養子として、玉長を継いでもらいたいと思っておられるのですから、大きな気持ちで仕事をなさっていればいいではありませんか？」

「ああ、よくわかっている。ありがたいことだ」

忠兵衛は、チカに答えながらも、それでいいのかと思い続けていた。


「面白い儲《もう》け話があるよ」

太郎兵衛《たろべえ》が言った。

太郎兵衛と捨次郎《すてじろう》と三人で、日本橋近くの茶飯屋《ちゃめし》で情報交換をしていたときだ。

太郎兵衛は飴《あめ》売りを止め、矢島屋と名乗り乾物を商う店を経営していた。捨次郎も家業の風呂屋を引き継ぎ、増田屋を名乗っていた。ここでは便宜上《べんぎじょう》、従来の太郎兵衛と捨次郎のままで話を進める。

「なんだい？　儲け話って？」

忠兵衛が身を乗り出した。目が輝いている。

「やっぱり忠兵衛さんだね。儲け話となると、すぐに食いついてくる」

太郎兵衛が笑った。

「そりゃ、入り婿になったのはいいが、どうも安逸《あんいつ》でいけないね。このままぞろりと岡安の身代《しんだい》を受け継ぐのも男らしくないと思ってね……」

「そんなに小さな男だったのかと、自分を責めているのかい？　時代はどんどん激しさを増しているというのに、こんなところでのんきにしていていいのかってね」

捨次郎が、茶飯を啜《すす》った。

前の年、文久《ぶんきゅう》二年（一八六二年）二月には、将軍徳川家茂《いえもち》と皇女和宮《かずのみや》の婚姻が調った。その家茂は、今は京にいる。江戸の将軍が入洛《にゅうらく》するのは、家光《いえみつ》以来二百二十九年ぶりのことだ。

日に日に、将軍の威光が失墜《しっつい》し、朝廷の勢いが増してきた。徳川家お膝元《ひざもと》の江戸庶民は、茫漠《ぼうばく》たる不安を感じていた。しかし時代の変わり目こそひと儲けする機会だと、意欲を燃やしている者も多くいた。それが忠兵衛たち、江戸の若者たちだった。

「俺の幼馴染《おさななじみ》である吉松《よしまつ》、今は富山松之進《とやままつのしん》と名乗っているが、あいつも京に行ったきりで音沙汰《おとさた》がない。大丈夫かな」

「京は結構、物騒なことになっているらしいぞ。将軍様に同行した侍の作った浪士組が京都守護職の松平容保《かたもり》様の召抱《めしかか》えになって、将軍様に逆らう侍たちを斬りまくっているらしい。松之進さんも無事ならいいがね。佐幕《さばく》派なのかい、それとも尊王攘夷《そんのうじょうい》派？」

相変わらず太郎兵衛は情報通だ。

「今の幕府を倒すと言っていたなぁ。無事ならいいが」

忠兵衛は、顔を曇らせた。

「それなら尊王攘夷派だな。今頃、チャンチャンバラバラかもな」

太郎兵衛が言った。

「攘夷ということで、長州藩が外国の軍隊と戦争を始めたそうじゃないか」

捨次郎が、不安そうな様子で言った。

五月に長州藩が、単独で攘夷を唱えて米国の商船に砲撃を加え、その報復として六月には米軍艦「ワイオミング」が長州藩の軍艦を砲撃した。

「西の丸も燃えちまうし、世の中、どうなってしまうのかね。しかしこういうときだからこそ、うまい話もあるってことだ。俺たち、若い者が出世できる可能性もある」

太郎兵衛が自信たっぷりに言った。

六月に江戸城西の丸が焼失し、世の中の不穏《ふおん》な動きと相まって、徳川家の御世《みよ》も終わりに近づいているとの流言蜚語《りゅうげんひご》が飛び交っていた。

「それで儲け話ってなんだよ」

忠兵衛は、少し苛立《いらだ》って聞いた。

「両替をやっている忠兵衛さんなら、とっくに気づいている話だと思ったが、灯台下暗しってやつかね」

太郎兵衛がほくそ笑んだ。

「もったいぶるなぁ」

捨次郎が、苦笑いする。

「文久銭《せん》の相場のことだよ」

太郎兵衛の目がきらりと光った。

2

江戸は、深刻な小額銭貨の不足に悩まされていた。小額銭貨の代表である銅銭が、日本では一米ドルが約五千文《もん》であったものが、清国《しん》に持っていけば一米ドル約千文と、相場に大きな開きがあった。そこで多くの外国商人は、日本で銅銭を集め、清国に輸出して巨利を稼いでいた。そのため日本国内では銅銭が不足したのだ。

小額銭貨不足で、商人はつり銭を断り、また商品の価格をつり銭のいらない価格に切り上げたため、物価が上がり始めた。

そこで万延《まんえん》元年（一八六〇年）に幕府は、「寛永通宝《かんえいつうほう》」の鉄銭を発行した。これは鉄銭では初めての四文銭だった。

幕府は、この鉄銭で、輸出によって減少した銅銭の補充をするとともに、銅銭の回収を試みた。

しかし幕府は、この文久三年（一八六三年）に、貴重なはずの銅を使った「文久永宝《ぶんきゅうえいほう》」という銅四文銭を発行する。

小額銭貨政策が、銅、鉄の間で揺れ動き、一貫性のない幕府の方針により、市場には、銅銭、鉄銭が併存するようになった。その結果、それぞれの銭貨は、素材によって価格差が生まれ、同じ四文銭でも等価で交換されないような事態となったのだ。

「文久銭の価値が急落していることは知っているな？」

太郎兵衛は、密《ひそ》やかな声で言った。

「ああ、知っているさ。あれは銅の含有率《がんゆうりつ》が低くて、悪貨だからな」

忠兵衛が答える。

「それを知っていれば、話が早い。ところが地方ではどうか、知っているか？」

太郎兵衛の言葉に、忠兵衛は首を傾《かし》げた。

「知らないと見えるな。忠兵衛さんの郷里、越中《えっちゅう》方面の話だが、文久銭はそのまま四文で流通しているんだ」

「それは本当か？」

「本当だよ」

「それなら江戸で文久銭を仕入れて、越中に運べば、それだけで大儲けじゃないか」

捨次郎が口を挟んできた。

「そのとおりさ。捨次郎にしては、わかりが早い」

太郎兵衛はにやりと笑った。

「馬鹿にしないで欲しいね。それくらいわかるさ」

捨次郎が、機嫌を悪くした。

忠兵衛は、じっと考えた。

「どうだい？　忠兵衛さん、いい話だろう。これほど簡単な儲け話はない」

太郎兵衛は自信たっぷりだ。

忠兵衛たち両替を営む者は、両替の手数料と、それぞれの銭貨の通貨価値の差額で収益を上げていた。

しかし江戸と地方の文久銭の価格差を利用して儲けるという、大掛かりなことは考えてもいなかった。その地方が、郷里である越中だと聞いて、忠兵衛の心に火が点《つ》いた。

「その情報は確かだよね」

「薬売りが、文久銭を見て、この話を教えてくれたんだよ」

「じゃあ、なぜこんな儲け話を誰もやらないいんだ？」

捨次郎が訊《き》いた。

実際、捨次郎の疑問は、もっともだ。文久銭の価格差などという情報は、多くの人が知っているはずだ。

「これだよ」と太郎兵衛は、指で丸を作った。金ということだ。

「先立つものか？　なるほどね。価格差に二倍の開きがあるとすれば、一両で仕入れた文久銭が、二両で捌《さば》けるということになるが、一両や、二両などという少ない投資では、越中まで銭を運ぶ費用倒れになってしまう。金は多いほどいいということか？」

捨次郎が言った。

「今日の捨次郎は冴《さ》えているな。そのとおりだ。多くの金を集めれば、それだけ儲けは大きいが、失敗したときは大変だ。それにこの価格差、すなわち相場というやつは、いつ何時、どう変化するかわからない。今、二倍の価格差があっても、明日は全く等価になっているかもしれない。誰かが失敗を恐れず、文久銭を大量に越中に持ち込めば、価格が下がるかもしれない」

「すると、早い者勝ちってことになるじゃないか。どうする？　忠兵衛さん」

捨次郎が、言った。

「うん？」

忠兵衛は、難しい顔で腕を組んだ。

「金主《きんしゅ》の心あたりはあるんだよ」

太郎兵衛が薄く笑みを浮かべた。

「えっ？」

忠兵衛の目が輝いた。

3

「なあ、チカ、いい儲け話があるんだ」

忠兵衛は、妻チカに太郎兵衛からの話を伝えた。

「そんなことをしなくてもいいではありませんか？」

「でもいつまでもこのままではいけないと思うのだよ」

「入り婿が嫌なのですか」

チカが顔を曇らせた。

「岡安家のためにも、大きく儲けたいんだ」

忠兵衛はチカの手を取った。

「もう決意されていらっしゃるんですね」

チカは悲しそうに目を伏せた。

部屋の襖《ふすま》が開いた。義父岡安長右衛門が姿を現した。

「話は、そこで聞かせてもらった。本気なのか？」

長右衛門は厳しい顔だ。

「はい」

忠兵衛は居住まいを正した。

「金は誰が出す？　私は当てにならんぞ」

「相模《さがみ》の秦野《はだの》で酒造りを営んでおられる梅原家と、油屋の佐藤安五郎さんです」

「確かか？」

「はい。間違いございません。その両家から三百両程度の出資を仰ぐつもりです」

忠兵衛は、ぐっと目に力を込めた。三百両と聞いて、長右衛門は、息を呑んだ。

「大きな金額だが、失敗したらどうする？」

長右衛門は眉根を寄せた。

「失敗はいたしません。またお義父上《ちち》にはご迷惑をおかけいたしませぬ」

忠兵衛は言い切った。

「のう、忠兵衛、お前は、千里《り》の道も一歩からというのを信条にする、地道な人間だと見込んでいたのだが、違ったのか。玉長は、小さな店ではあるが、信用を得て、地道に営業をしておる。私が、がんばれるところまでがんばれば、次はお前に譲り、お前が地道に営業し、また次の子に引き継ぐ。こうして長く続けることが正しい道だと思うが、違うか」

忠兵衛は、長右衛門の前に両手をつき、平伏し、「そのとおりでございます」と言った。

「ではなぜ、そのような投機的なことをしようと思うのか」

「これは投機ではありません。安全で確実な商売です。両替を行なう者として情報に基づいて商売をするのは当然であります」

「安全で、確実な商売と申すのか」

長右衛門は憮然《ぶぜん》とした。

チカが、心配そうに二人を見ている。

忠兵衛は、じっと平伏したまま、畳の目を見つめていた。

「お前がそれほどまでに安全で確実という商売の腕を見せてもらおうじゃないか。もう何も言わない。失敗するなよ。もし迷惑をかけることがあれば、そのときはきちんと責任を取るのだぞ」

長右衛門は、力を落とした口調で言った。

「畏《かしこ》まりました」

　忠兵衛は顔を上げた。そこにはすでに長右衛門はいなかった。チカだけが、不安そうに見つめていた。忠兵衛は、自信たっぷりに大きく頷いた。

「相模の秦野に行ってくる」

「いつお帰りですか」

「金の都合がついたら帰ってくる」

「あまり無理をされないように」

「大丈夫だ。案ずるな」

「あなた」

　チカの顔が暗い。

「どうした？」

　忠兵衛は微笑んだ。

「何か熱に浮かされていらっしゃるように見えますが」

「熱？」と忠兵衛は額に手を当てた。

「その熱ではありません。お金儲けという熱です。誓いが果たせないまま、お母様がお亡くなりになったことに理由があるのでしょうか？」

　チカの目が真剣だ。

「私が、慾《よく》の熱に浮かされているというのかい？」

忠兵衛の問いに、チカが小さく頷いた。

忠兵衛は、声に出して笑った。

「大丈夫さ。私は冷静だ。一文一文貯めるのも、こうして勝負に出るのも私には変わりない。心配するな。行ってくる」

忠兵衛は、飛ぶように家を出た。

広林には、しばらく休みを取ると断りを入れた。

浮かされているか？　確かに熱を帯びているかもしれない。しかしこれは確実な儲け話だ。これで一気に独立開業の資金を作ってやる。

忠兵衛は、冷静だと言いつつも、逸《はや》る気持ちを抑えるのに必死だった。

4

忠兵衛は、文久銭を買い集める資金として三百両を集めるつもりだった。一両を十六万円とすると、四千八百万円にもなる。

太郎兵衛は、二人の人物を紹介してくれた。話では、会いに行きさえすれば、すぐに出資話が決まるというものだった。

「万事、うまくいくから」

太郎兵衛の言葉に乗り、忠兵衛は勇躍、秦野に向かった。

秦野は、豊かな土地だ。葉タバコなどの産地で、富農が多い。まず太郎兵衛が紹介してくれた酒造家の梅原家に向かった。

しかし梅原家は、即座に断ってきた。

「私どもは、酒を造って、商っております。金で投機はいたしません」とけんもほろろだった。

「話が違うぞ」

忠兵衛は、憤慨《ふんがい》した。

もう一軒の紹介先、油屋の佐藤安五郎の元に出向いた。

気後《きおく》れするような、大きな構えの店に、多くの油壺が並んでいる。客がひっきりなしに出入りしている。大いに流行《はや》っているようだ。

忠兵衛は、店の賑わいを見て、ここなら大丈夫だろうと思った。他に当てもないため、佐藤家で三百両全額の出資を依頼する方向に変更した。

主人の安五郎が出てきた。疑い深そうな顔で忠兵衛を、上から下まで検分するように見た。

忠兵衛は、文久銭を買い集める資金の出資を依頼した。

「三百両ね……」

安五郎は、目を細めた。忠兵衛の表情の細かい動きも見逃さないという顔だ。

「本当にうまくいくのかい？」

安五郎は、貪欲《どんよく》な性格のようだ。儲けには人一倍関心があるが、事を進めるのは慎重だ。

「間違いないと確信しております。私がやらなければ、誰か他の人間がやるでしょう」

忠兵衛は答えた。

「焦らせているのかい？」

「そういうわけではございませんが、事実を申し上げたまででございます」

「私は、あなたのことを知らないしね。担保もなく、あなたにいきなり三百両もの大金を預けるなんてことができると思うかね」

安五郎は、薄く笑った。

「信用していただけないのですか」

忠兵衛は、強く言った。

「まだ見たところ、お若いし、いきなり信用しろというのは無理なんじゃないですかね」

「では出資は無理ですか」

忠兵衛はがっくりとうな垂れた。力が抜けた。せっかくの好機だと思い、秦野まで来たが、出資者がいないのでは、話にならない。太郎兵衛がいたら、抗議したいくらいだ。このままおめおめと帰りたくはないが……。

「安藤六郎左衛門さんのところに行きなさいよ。あの人が出資するといえば、私も乗ってもいい」

安五郎は、忠兵衛の反応を見るように、目を細めた。

諦めかけていた忠兵衛の気持ちに、再び火がついた。

「ご紹介いただけるのですか？」

「ああ、酒造りと、金貸しをやっておられるんだが、なんだか借金が回収できないと嘆いておられたから、儲け話を聞く耳を持っておられるかもしれない。それに極めて慎重な人だから、六郎左衛門さんが、あなたを見込んだら、私も信用しようじゃないか」

「ありがとうございます」

忠兵衛は、油屋の店先で、これ以上ないほど、深く頭を下げた。

安五郎の紹介状を持って、安藤家に向かった。

安藤家の門の前に立ったとき、足が震えた。今までにない豪壮な館だった。門は、見上げるほどの高さで、まるで武家屋敷だ。

つま先だちで塀の向こうを眺めてみると、幾重《いくえ》にも瓦屋根が連なっているのが見える。どれくらいの敷地に、幾棟《いくむね》の家が建っているのだろうか？

案内を頼み、当主の安藤六郎左衛門に面会すると、思ったより気さくな人物だった。座敷に通され、ひとしきり江戸の近況などを話した後、本題に入った。忠兵衛は、文久銭の江戸と地方の価格差について説明し、儲けの絶好の機会であると強調した。また今を逃せば、それは逃げてしまうとも言った。

「実は、旗本の方に資金を融通しておったのだが、どうもそれが焦げ付きそうでな」

六郎左衛門は、渋い表情をした。文久銭投機については、なにも答えない。忠兵衛は、いささかがっくりしたが、「それはお困りでございましょう。いかほどですか?」と訊いた。

「金額はいいが、あなたの言う文久銭投機に出資すれば、どれくらい儲かるのかい」

「三百両で、この相模中から文久銭を買い集めます。価値が落ちておりますから、八掛けとして約三百八十両程度を集めることができます。それを越中に運びさえすれば、約八十両の儲けになります」

忠兵衛の説明に、六郎左衛門は、腕を組み、うーんと唸《うな》った。

忠兵衛は、拳を握り締め、じっと待った。

「のう、忠兵衛さん。あなたの人生の目標は何かね?」

「私は、千両の分限者《ぶげんしゃ》になるのが夢でございます」

「ほほう、金持ちになりたいのか。なってどうする?」

六郎左衛門は、興味深そうに笑みを浮かべた。

「はあ、金を得て、世の中を変えたいと思います」

「はて？　どのように？」

「私のような貧しい者でも、千両の分限者になれることを証明すれば、多くの人が、私に続きます。武士が、武士であるという理由だけで不当に威張《いば》る世の中ではなくなるでしょう」

　忠兵衛は、思い切って言った。武士に、土下座させられた屈辱を思い出した。

「なかなかのことを考えているのじゃのう。確かにあなたの言うとおりじゃ。お武家様は、私から金を借りていながら、催促《さいそく》してもうんともすんとも言ってこない。なんとか辛抱《しんぼう》強く催促すると、刀をちらつかせ、居直ってくる。徳川様には悪いが、少し、お灸《きゅう》を据える必要はあるじゃろうな。そもそもお武家様が偉いのではない。徳川様が偉いのじゃ。それを勘違いして、本来は、徳川様の代わりに、われわれ民《たみ》を守るべきお武家様が、民を苛《いじ》めておる。これが人々には不満の種じゃ。尊王攘夷などと今は騒いでおるが、お武家様が無意味に威張り、民を苦しめるから、徳川様の威光が衰えておるのじゃ」

　六郎左衛門も武士に対する不満を言った。

　忠兵衛は、黙って話に聞き入っていた。

「よしわかった。出資に応じよう」

　六郎左衛門は、大きく頷いた。

「本当ですか。ありがとうございます」

忠兵衛は、間髪《かんはつ》いれずに平伏した。

「ただしじゃ」と六郎左衛門はぐいっと忠兵衛をにらんだ。

忠兵衛は、顔を上げた。何を言い出すのか、不安が過《よ》ぎった。

「あなたは、なかなか見どころのある人だと思う。私も多くの人に出会ってきたが、あなたには不思議な魅力というか、力があるように思える。きっと千両の分限者になられることであろう」

六郎左衛門はゆっくりと話し始めた。

忠兵衛は、黙って頭を下げた。

「しかし、今は、両替商の通い手代に過ぎない。あなたに三百両の大金を預けて、もしものことがあれば、私の見識《けんしき》が疑われる。そこでじゃ」と六郎左衛門は、身を乗り出し、

「慣例にしたがい御目見得《おめみえ》奉公をしてもらいたいが、どうか？」と言った。

御目見得奉公とは、人物鑑定のために試験的に雇用することだ。

「了解いたしました」

忠兵衛は、即答した。

「二か月ほどじゃが、いいか？」

「はっ、二か月、でございますか？」

思った以上に長い。普通は、数日のことだ。

「嫌か?」

六郎左衛門の目が光った。どれだけ今回の投資話に本気を注いでいるのか、試されていると忠兵衛は思った。ここで返事を躊躇《ちゅうちょ》したら、何もかも水泡《すいほう》に帰《き》す。ちらりと広林の主人林三郎の顔が浮かんだ。

「結構でございます。私を信用していただけるまで、奉公いたしましょう」

忠兵衛は、きっぱりと答えた。

こうなったら、なんとしてもこの文久銭投機を成功させてやる。忠兵衛は、固く誓った。

5

忠兵衛は、六郎左衛門のところで熱心に働いた。金融業を行なっていたので、広林で得た両替などの知識が役に立った。おかげで、六郎左衛門からの信用を勝ち取るのにさほど時間はかからなかった。

しかし困ったことが起きた。広林の主人林三郎に、二か月ほど他家に奉公に出たいと願い出たところ、烈火《れっか》のごとく叱られてしまったのだ。林三郎にしてみれば、忠兵衛のことを評価していただけに、裏切られた思いだったに違いない。

自分に一言の断りもなく別の仕事を始めてしまい、挙句《あげく》の果てに二か月も休むとなれば、他の奉公人に対して示しが付かない。

「この仕事が終わりましたら、従前にも増して、真面目に勤めさせていただきます」

忠兵衛は、頭を下げた。

「お前は、もう決めてしまったようだし、なんだか裏切られた気持ちがする。うまくいくことを祈っていますよ」

林三郎は、不機嫌そうに言った。

「申し訳ございません」

忠兵衛は、後悔しないわけではなかったが、もう進むしかない。

悄然《しょうぜん》として広林を後にしようとしていると、先代の松兵衛《まつべえ》に呼び止められた。

「聞いたよ。何か、始めるのかい」

なんとも言えない慈愛に満ちた笑みだ。

「少しの間、お暇を……」

忠兵衛は、力なく言った。

「若い頃は、熱に浮かされることもある。何が熱であるか、本当の病《やまい》にならない程度に経験しなさい。聞くと、文久銭の投機をやるそうだが、間違いなく失敗するじゃろう」

松兵衛は笑った。

「失敗しますか？」

忠兵衛は情けない顔で言った。

「失敗する。お前が、考えることなど誰でも考える。そうなれば相場は変化する。思った以上の安値で文久銭は集められんじゃろう。しかしそれは薬だよ。お前の薬だ。それくらいの冒険ができないようでは、お前はこの広林を超えられん」

松兵衛は、さらに大声で笑った。励ましてくれているのだ。

忠兵衛は、「必ず成功します」と言い、広林を後にした。

もう一人、義父である岡安長右衛門もいい顔をしなかった。突然、熱に浮かされたように広林の奉公を数か月も休み、他家に奉公すると聞いて、「なんという不義理なことをする」と怒った。

忠兵衛は成功を約束したが、長右衛門は、「成功すればいいというものではない。広林に相談もせず、自分の計らい事をすることがいけない。それを不義理というのだ」と叱った。

チカは悲しそうに忠兵衛を見つめていたが、「お体を大事になさってください」とだけ言った。

忠兵衛は、なんとか面目を施すためにも、六郎左衛門の出資を得て、文久銭投機を成功させねばならないと追い詰められた気持ちになっていた。

　奉公して二か月も経った頃、「安五郎さんも出資してくれることになったよ」と六郎左衛門が、うれしそうに忠兵衛の元にやって来た。

「油屋の佐藤安五郎さんですか」

　忠兵衛は信じられなかった。六郎左衛門を紹介してくれたが、本人は出資に乗り気ではなかったからだ。

「本当ですか」

　忠兵衛は飛び上がりたくなった。

「あなたの働きがいいから、安五郎さんにも出資を勧めたのだよ。私が百五十両、安五郎さんが百二十五両だしてくれることになった。全部で二百七十五両だ」

　六郎左衛門は相好《そうごう》を崩した。どんなものだと得意そうな顔だ。

「二百七十五両ですか……」

「不満かい？」

「いえ」

　忠兵衛は、そうはいうものの少しがっくりした。三百両に満たなかったことと、六郎左衛門が予想以上に慎重であったことだ。自分で、忠兵衛の要求していた三百両を負担する覚悟はできなかったため、安五郎に声をかけたのだろう。

しかしここで不満を洩らすわけにはいかない。松兵衛が言っていたように文久銭投機は誰でも考えることなのか、じりじりと相場が上がっている。早く手をつけないと儲けが少なくなってしまう。

「それならあなたに投資資金を預ける。儲けは折半《せっぱん》だ。いいね」

六郎左衛門は、念を押すと、ぐっとひと睨《にら》みした。

「それでは人をお借りいたしたくお願いします」

「文久銭を集める者だね。承知した。家の子を使っておくれ」

六郎左衛門は全面協力を約束した。

忠兵衛は、事前に当たりをつけていた銭湯、芝居小屋などに人を派遣し、たちまち文久銭を千百五十二貫文《かんもん》、すなわち百十五万二千文、二十八万八千枚を集めた。

俵に詰め込まれた文久銭を馬の背に乗せていく。馬が悲鳴を上げる重さだ。

文久銭は、一枚およそ三・六グラム。全部で千キロほどにもなる。これを数頭の馬に積んだ。

「さすがに手際がいい。こんなに早く集めたのか」

六郎左衛門と安五郎が見送りに来た。

「いろいろとご支援、感謝いたします。必ず成功して戻ってまいります」

「越中は、もう寒いだろうかね」

六郎左衛門が空を見上げて呟《つぶや》いた。

「大丈夫だとは思いますが、できるだけ急ぎたいと思います。今年は、冬が早いといっておりますが、今は霜月《しもつき》、雪は、まだでしょう」

忠兵衛も空を見上げた。快晴ではない。先行きを暗示するような黒く、厚い雲が空を覆っている。

「では朗報を待っておりますよ」

安五郎が言った。

「この投資が、お互いの利益になることを期待しています」

六郎左衛門が笑みを浮かべた。

「しっかりやります」

忠兵衛は、馬の手綱《たづな》を握り締め、遥か遠くの山々を見上げた。

甲州街道から中山道《なかせんどう》、北国《ほっこく》街道、北陸街道と進んでいく。忠兵衛が、出世をめざして江戸に向かった街道を、今、大きな成功をつかむために、逆に進むのだ。

「出発！」

忠兵衛は、馬子《まご》たちに命じた。

馬が一斉にいなないた。

第十四章　失敗と独立

1

「もうこれ以上は、危ないです！」

顔に、つぶてのように雪が当たる。目を開けていられない。馬たちの動きも鈍くなった。先ほどまでたいしたことはないと高をくくっていた雪の勢いが、予想以上に激しくなり、みるみるうちに足の甲、そして足首を隠していく。

「ダメだ！　進むんだ」

忠兵衛《ちゅうべえ》は馬子《まご》たちを叱咤《しった》する。

「このままじゃ荷もろとも俺たちもおしまいです。次の宿場《しゅくば》がすぐですから、そこで休ませてください」

馬子の一人が、馬の手綱《たづな》を引きながら叫ぶ。耳元で大声で言われても、吹雪によって声がかき消されてしまう。

思いの外、越中《えっちゅう》は遠い。予定より遅れている。銭貨が重すぎたのだ。もっと馬を増やせばよかったのかもしれないが、それでは費用倒れになってしまう。少しの節約が、大きな遅れとなり、この吹雪だ。次の宿場で休むのはいいが、この雪では数日足止めになってしまうかもしれない。

忠兵衛は迷った。自分の出世の足がかりになると思い、思い切って文久銭《ぶんきゅうせん》投機にかけてみた。相模《さがみ》の佐藤、安藤の両家から二百七十五両を出資してもらった。こんなところで足止めをくらうようでは、両家に面目が立たない。

「旦那、問屋場《といやば》が見えてきました。今町《いままち》です」

雪が白く吹雪《ふぶ》く中に、ぼんやりと明かりが見える。あの問屋場で休まずに、もう少し進むこともできるかもしれない。しかし馬も馬子も疲れているのがわかる。だいたい雪国育ちの癖に、この時期に江戸を出発して、越中に行こうというのが無謀だということに思いがおよばなかったのか。

足が冷たくなっている。感覚がなくなってきているようだ。このままでは馬子も馬も倒れてしまう。

「問屋場に急げ」

忠兵衛は声を大きくした。

風の中で馬がいななないた。忠兵衛の指示が理解できたかのように足が軽くなった。問屋場に着き、馬子たちもひと息ついた。馬も飼い葉をむさぼっている。忠兵衛だけが、吹雪を睨《にら》んでいた。

「退《ひ》くことも大事だぞ」

馬子の頭《かしら》は、忠兵衛が諦めきれず、くやしそうな顔をしているのを慰《なぐさ》めるかのように言った。

「それはわかっております。しかし金主の安藤家と佐藤家に、どうやって詫《わ》びを入れたらいいかと思うと憂鬱《ゆううつ》でしてね。明日が晴れて、出発できることを期待していますよ」

「二、三日無理だな」

頭が空を見て、呟《つぶや》いた。空には不気味な鈍色《にびいろ》の雲が厚く垂れ込め、まるで生きているかのように蠢《うごめ》いていた。

「えっ」と忠兵衛は、頭の顔を覗《のぞ》き込んだ。

「これだと明日も吹雪くだろう。雪は、十尺（約三メートル）、いやそれ以上になっているだろう。とても北国《ほっこく》街道は通れない。足を滑《すべ》らすか、雪と一緒に親不知《おやしらず》で海に落ちるかが関の山だ。馬も怖《こわ》がって、歩かないだろうよ」

「吹雪が止んでも、無理だというのか」

「旦那も越中の生まれだろう。そんなこともわからんのか」

頭が怒り出した。

忠兵衛は、故郷富山の豪雪はよく理解していた。江戸に出てから、すっかり冬の豪雪とは縁遠くなっていたが、頭の言うとおりだと理解はしていた。しかしもう少しで目的の越中富山に着けると思うと、諦めきれない。

「どんな武将もしんがりが一番難しいと言うそうだ。負け戦《いくさ》で、戦いながら退くのだからなおさらだ。しかし、なぜその戦を戦うことができるかわかるか」

頭の問いに、首を振った。

「それは明日の成功を信じているからだ。成功を信じているから、今、上手《うま》くいかなくても、明日を夢見てさえいれば、戦えるというわけだ」

頭は、忠兵衛を叱るように言った。まるで薬売りの藤兵衛《とうべえ》のようだった。

「そのとおりではありますが……」

忠兵衛は頭を下げた。しかし諦めきれず一晩中、外を見つめていた。雪は、忠兵衛をあざ笑うかのように勢いを増すばかりで、一向におさまる気配は見えなかった。

佐藤家になんと言おうか。安藤家にどう謝ればいいのか。あれほど自信たっぷりに儲かると言い、二百七十五両も投資させた。もし約束通りの儲けを得られなければ、信用失墜だけでは、収まらない。投資してもらった資金を返済しなくてはならない。チカはなんというだろうか。義父は愚か者となじるだろうか。しばらく仕事を休んでしまった広林《ひろりん》には、もう戻れないかもしれない。

心配事が、次から次へと湧き上がってくる。いったいなぜこんな文久銭投機などをやろうと思ったのだろう。着実な仕事を旨《むね》としていたのに、いつの間にか浮ついていたのかもしれない。いや、一日でも早く千両の分限者《ぶげんしゃ》になりたいという思いが、いつの間にか焦りになり、一気に儲けようなどと考え、投機に走ってしまったのだ。

翌日も、その翌日も雪は止まなかった。

忠兵衛は、文久銭を越中に運ぶことを諦めた。問屋場の主人に頼み込み、雪が解けたら、取りに来ることを約束して預かってもらった。

「江戸へ戻ります。ここまでの運賃で勘弁してください」

馬子の頭に謝罪した。

「江戸へ帰るにも、この雪だ。気をつけなさいよ。私らは、ここにいて帰りの荷を探しますから、安心してください。それよりも以前、あのような雪の中を越中まで行こうとした者がいたのですが、結局、命を落としたか、凍傷で自由が利かない体になりましたそうです。旦那の判断は間違っていなかったということです」

頭は、慰めるように穏やかな口調で言った。よほど忠兵衛が暗い表情をしていたのだろう。

「しかし江戸に帰ってからのことを思うと、憂鬱になります。多くの人にご迷惑をかけていますから」

　忠兵衛は情けない顔をした。

「どんなに経験を積んだ人でも商売というものは、失敗するものなんでしょうな。元来、順序を踏むことなくして、多額の利益を得ようと望む者は、木によりて魚《うお》を求めるに等しいといえるのではないでしょうか」

「順序を踏む……」

　忠兵衛は呟いた。

「私らは、馬に荷を乗せて、北から南まで、どんなに遠い場所にも一歩一歩進んでいきます。どんなに焦っても、一足飛《いっそくと》びにはいけません」

「順序を踏む、一歩一歩……」

　忠兵衛は、頭の言葉を何度も反芻《はんすう》した。それらの言葉をずしりと重く感じていた。

2

　忠兵衛は、這《ほ》う這《ほ》うの体《てい》で江戸に戻ってきた。顔や手は、寒さと雪で赤くなっている。出発したときの威勢のよさはない。

「チカ、戻ったよ」

戸を開けた瞬間に、チカが「ご無事でしたか」と飛んでくる。足が萎《な》え、ふらふらと倒れこむ。

「あなた！」

チカが悲鳴のような声を上げる。

「いや、大丈夫だ。湯を沸かしてくれ。足を洗いたい」

「すぐに」

チカが台所に飛んで行き、湯を沸かす。

忠兵衛は、草臥《くたび》れた草履《ぞうり》を脱ぎ、脚絆《きゃはん》を解く。ふくらはぎを叩くと、寒さと長い距離を一気に歩いてきたせいで硬く石のようになっている。

「湯が沸きましたよ」

チカが、桶に湯を入れて運んできてくれた。足を入れる。

「ああっ」と思わず、息が洩れる。

「熱いですか?」

チカが心配そうな口ぶりだ。

「いや、気持ちがいい。体が溶けてしまいそうだよ」

やっと生き返ったような気持ちになった。両頬に手を当ててみると、幾分か温かい気がする。血が全身を巡り始めたのだろう。

「越中は、例年にない大雪だという話を聞き、心配しておりました。よくご無事で、安心しました」

チカが、そっと目頭を着物の袖でぬぐう。

「心配させたのう。申し訳ない。このとおりだ」

忠兵衛は頭を下げた。

「何をおっしゃいますか。あなたがご無事で、こうしてお帰りになってくださっただけで、満足です」

チカは、涙目で、笑みを浮かべた。

「戻ってきたのか」

岡安長右衛門《おかやすちようえもん》が、険《けわ》しい表情で忠兵衛の目の前に立った。忠兵衛は、慌てて桶から足を抜き、手ぬぐいで湯をぬぐうこともせずに土間に正座した。

「帰って参りました。申し訳ございません」

惨《みじ》めな気持ちだった。義父である長右衛門は、失敗を危惧《きぐ》していた。奉公人の身でありながら、自分の商売を優先したことを、広林に不義理なことをしたと怒っていたのだ。

「まあ、お父様、こうして無事に帰ってきてくださったのですから」

チカが、とりなす。

「無事に帰ってきたことは、うれしい。しかし商人としてのケジメが残っている。のう、忠兵衛」と長右衛門は、呼びかけた。

「はい」と、忠兵衛は真剣な眼差《まなざ》しを長右衛門に向けた。

「百里の道を十日で歩けばいいものを、お前は自惚《うぬぼ》れと焦りから、一気に歩いてしまおうと考えた。自分ならできると思い、一日に十三里も、十四里も歩こうとした。だからこんな目にあったのだと思わぬか。商いは、その言葉のとおり、『飽きない』でコツコツと積み重ねることだ。実績を、信用を積み重ねた結果が、財になるのだ」

忠兵衛は、肩を落とし、はらはらと涙を流した。長右衛門の言葉が、一語一語、心にしみる。

「申し訳ございません。しかし集めました文久銭は、今町の問屋場に預けてまいりました。また時機を見まして、それを処分いたします。その際には、必ず幾分かの利があると……」

忠兵衛の話が終わらぬ内に、長右衛門の「莫迦者《ばかもの》！」という怒声《どせい》が降ってきた。

「そんな相場ものは、時機を逸《いっ》すれば、二束《そく》三文《もん》にしかならん。そんなものに拘泥《こうでい》するでない。失敗は失敗だ。人生には失敗がつきものだ。二度や三度ではない。しかし失敗して、人生の舞台から降りてしまう者と、次の成功へ行く者との違いは、備えがあるかどうかだ。次の失敗をしないように、あるいは失敗をしても損害が最小限で済むように蓄えをしておくことだ。お前が、考えなければならないこともそのことだ。そしてもう一つ大事なことは……」と長右衛門は、ぐいっと忠兵衛を睨み、「人物である」と言った。

「それはいかなる意味でしょうか」

「商売が上手くいくかいかないかは、その人物にありということだ。商売の中身などよりも、その人物が何者であるかによって成功か失敗かが決まる。いかなる商売をも必ず成功させるのは、その人物の熱心さと誠実さである。その商売について詳しく知っていないといけないとか、将来の様々なことを見極める力がなければならないとか、いろいろと言う人がいるが、そのようなことは枝葉に過ぎない。そんなものよりも、その人物が、その商売に対して満腔《まんこう》の熱意と誠実さとを捧《ささ》げて、その商売と共に斃《たお》れる覚悟でかかるのであれば十分なのだ。したがって今回の文久銭投機の件も同じだ。このような結果になったが、これを満腔の熱意と誠実さで対処すれば、お前の信用は守られよう。さもなくばお前は商売人としても、奉公人としても、どちらの道でもダメになる」

長右衛門は諭《さと》すように言い、忠兵衛の顔をじっと見つめた。

心から自分のことを考えてくれていると、忠兵衛は感激した。岡安の婿養子で満足するのではなく、商売人として成功したい野望があるなら、人物を磨けと長右衛門は諭してくれている。それは今回の失敗の後始末を、どれだけの熱意と誠実さで処理するかにかかっているのだ。

「今すぐ、金主である佐藤家、安藤家に、誠心誠意謝罪しに参ります」

忠兵衛は言い、立ち上がった。

「それが良い。お前の姿勢次第で、両家も今回の事態について理解してくれるだろう。私も一緒に謝りに行こう」

長右衛門は言った。

「お父様……」

チカが驚いた顔で言った。

「いえ、ご足労《そくろう》には及びませぬ。私が一人で対処いたします」

忠兵衛は、土下座した。

「二百七十五両もの大金を、何もないお前に出資してくれたのではない。岡安の婿養子であるということが、お前の信用の裏づけになっていたことは間違いない。ならば今回の不始末について、私も責任の一端を担うのは筋だ。さあ、行くぞ」

長右衛門は、引き下がらない。

結局、忠兵衛は、長右衛門と共に、相模秦野《はだの》に向かった。

意気揚々と資金集めに出かけたときと反対の気分だ。長右衛門に引きずられるようにして歩かなければならないほど、足取りが重い。

百二十五両出資してくれた佐藤安五郎《やすごろう》は、「雪解けを待って、換金した上で出資金が戻ればよい」と穏やかだった。

しかし御目見得《おめみえ》奉公までした安藤六郎左衛門《ろくろうざえもん》は、「ケジメはどのようにおつけになりますか」と訊《き》いてきた。

咄嗟《とっさ》に長右衛門は、「この忠兵衛と親子の縁を切る、離縁することで、誠意をお見せしたい」と言いきった。

「何もそこまで……」

六郎左衛門は、言葉を詰まらせた。

「一からやり直させ、必ず雪解けの季節には、ご返済たてまつります」

長右衛門は、深く頭を下げた。

忠兵衛は、「離縁」と聞き、驚いた。そこまで誠意を見せなければ、この場を収めることはできないのかと、体が震えるような思いがした。しかし言葉には出さず、ひたすら頭を下げた。

「わかりました。忠兵衛殿を信頼して、しばらく待つことにいたしましょう」

六郎左衛門は言った。

相模の秦野への謝罪行脚《あんぎゃ》から帰ってきて、次に向かったのは、奉公先の広林だった。

「これだけ長期間留守にし、失敗しておめおめと帰ってきても、ここに奉公してもらうわけにはいかない」

林三郎は、きっぱりと言った。

覚悟はしていたものの、そう言われても当然ではあった。

忠兵衛は、ひたすら低頭していたが、ふと顔を上げると、先代の松兵衛と目があった。いつになく悲しい目をしており、その心中を慮《おもんぱか》ると、忠兵衛はつらくて泣きたくなった。松兵衛と一緒に旅をしたときのことが心に浮かんでくる。なんと自分は莫迦《ばか》なことをしたのだろうか。松兵衛が、必ず失敗すると言っていたのに、投機を強行してしまった自分の愚かさを今さらながら悔やんだ。

「お暇をお願いいたします。今回、このようなご迷惑をおかけしたのは、私の至らなさのせいでございます。本当に申し訳ございませんでした」

忠兵衛は、林三郎に頭を下げた。松兵衛は、姿を消していた。

広林に暇《いとま》を告げ、忠兵衛は長右衛門と岡安家に戻ってきた。

「チカ、チカはいるか」

長右衛門は座敷に入るなり、奥に向かって呼んだ。

「はい、お父様」

チカがやってきた。チカは、忠兵衛の厳しい表情に驚いている。

「忠兵衛、お前から言いなさい」

長右衛門は、忠兵衛に命じた。

「わかりました」

忠兵衛は、チカの前に正座した。

チカの視線が痛いほど強く刺さってくる。忠兵衛は、しっかりとチカを見つめた。

「チカ、許して欲しい。今回の文久銭投機の失敗の責任を取り、私は岡安家を出ることになった。済まない」

忠兵衛は頭を下げた。

「出る？　出るってどういうことでございましょう？」

チカが、今にも立ち上がらんばかりの様子で、長右衛門と忠兵衛に視線を走らせた。

「養子としての縁を切ることになった。いろいろな方々にご迷惑をかけたケジメだ」

忠兵衛は、涙目でチカを見つめた。チカの顔に戸惑い、怖《おそ》れなどの複雑な思いが現れたかと思うと、急に涙をあふれさせた。

「あんまりでございます。あんまり……」

チカは、畳に顔をつけ、泣き伏してしまった。

忠兵衛は膝の上で硬く拳《こぶし》を握り締めた。その拳に涙が落ちた。すべてを失ったと思った。

二度も家出同然で江戸に来ては、連れ戻され、ようやく安政《あんせい》五年（一八五八年）に正式に働き始めた。そこから五年、文久三年（一八六三年）の暮れになって、培《つちか》ってきた信用も家庭も奉公先も何もかも失ってしまったのだ。

「済まない……」

忠兵衛は、泣きじゃくるチカに呟いた。それは亡き母と、故郷で忠兵衛の成功を夢見ている父善悦《ぜんえつ》に向けての言葉でもあった。

3

忠兵衛は、ふらふらと江戸の街を歩いていた。人と肩がぶつかり、怒鳴《どな》られても、荷車に撥《は》ねられそうになっても、避《よ》けることもしなかった。ぶつかって死ねたらどれだけいいだろうかと心底思っていた。

「忠兵衛さん、忠兵衛さん」

背後から声がする。振り向くと、虚《うつ》ろな目に、飴屋の太郎兵衛《たろべえ》こと、矢島屋太郎兵衛と風呂屋の捨次郎《すてじろう》こと、増田屋捨次郎が映った。

「太郎兵衛さんと捨次郎さん、こんなところで……」

忠兵衛は弱々しい声で言った。

「こんなところでじゃないよ。聞いたよ、岡安家を出たのだってね。私が文久銭の投機の話をしたせいでとんだ目にあわせてしまった。本当に申し訳ない」

太郎兵衛が深々と頭を下げた。

「いや、失敗は時の運。太郎兵衛さんが悪いんじゃない。すべては自分の浅はかさだよ」

忠兵衛は力なく笑った。

「こんな往来ではなんだ」と捨次郎はあたりを見渡し、「あそこに甘酒屋がある。座ってちょっと話でもしようじゃないか」と言った。

「甘ぁい甘い、甘ぁざけぇ」と甘酒屋の呼び声が聞こえる。プーンと甘い香りが漂っている。

「そうだな。温かくなるから、忠兵衛さん、ちょっと寄って行こう」

太郎兵衛が、忠兵衛の着物の袖を引いた。

忠兵衛は、ふらふらと引きずられるままに太郎兵衛について行った。

甘酒は、炊《た》いた米と麹《こうじ》を混ぜ、とろとろと煮詰めることで麹菌の発酵《はっこう》を促《うなが》して作る。アルコール度数も低く、子供にも与えることができる栄養豊富な飲み物として、江戸庶民に愛飲されていた。

一晩で作ることができることから「一夜酒」とも言われ、一杯四文（約百円）から八文（約二百円）で、神社仏閣の参道などで売られていた。最も人気があったのは上野山下広徳寺前の甘酒茶屋。ここの店は、甘酒の甘味を引き立てるのに生姜《しょうが》を加えた。これが大いに人気を呼び、連日、大行列になり、毎日千五百杯も売れたという。

「甘酒、三つ」

店先の縁台に座り、捨次郎が注文を出す。

すぐに甘酒が運ばれてきた。

「三杯で二十四文です」

店の小僧が手を出す。

「高けぇなあ。上野山下じゃ一杯四文で売り出したっていうじゃないか。ここの店も値下げしなくちゃ売れないぜ」

捨次郎が、ぶつぶつ言いながら財布から、「ひぃ、ふう、みぃ」と一文銭を取り出して数え出す。

「捨次郎さん、悪いよ。私も払うから」

忠兵衛は財布に手をかけた。

「いいよ、いいよ、ここは捨次郎さんに任せておこうじゃないか」

太郎兵衛が言った。

忠兵衛の財布は、一文の無駄もできないほど中身が入っていなかった。

「済まない」

誰からも見放されてしまったような気分になっていた忠兵衛にとって、二人がこうして身の上を心配してくれるのは、涙が出るほどうれしかった。

「今、どうしているんだ?」

「とりあえず身の振り方が決まるまでは、岡安の家の部屋の一つを借りているが、早晩、出てゆかねばならない。それで長屋でも借りようかと思って、探しに出てきたところだ」

忠兵衛は、甘酒を一口飲んだ。冷えた体が芯から温まる気がする。ほのかな甘味が心を和《なご》ましてくれるようだ。

「仕方がない。岡安の信用まで傷つけたとあっちゃ、出ていかざるを得ないなぁ」

捨次郎が、はっきりと言う。

「そういうことだ。ぬかったものだ。少し浮かれていたのかな。まえにも義太夫《ぎだゆう》語りになりたいと思うほど、好きなことにのめり込んだ。何にでものめり込む性質《たち》なんだ。文久銭の話も、太郎兵衛さんに紹介された人から資金提供を断られたときに縁がないものと思いとどまれば、よかったのだ。それをどういうわけかのめり込み、突っ込んでしまった」

忠兵衛は、「ははは」と気の抜けた笑いを洩らした。

「過去を悔いても始まらない。なあ、俺の家にしばらく寝泊りして、やる気が起きたら、また動き出せばいい。そうしないか」

「太郎兵衛さんの家に居候《いそうろう》かい？」

「嫌か？」

「嫌も何も、面倒をかけるけどいいのかい」

「いいさ。遠慮するなよ。元はと言えば、俺のせいなんだから」

太郎兵衛は快活に笑った。

「ところで何をして暮らしを立てるつもりだい」

捨次郎が心配そうな顔で訊《き》いた。

「それが……」

忠兵衛は、今回の文久銭投機で、馬子人足や馬の費用などに、相当な経費を使い、ほとんど蓄えをなくしてしまっていた。何かを始めるにも元手がない。

「お客さん」と甘酒屋の小僧が、捨次郎のところにやってきた。

「どうした？　小僧？」

「この文久銭を両替してくれませんか？　つり銭にしたいのですが、足りなくて」

小僧は、文久銭を三枚差し出した。四文銭三枚で十二文だ。

「いいよ。ほれ」と、捨次郎は小僧の手の平に十二文を数えて渡した。

「やっぱり両替をやる」

忠兵衛は、捨次郎が銭を両替する手を見つめて呟いた。

「そうでなきゃ、俺たちの生涯の友、忠兵衛さんじゃない」

太郎兵衛が手を叩いて喜んだ。

「賛成してくれるのか」

忠兵衛が恐る恐る訊いた。

「当たり前だよ。両替で失敗したんだ。両替で取り戻せよ。それにこの仕事を天職だといっていたじゃないか。千両の分限者になるんだろう？　それには両替商になるのが一番だ。俺は忠兵衛さんには相場や銭貨の真贋《しんがん》を見抜く才能があると思っている」

　太郎兵衛は自信たっぷりに言った。

「実は、うちも困っているんだ。忠兵衛さんが、風呂代の銭を集金に来てくれないので、溜まって弱っていたんだ。忠兵衛さんほど、まめな両替屋はないからね」

　捨次郎が言った。

「もう一度、がんばってみる」

　忠兵衛は、久しぶりに晴れやかな顔になった。

「当座の両替の銭がいるだろうが、それはうちの風呂代を使えばいい。それで商売しろよ」

「両替屋の株が必要だが、資金が貯まったら買えばいい。当面は、露店《ろてん》でやれよ。忠兵衛さんなら客はつくよ。俺も紹介する」

　太郎兵衛が笑みを浮かべた。

　両替屋をするには、株仲間に入る必要があり、その資金が必要となるが、忠兵衛はとりあえず私的に両替を始めようというのだ。ありていに言えばヤミ両替だが、当時はこうした小さな両替屋も多く存在し、庶民の需要を満たしていた。

忠兵衛は、しばらく太郎兵衛の家に厄介になった。

その後、太郎兵衛と捨次郎の紹介で日本橋葺屋町《ふきやちょう》通りの棟割《むねわり》長屋に住むことになった。ここを拠点にして忠兵衛は、日本橋小舟町《こぶなちょう》の四辻で戸板に銭を並べ、露店の両替を始めた。資金は、太郎兵衛と捨次郎に融通してもらった。

商売を始めて間もなく「これを両替してくれ」と一両小判四枚が忠兵衛の目の前に置かれた。きらりと光る小判に驚いて、顔を上げた。

「あっ」

忠兵衛は目を見張った。そこにいたのは、広林の主人、林三郎だった。

「旦那さま」

忠兵衛は居住まいを正した。

「両替を頼むよ。手数料はいくらだい？」

林三郎は訊いた。

「四十文です」

忠兵衛は答えた。

「うちより安いね」

「申し訳ありません」

忠兵衛は頭を下げた。文句を言われるのかと、びくついた。

「元気でなによりだ。コツコツと仕事をして、立派になるんだよ。時々利用させてもらうよ」

林三郎はにこやかに微笑み、「両替の銭は店に届けておくれ」と言い残して去っていった。

忠兵衛は、小判を握り締め、林三郎の後ろ姿を追ったが、涙で滲《にじ》んで見えなくなった。

「千里の道も一歩から。この言葉を胸に刻んで精進いたします！」

忠兵衛は、遠ざかる林三郎の背中に向かって声を張り上げた。

第十五章　安田屋開店

1

「寒いねえ」

忠兵衛《ちゅうべえ》が戸板に銭を並べていると、夜鷹《よたか》のお銀が着物の胸元を合わせながら話しかけてきた。

「おはようさん、早いね。こんなに早くから商売かい」

忠兵衛は気さくに声をかける。

お銀は、忠兵衛が住む日本橋葺屋町《ふきやちょう》通りの棟割《むねわり》長屋の住人だ。

江戸の町人は、家作《かさく》を所有する地主、家作の管理を任されている家守《やもり》、借地に自分の家を建てて住んでいる地借《じがり》、借家に住んでいる店借《たながり》と分かれていた。

借家住まいの店借も、表通りに住む表店借と路地裏に住む裏店借とに分かれる。

忠兵衛が住んでいるのは、その裏店借だ。

これは九尺二間《けん》と言われ、一棟の長屋が、間口九尺（約二・七メートル）、奥行き二間（約三・六メートル）の小部屋に仕切られた粗末な住居だ。

そこにはお銀などの怪しい商売に手を染める者から、大工、左官、行商人など、庶民たちが住んでいた。

長屋の中央には、井戸と共同便所があり、朝から女たちが洗濯をする声や野菜を刻む音などでうるさい。夜になると、薄い壁を通して子供の夜泣きの声や夫婦喧嘩の声が響き、安眠することさえ叶《かな》わない。

しかし貧しさというのは、人の絆にもなる。どんな仕事をしていようが、どんな出自だろうが、誰も差別することも、されることもなく、住人たちは味噌、醤油《しょうゆ》、米などを貸し借りし合い、助け合って暮らしていた。

忠兵衛が、戸板に銭を並べているのは、葺屋町の長屋から北に歩き、東堀留川《ひがしほりどめ》にかかる万橋《よろず》を渡ったところの、西堀留川ちかくの小舟町《こぶなちょう》の四辻だ。このあたりは小舟河岸《がし》と言い、江戸前の魚や塩蔵物などの干物や、舟で運ばれた多くの物産が荷揚げされ、取引されていた。江戸でも賑わいのある町だ。

「いやはや確かに寒いね。お銀さんらの商いには、寒さはこたえるだろう」

「まあね。やることは温かいのだが、何せ外が多いからね」

江戸には、お銀のような性を生業《なりわい》にする女性が多かった。このあたりは旧吉原《よしわら》があった場所だが、それが新吉原に移転した後も、商売人や酔客を相手にする女性たちが多く辻に立っていた。

「儲かるかい」

「なかなかだよね。最近はケチな野郎が多いから。忠兵衛さんはどうなんだい」

「こっちも大変だよ」

両替の手数料は、一両あたり十文《もん》程度だ。

「地味だね」

お銀はため息をついた。

確かに地味だ。一両の両替をしようと思えば、四千文以上の銭を集めねばならない。その労力を考えれば、十文はいかにも安い。これではいつになったら千両の分限者《ぶげんしゃ》になれるかわからない。

焦りにも似た気持ちが湧き上がってくるが、忠兵衛は、それを自ら戒《いまし》めた。元はと言えば、自分が文久銭投機《ぶんきゅうせん》という失敗をやらかしてしまったことが、今日《こんにち》の貧窮を招いているのだ。あの失敗以来、「千里《り》の道も一歩から」という精神を肝《きも》に銘《めい》じていた。

「地道にやっていれば、そのうちいいこともあるからと思わざるをえないね」

忠兵衛は、苦笑した。

「偉いね。私も見習うよ。それにしても気をつけなさいよ。最近は、相当、物騒になってね。辻斬りが増えていて、この間も、河内屋《かわちや》の手代が斬られ、集金のお金を盗《と》られたそうだよ」

お銀は、顔を曇らせた。

最近は、江戸の市中にも多くの外国人が歩くようになり、世の中の変化を実感できるようになった。

また十一月十五日には、江戸城の本丸、二の丸が燃えてしまった。それに象徴されるように幕府の威光が徐々に衰えているのが、忠兵衛にもわかった。

こうした幕府の衰退が、世の中を不穏《ふおん》にしていたのだ。

「そうらしいね。ある番頭さんが、ほろ酔い加減で四谷《よつや》大通りを歩いていたら、三人の侍に囲まれて、いちゃもんをつけられ、こうやって」と忠兵衛は自分の右手で襟首《えりくび》を押さえ、「斬るぞ、となったらしい」とお銀を見つめた。

お銀は、話に聞き入りながら、眉根《まゆね》を寄せている。

「番頭さんは、もう無我夢中で、力いっぱい侍に体当たりして、必死で駆け出した。侍たちは、町人に虚仮《こけ》にされたと、刀を振りかざして追いかけてくる。番頭さんは、市谷八幡《いちがやはちまん》様まで、息を切らせて逃げ切った」

「それで……」

「どぶの中に身を潜《ひそ》めたそうだよ。冷たくて、水は臭いし、本当に死にそうだった。そこへなんと侍がやってきた。『どこだ?』『どぶに入り込んだんじゃないか』と刀で、番頭さんが潜んでいるどぶを突つき始めたんだってさ」

「ありゃ、そりゃないね。絶体絶命じゃないか」

お銀は、体をのけぞらせた。もうそれ以上、聞きたくないという顔をしている。

「目の前に刀が突き刺された。生きた心地《ここち》なんぞ、しない。しかし我慢した。『八幡に逃げたんじゃないか』と誰かが言い出し、どたどたと駆け出した。番頭さんはどぶの中で、にんまりしたそうだよ」

「よかったね」

「朝が、しらじらと明け始めるまで、どぶに潜んでいたが、周りが見え始めると、悲鳴を上げたらしいよ」

「なんで?」

「どぶの中は、犬や猫の死骸でいっぱいだったからさ」

「おお、嫌だ。その人、長い間、臭いが取れなかったんじゃないの」

お銀が鼻をつまんだ。

「どうだろうね?」

忠兵衛は、着物の袖を顔に近づけた。

「なにやってるんだい？」

お銀が怪訝《けげん》そうな顔をしている。

「いやあ、臭いが残っているかと思ってね。どぶの……」

忠兵衛がにやりとした。

「あら、嫌だよ。侍に襲われたのは、忠兵衛さんかい？　臭い両替屋だね」

お銀が声を出して笑った。

忠兵衛も久しぶりに笑った。

「お銀さん、稼いだら、玉ひでの軍鶏鍋《しやも》をご馳走《ちそう》するから」

玉ひでは、長屋近くにある軍鶏鍋屋だ。美味《おい》しいと評判だ。

「期待せずに待っているよ。ところであそこに立っているお侍が、じっとこっちを見ているから、気をつけてね」

お銀は言い残して去っていった。

忠兵衛は、銭を並べながら、お銀の言い残した方向に目をやった。そこに若い武士が立っているのが目に入った。

2

忠兵衛は、目を凝《こ》らした。

間違いない。やつれて目が鋭くなっているが、吉松《よしまつ》だ。今は、富山松之進《とやままつのしん》と改名しているが、幼馴染《おさななじみ》の吉松に違いない。京に行っていると聞いていたが、いつ江戸に戻ってきたのだろうか。

声をかけたい。大きな声で「吉松！」と叫びたいが、どうも様子がおかしい。商家の角に隠れるように立ち、鋭く周囲に注意を払っている。

追われているのか？

忠兵衛は、ふと嫌な気持ちになった。周囲に目を配る。人の往来は激しい。しかし奉行所の役人や岡っ引きは見えない。

忠兵衛は、すっと立ち上がると松之進を見つめ、手を上げた。松之進も気づいたのか、小さく頷き、忠兵衛のいる場所に近づいてきた。

「久しぶりだな」

忠兵衛は、満面の笑《え》みを浮かべた。

「お前こそ、元気か？」

松之進は周囲に険しい視線を向けた。

「追われているのか」

「注意を払っておいて損はないという状況だ」

「いつ江戸に」

「おととい京から着いた」

「向こうではどうしていた」

忠兵衛の問いに、松之進は着物の袖を捲《まく》り上げた。肘《ひじ》から下に蚯蚓《みみず》腫《ば》れのような傷跡があった。

「いったいどうした?」

忠兵衛は目を見張った。

「刀傷だ。京には新撰組という幕府の犬がいる。こいつらと日々、戦いに明け暮れている」

松之進がやつれている理由がわかった。安らいだ生活をしていないのだ。

「大丈夫なのか」

「そんなことを言っている暇はない。今、世の中は大きく動きつつあるんだ」と松之進は声を潜め、「もう幕府は終わりだ。土佐《とさ》の坂本龍馬や長州《ちょうしゅう》の桂小五郎《かつらこごろう》など、各藩の人材が幕府の終わりを見越して、動き回っている」と言った。

忠兵衛も時代が変わりつつあることを、うすうす感じていた。しかし、それはどこか遠い世界の話のようでもあった。

今は、少しでも金を貯め、商売を軌道に乗せることだけを考えていた。

「忠兵衛、どうした？　こんなところで戸板に銭を置いたりして……。驚いたぞ。もういっぱしの店でも持っているに違いない、と思っていたのに。もしそうなら軍資金を少しかりたかったのに……」

松之進は笑った。

「これでも一国一城の主《あるじ》だ。すべてはこれからだ」

忠兵衛も笑った。

「それなら安心だ。さっきから見ていたが、両替なんぞというせこい商売をしているんで心配になったんだ」

「せこいとはなんだ？　地味だが、確実な商売だ。そんなことよりせっかく会えたんだ。店じまいをするから、俺の家に来い。積もる話もある」

忠兵衛は、銭を片付け始めた。

「忠兵衛さん、早い店じまいだね」

大倉喜八郎《きはちろう》だ。

「幼馴染の松之進だ」

忠兵衛は松之進を紹介した。

「へえ、侍に知り合いがいたのか」

喜八郎は、感心した顔で忠兵衛を見つめた。

「松之進と忠兵衛は呼びますが、富山松之進でございます」

松之進は、律儀に喜八郎に頭を下げた。

「喜八郎さんもうちに来るかい？」

「いいねぇ。お侍さんの話には興味がある。聴きたいもんだ」

喜八郎は、興味津々《しんしん》の表情を浮かべた。

忠兵衛は、荷物を抱《かか》えると、歩き出した。

「家は近いのか？」

松之進が訊《き》いた。

「すぐだ。しかし驚くな。狭いぞ」

忠兵衛は自嘲《じちよう》気味に笑った。

松之進は、相変わらず周囲を警戒しながら歩いている。武士と町人が親しげに話をして歩いているのは目立つため、三人は少し距離を置いて歩いた。

東堀留川を渡り、しばらく歩くと忠兵衛が住む棟割長屋が見えてきた。

「あら、珍しい。早いお帰りだね」

井戸端で洗濯をしていた女が忠兵衛に言った。

「あら、大倉屋さんも一緒じゃないか」

別の女が言った。

「へえ、まいど」

喜八郎が頭を下げた。

「この間、行商してもらった干物、美味《おい》しかったわよ」

女が喜八郎に声をかけた。

「乾物屋をやっているのですか」

松之進が訊いた。

「ええ、摩利支天横町《まりしてんよこちょう》で、小さな店をやっています。忠兵衛と同じ両替屋もね」

松之進は、喜八郎の答えに、何か考えるところがあるのか、何度か頷いた。

お銀がいた。

「お銀さん、今から商売かい？」

「稼がないとね。あら？　このお方は、さっき辻にいた人じゃないのかい？」

お銀が吉松を見て言った。

「私の、幼馴染。少し前まで京にいたんだ。久しぶりに会えたので、話をしようと思ってね」

忠兵衛がうれしそうに言った。

「それじゃあ、酒がいるね。ちょっとお待ちね」

お銀は、自分の家に行くと、竹筒に入った酒を持ってやってきた。

「これでも飲んで楽しくやってね」

お銀は、三人が座っている目の前に酒を置いた。

「すまない」

忠兵衛はお銀に礼を言った。

「忠兵衛さん、これでも摘《つま》みにしなさいよ」

井戸端にいた女が漬物を持ってやってきた。

「これも美味《うま》いよ」

また別の女が皿いっぱいの芋を持ってきた。

長屋の女たちが次々と、これを食べろ、あれを食べろと食べ物を運んでくる。

「すごいね、忠兵衛さんの人徳だね」

喜八郎が驚いている。

「長屋は狭くて、あまりきれいとはいえないが、人情はいいな」

松之進が、やっと一息ついたような優しい笑みを浮かべた。

「さあ、遠慮なくいただこうじゃないか」

　忠兵衛は、それぞれの湯呑みに酒を注《つ》いだ。吉松の表情が、穏やかになっている。昔のままだ。京でどんな暮らしをしていたのか、推測の域を出ないが、相当に緊張を強《し》いられていたのだろう。それがやっと緩《ゆる》んだに違いない。忠兵衛は、うれしくなって酒をぐいっと飲んだ。

3

「そんなに武器の商売が有望なのか？」

　喜八郎が、身を乗り出して松之進に確認した。

「ああ、私の役目も江戸に来て、武器の調達やその資金を援助してくれる商人たちを探すことなんだ」

　松之進は、空になった湯呑みを差し出した。

　忠兵衛は、竹筒をかかえて酒を注いだ。

「必ず戦争になる。幕府と反幕府の間でな。そのときには、多くの武器が必要になる。武器をたくさん集められたほうが勝ちだ」

「どっちが勝つんだ？」

　喜八郎の目が輝いている。

「俺は、反幕府の側だ。当然、幕府は倒れると信じている」

松之進は言い切った。

忠兵衛は、その自信にあふれた言い方に愕然《がくぜん》とした。徳川家康が江戸に幕府を開いて、二百六十年ほどが経過した。未来永劫《えいごう》に続くと思われている徳川の世が終わるなどということは考えられない。

「幕府は、もうダメか?」

忠兵衛は訊いた。

「なにごとも始まりがあれば、終わりはある。徳川様の時代も、その前の時代をひっくり返して築いたものだ。今度は自分たちがひっくり返される番になっただけのことだ。なにごとも変化しないものはない」

忠兵衛は松之進を見つめた。毎日、金のことや商売のことしか考えない暮らしをしてきた自分が、小さく思えるほど、松之進は大人になっている。うれしいのか、悔《くや》しいのか、わからない。複雑な思いがする。

「徳川様の時代が終わるなんて、考えたこともなかった。いったいどんな世の中になるんだろう」

忠兵衛は、不安げに呟《つぶや》いた。

「俺たちの時代になるということだ。武士が威張《いば》っていた時代が終わるってことだ」

松之進が明るい顔で言った。

忠兵衛に、あの日の屈辱感が蘇ってきた。雨でぬかるんだ地面の上に跪《ひざまず》き、城から出てきた勘定奉行に額《ぬか》ずいた。あのとき、忠兵衛は、千両の分限者になって武士に頭を下げさせてやると固く誓った。

「俺たちの時代って、どういうことだ?」

ますます喜八郎が身を乗り出してきた。前のめりになり、倒れそうだ。

「今、攘夷《じょうい》ということで、イギリスやアメリカを排斥《はいせき》しようと、刀を振り回している連中がいるが、彼らは間違いだ」

松之進は、芋を口に入れた。もぐもぐとしていたかと思うと、ごくりと喉《のど》を鳴らして飲み込み、満足そうに口を拭《ぬぐ》った。

「なぜだ?　尊王攘夷で活動しているんじゃないのか」

忠兵衛は訊いた。

「薩摩《さつま》も長州も彼らと戦ってみたが、圧倒的な武力の差でやられてしまった。勝負にならなかった。そこで彼らと戦うより、手を結んだほうが得策だと考えるようになった。もう攘夷は古いってことだ。アメリカやイギリスと手を組んで、幕府を倒し、新しい時代をつくるんだ」

「そんなことをしたら、アメリカやイギリスに国を乗っ取られてしまうんじゃないのか」

「そんなことにはならない。アメリカもイギリスも幕府か、反幕府か、どっちと組めば商売が上手くいくかを考えている」

「商売？　どうやったら金が儲かるかと考えているのか？」

忠兵衛は、急に関心を示した。

「そのとおりだ。アメリカもイギリスも商売の国だ。商売のことばかり考えている。商売が世界を動かしているんだ」

松之進は強く言った。

「それじゃあ、武士になりたいと言った松之進、お前は用済みになるじゃないか」

忠兵衛は、心配そうな顔を松之進に向けた。

松之進は、声を上げて、笑いだした。

「そのとおりだ。武士なんて用済みになる。これからは商売だと言う人間も多い。これからは忠兵衛、お前の時代だ。商売人の時代になる。俺は、忠兵衛たちが商売をやりやすくするために働くつもりだ。こんな長屋で燻《くすぶ》ってんじゃないぞ」

松之進は、また大声で笑った。

「俺、商売替えするぞ」

喜八郎が、突然立ち上がって叫んだ。

「おい、おい。どうした？　酔ったのか？」

　忠兵衛が驚いて言った。

「酔ってなんかいない。俺は乾物屋をたたんで、武器商人になる。この前、黒船を見に行ってきてから、ずっと考えていたんだ。松之進さん、いい得意先になってくれ」

「おうおう、承知した。俺も知り合いが武器商人になってくれれば、都合がいい。困ったときにはつけで買えるからな」

「踏み倒すのは、ナシだよ」

「信用しろ！」

　松之進が叫んだ。

「武器商人になるって、どうするんだ」

　忠兵衛は、喜八郎に座るように言いつつ、訊いた。

「うーん……」

　喜八郎は眉根を寄せ、腕組みをした。武器商人になると言ってはみたものの、それ以上のことは考えていなかったのだ。

「俺の知り合いの鉄砲店がある。考えがまとまったら、口利《くちき》きをしてやってもいい。知り合いが武器の商人になってくれれば、心強い」

　松之進が言った。

「口利きをお願いしたい。今すぐは無理でも、きっとお願いするから。それまで必死で金を貯める。武器を買うには、鰹節《かつおぶし》よりはずっと金がかかるからな」

　喜八郎は酒を一気に飲みほした。小さな体から湯気が出ている。自分の考えに酔っているのだ。

「忠兵衛、お前はどうする？　お前にも新しい時代に向けてがんばって欲しい。できれば俺たちの役に立つ商売をしてもらいたい」

　松之進が訊いた。

　女たちが持ち込んでくれた芋や漬物などの肴《さかな》は、あらかたなくなっていた。

「俺は武器商人にはならない。喜八郎がやるというなら、それに任せたい。俺はこのまま両替をやる」

　忠兵衛は、松之進をぐっと睨《にら》んだ。

「いつまでも戸板に銭を並べているのか。こんな一文、二文の商売をやっていたら天下の動きに遅れてしまうぞ」

　松之進が睨み返した。

「そんなことはない。一文、二文を大事にする。それこそが商売の基盤になる。どんなことにも揺らぐことがない基盤だ。俺は、自分のやり方を貫くつもりだ。千里の道も一歩から、だ。倦《う》むことなく、歩み続ければ、必ず目的地に到達できるんだ」

「千里の行《こう》も、足下《そっか》に始まる。老子《ろうし》の言葉だ。千里の道も一歩からということだが、忠兵衛の言うことの正しさは俺も認めよう。しかし進むときは、一瀉千里《いっしゃせんり》に駆け抜けなければな。ぐずぐずするな。そのときは、一緒に協力して、駆け抜けようぜ」

松之進は、忠兵衛の手を握った。そこに喜八郎も手を重ねた。

「わかった。一緒に走ろう」

忠兵衛は大きく頷いた。重ねた両手から松之進と喜八郎の熱い血潮が伝わってくる。

忠兵衛は松之進にもう一度確認したいことがあった。

「なあ、松之進」

「なんだ？」

「さっき、お前は、商売人の時代になると言っていたな」

「ああ、言った」

「それはどういう時代だ？」

忠兵衛の問いに松之進は、ぐっと考え込んだが、「自由に商売ができ、才能があって、よく成功した奴、真面目に働いて金持ちになった奴、これらが武士なんかより尊敬される時代じゃないかと思う」

さすがに薬種《やくしゅ》問屋の息子だ、と忠兵衛は思った。自由に商売の才能を広げ、その結果、成功すれば尊敬される世の中……。

「本当にそんな世の中になればいいな。今は、商売人なんて、下の下《げ》と思われている。武士なんかより、よっぽど世の中の役に立っているのに」

喜八郎が呟いた。

「俺は、半分商売人で半分武士だが、そう武士のことを悪《あ》しざまにいうな」

松之進が苦笑した。

「すまなかった。普段から苛《いじ》められているからな」

「面白いことを聞いた。イギリスやアメリカが、どうやって世界を股《また》にかけるようになったのかという理由だ。それは商売の自由を認めたからだ。彼らの国も、この国と同じように王様や武士が威張っていたらしい。しかしあるとき、商人に自由に商売をすることを許した途端に、船を造り、世界に出て行くようになった。それから国はどんどん栄えるようになった。だからこの国も、このまま武士が威張っている世の中のままではダメだということだ」

松之進は熱を帯びたように、一気に話した。

忠兵衛は立ち上がった。

「どうした？」

松之進が、怪訝そうな顔で見上げた。

「熱くなった。急に熱くなった。なあ、松之進、俺は、ちゃんとした店を開く。店の名前は、安田屋だ。育った村の名前に恥ずかしくない店を開く。名前も先祖の名前の善次郎に変える。決めたぞ」

忠兵衛は、強い口調で言った。薄汚れた壁で仕切られた長屋の狭い空間が、一気に広がったかのように思えた。

4

「ここでいいか」

太郎兵衛《たろべえ》が案内してくれたのは、今、住んでいる葺屋町から、ほど近い人形町《にんぎようちよう》通り乗《のり》物町《ものまち》の店だ。

間口は二間半（約四・五メートル）、奥行き五間半（約十メートル）だ。小さい店だが、場所は、商店が多く、人通りもあり、まずまずだ。

「家賃は、二分二朱《ぶしゆ》（一両十六万円で計算すると、十万円）だ」

「安くしてくれて感謝している」

「忠兵衛さん、いや善次郎さんだったな」

太郎兵衛が微笑《ほほえ》んだ。

「ああ、店の名前は安田屋、俺の名前は先祖の名前に戻して善次郎、心機一転がんばる決意だ」

「俺の紹介した場所で、新しい善次郎さんの安田屋の歴史が始まると思うと、俺もうれしい。文久銭投機では迷惑をかけたから、幾分か埋め合わせができた気持ちだ」

「あれはいい勉強になった。もう気にしないでくれよ。それよりこっちは何かと世話になり、感謝しているんだから」

善次郎は、太郎兵衛に頭を下げた。

「おーい！」

声のする方向に振り向くと、捨次郎《すてじろう》だ。息を切らせて走ってくる。何かを抱えている。

「そんなに慌てないでもいいよ。店は逃げないから」

善次郎は笑った。

捨次郎は大きく、肩で息をした。やっと落ち着いて、「ここか、忠兵衛、いや善次郎さんの新しい店は」と目を細めて店を見上げた。

「これ」

捨次郎が、風呂敷に包んだものを差し出した。

「なんだ？」

「開けてみろ」

善次郎は、言われるままに風呂敷包みを解いた。

「おおっ」

善次郎は、声を上げた。杉板に「安田屋」という文字が揮毫《きごう》されていた。

「開店祝いだ」

捨次郎は、自慢げに言った。

「本当に二人には感謝している」

善次郎は、頭を下げた。

安田屋の開店費用の内で、善次郎が用意できたのは、四十二両（約六百七十二万円）だけだ。これは善次郎の才覚が生きた結果だった。

善次郎は横浜に出かけ、自分が仕入れた煙草《たばこ》入れや紙入れなどを外国人に売りさばいた。中には珍しい物もあったので、比較的良い値で売ることができた。

手元には二十五両（約四百万円）が残った。これが全財産か……。善次郎は、心細い気になったが、そのとき昔を思い出した。

少年時代、父、善悦《ぜんえつ》が作った野菜を売り歩き、帰りには別の物を仕入れ、富山で売った。それで利益がふくらんでいった。

簡単なことのようだが、これは思った以上に難しい。富山で何が高く売れるか、普段から調べておかねばならない。それに加えて相場観という才覚、思い切って投資できる決断力という度胸が絶対に必要だ。

善次郎は、千里の道も一歩からと、地道に利益を積み上げることを決意しているが、相場に関しては人並み以上に才覚と度胸が備わっていたのだろう。

善次郎は、何か、江戸で高く売れる物がないか横浜で探した。そのときスルメが目に入った。これなら自分が扱いなれた商品であり、江戸で売り切る自信がある。喜八郎の大倉屋に卸《おろ》してもいい。必ず儲けが出るはずだ。

善次郎は、思い切って二十五両全額でスルメを買った。思惑通り、それは十七両の利益が出て、四十二両になった。

それでもたったの四十二両だ。店の改築、道具購入、扱い品である鰹節、海苔《のり》などの仕入れ、両替の資金、人件費などがかかる。四十二両ではとても足りない。足りない資金は、太郎兵衛や捨次郎が貸してくれた。彼らは「投資だよ」と言い、喜んで善次郎を応援してくれたのだ。

善次郎は、太郎兵衛と捨次郎と一緒に看板を取り付けていた。

「いい店じゃないか」

後ろから声がする。振り向くと、広林の林三郎と元義父、玉長《ぎょくちょう》の岡安長《ちょう》右衛《え》門《もん》だった。

「ご主人様！　お義父《とう》様！」

善次郎は驚いて頭を下げた。

「しっかりやりなさいよ」

林三郎が優しく励ました。

「はい」

善次郎は、力強く返事をした。

「何か応援したくてね。長右衛門さんと考えたのだが、これは両替の資金など、当面の資金、十五両だ。利息はいい。使ってくれ。儲かれば、返してくれればいい」

林三郎は金を差し出した。

「鰹節などの商品もうちから買え。代金はとりあえずいい。これも儲かってから返してくれればいい」

長右衛門が優しく微笑んだ。

「ありがとうございます」

善次郎は、涙を流さんばかりになった。

「よかったなぁ」

太郎兵衛と捨次郎が、善次郎の肩を叩いた。

善次郎は、看板を見上げた。「安田屋」という力強い墨字が、背中を押してくれているように思えた。よしっ、と善次郎は、拳《こぶし》を強く握り締めた。

第十六章　新妻房《ふさ》

1

「徳蔵《とくぞう》さん、これからよろしくな」

善次郎は、「安田屋」の看板の下で、丁稚《でっち》として雇った徳蔵に丁寧《ていねい》に頭を下げた。

徳蔵は嘉永《かえい》二年（一八四九年）生まれの十六歳、三河《みかわ》出身だ。善次郎が江戸に来た際、頼りにした小西の銭湯の老婆の紹介だ。

善次郎は、徳蔵の盛り上がった肩の筋肉、聡明そうな目を見て、一目で気に入った。

「旦那様、こちらこそよろしく頼みます」

徳蔵は、腰が折れるほど頭を下げた。

「私は、この店を開くにあたって三つの誓いを立てました。ひとつ、独力独行、けっして他人を頼らぬこと、一生懸命働くこと。ふたつ、嘘を言わぬこと、曲がったことをせぬこと、正直に世を渡ること。みっつ、生活費、小遣い銭などは、すべて収入の八割以内とし、二割は非常の時のために貯蓄すること、また住居には身代の一割以上の金をけっして使わぬこと。この三つの誓いをこのように紙にしたためましたので、これを毎日、唱和しましょう」

「わかりました。一生懸命働かせていただきます」

元治《げんじ》元年（一八六四年）三月二日、善次郎は二十七歳になっていた。

善次郎は、しみじみと看板を眺めた。丑《うし》四つ時《よ》（午前三時半）。まだ周囲は暗い。

徳蔵と一緒に店の表に水を撒《ま》き、箒《ほうき》で掃《は》き始めた。自分の店の前だけではなく、向こう三軒両隣もきれいに掃き清めた。この店を開くにあたって多くの人の援《たす》けを得たことに感謝した。文久銭投機《ぶんきゆうせん》で失敗し、それをなんとしてでも取り戻さねばならない。まだあの集めた文久銭は、今町《いままち》の問屋場《といやば》に預けたままだ。資金を出してくれた佐藤安五郎や安藤六郎左衛門《ろくろうざえもん》にも借りた金を返済しなければならないのだ。

不退転、背水の陣というべき決意で商売に邁進《まいしん》し、絶対に成功しなければならない。そのためには、人並み以上の辛抱《しんぼう》と努力をすることだ。

石門心学《せきもんしんがく》の人に、石田梅岩《ばいがん》の教えを聞いたことがある。彼は「売り物に念を入れ」、「少しも粗相《そそう》せずにして売り渡」し、「是《これ》まで一貫目《かんめ》の入用を七百目にて賄《まかな》い、是まで一貫目有りし利を九百目あるようにすべし」と言った。

このとおりだ。念を入れるとは、品質に気を配ることだ。とにかく良い品を売らねばならない。少しも粗相せずとは、間違いなく客に品物をお届けすることや最高の奉仕をすることだ。

そして一番重要なのが、「一貫目の入用を七百目」のところだ。これは店の経費をとにかく切り詰める努力をして、客に利益を得てもらうようにすることだ。他の店が一貫目の利益を得ているなら、安田屋は九百目にする。一貫目の利益の客が一人より、九百目の利益の客を二人獲得するほうが安田屋の本当の利益になる。このためには自ら率先して働くことだ。徳蔵の他にも使用人を増やすつもりだが、どれだけ使用人を増やしても彼らより働かねばならない。

「金は使えば減る。しかし努力から生み出される力は、努力すればするほど豊富になる。成功するには、この力を増やさねばならない。それにはお客様を世話になった方々だと思い、とにかく尽くすことだ。お客様に喜んでもらってこそ商いというものだ」

善次郎は、自らに言い聞かせた。

「いらっしゃいませ」

通りに人が出始めた。まだ開けている店はない。

「おう、この店は早い開店だな。安田屋か」

通行人が看板を見上げる。

「新参者ですが、よろしくお願いします。仕入れ値同様の安い値段で売っております。物は一流ですが、値段は安いのが自慢です」

善次郎は腰を低くする。

「開店祝いの景品はつくのかい」

「景品はございません。しかしその分、どの店より安く売らせていただきます」

善次郎は、明るく言った。

「ほほう、その心意気がうれしいね。じゃあ、この鰹節をもらおうか」

客が鰹節を指差す。

「お客様なら、こちらの方が品がよろしゅうございます。こちらをお買い求めください」

善次郎がもっとも高級な鰹節を取り、丁寧に表面を払うと、つややかに輝いた。

「それが本当は欲しかったが、私の懐《ふところ》具合では高すぎる」

「お値段は、先ほど申し上げましたように徹底して安くさせていただきます。お値段は、これで結構です」

「おおっ」

客の顔が、思わずほころんだ。思いがけないほどの安さだ。

「いいのかい？」

「結構でございます。その代わり安田屋は、品は良い、値段は安いとなにとぞ評判を広めてください。お願いいたします。徳蔵、これをお包みしなさい」

善次郎は、徳蔵に鰹節を渡した。徳蔵は、それを和紙で丁寧に包んだ。

「そんなに丁寧にしてもらわなくてもいいのに……」

「いえいえ大事なお品です。丁寧の上にも丁寧に、心を込めさせていただきます」

善次郎の言葉に、客が、さらにうれしそうな笑顔になった。

「ありがとうよ。安田屋、これから贔屓《ひいき》にするからな」

「ありがとうございます」

善次郎と徳蔵は、客の姿が見えなくなるまで頭を下げ続けた。

2

安田屋の主な商売は、両替である。

手数料は、一両につき十文から二十文程度だった。この他にも両替商は、持ち込まれる大量の銭を鉄銭と銅銭に選別し、それぞれの相場変動を利用して収益を上げることもあった。手数料、相場のいずれにしても多くの銭を扱うことが収益を増やす基になる。

善次郎は、徳蔵と必死で銭を集めた。

善次郎自ら朝早くから、銭が集まる風呂屋などを、大八車を引いて御用聞きに回った。

「両替の御用はありませんか？」

善次郎は、江戸中を歩き回った。行商をしていた頃に、江戸の地理を隅々まで頭に叩き込んだことが役に立った。

今まで両替屋が御用聞きに出向いてくれるなどということはなかった。商売をしている者にとっては大助かりだった。なにせ一文銭六千五百枚（＝一両）は、二十五キログラム前後もある。十両の両替をしようと思うと、両替屋に二百キログラム以上もの銭を運び込まなければならない。

「安田屋は、こまめに来てくれる。大助かりだね」

「安田屋が来てくれるまで銭を集めて、とっておこう」

開店してすぐに評判が評判を呼び、あちこちから「うちへも来てくれ」と声がかかるようになった。

「徳蔵、お前の力が役に立っているよ」

善次郎は、徳蔵を励ました。

両替屋の使用人は、力が強くなければ勤まらない。長さ一・二メートル、幅〇・六メートルもの袋に銭を詰め込み、麻縄でしばった財布ともいうべきものを担ぐ。これだけでも約二十六キログラムから約三十キログラムもあった。これが担げないと一人前扱いされなかったのだが、徳蔵はその倍を担ぐことができた。約五十キログラムから約六十キログラムの銭袋を担いで通りを早足で歩く徳蔵の姿は、そのまま安田屋のいい宣伝になった。あんなに働き者の丁稚がいる両替屋に任せよう、あの安田屋は評判がいいから、あのようにたくさんの銭を担いでいるのだと人々は噂した。

「めっそうもございません。旦那様には敵《かな》いません」

徳蔵は陽気に笑った。

善次郎も約二百キログラムの銭を積んだ大八車を引き、数キロ先の得意先と店との間を一日に何度も往復していた。

当時の両替商には、本両替と銭両替があった。

本両替は、幕府、大名家などに出入りし、金貨、銀貨の両替などを行なっていた。銭両替は、銅銭、鉄銭などの両替を庶民や本両替商との間で行なっていた。

規模の大きさから言えば、本両替商が大きく、十軒ほどだった。銭両替商は小さいが、六百四十三軒もあった。当然、善次郎の安田屋はもっとも零細《れいさい》な銭両替業者だった。

銭両替商の中にも金貨、銀貨も扱う者と銭のみを扱う者とにわかれていた。金貨、銀貨を扱う者は、三組両替といわれ、神田組、三田組、世利組の三つの組があった。

善次郎の当面の目標は、早く三組両替になり、金貨、銀貨の両替取り扱いをすることだった。銭のみを扱うより、利益は大きい。

そのためにはとにかく多くの両替を取り扱うことだと思い、善次郎は、朝早くから大八車を引いて、銭を集めて回り、両替の実績を積み上げていた。

開店後二か月で、商いは銭両替取引が二、三十両、乾物小売が七、八両にもなった。安田屋は商売熱心だという好意的な評判が、両替商仲間の間でも話題に上るようになった。

「なんとか三組両替に推挙してもらえないでしょうか」

善次郎は、前の主人広林の林三郎に頭を下げた。

「お前の評判は聞いている。朝は、まだ明けぬうちから、夕は暗くなるまでよく働いている。しかしまずやるべきことは文久銭投機の始末をつけることだ。それがつけば推挙してもいい」

林三郎は言った。

二百七十五両で集めたあの文久銭は、今町の問屋場に預けたままになっている。そして投資してくれた安藤、佐藤の両家にも返済をしていない。

「わかりました。早く始末をつけます」

「それがいい。今、あれを処分しても当初目論《もくろ》んだ利益は出ないだろうが、安田屋の善次郎はなにごとにもきちんと始末をつける商売人だという評価が大事だ。それが信用というものだろう」

林三郎は諄々《じゅんじゅん》と諭《さと》した。

善次郎がこの安田屋を興《おこ》したのも、支えてくれた多くの人に報いるためだった。その中でも、自分を信用し、多額の資金を投資してくれた両家には、特に報いなければならない。

「それはそうと、お前も一家を構えたわけだ。嫁をもらわないか」

「嫁ですか?」

「ああ、岡安さんとの縁組はお前の不始末もあり、残念な結果となった」

林三郎の顔が、わずかに曇った。

「申し訳ございません」

善次郎は、別れたチカの顔を思いだし、ふいに涙ぐんだ。

「嫁をもらうことも信用を得ることになる。いつまでも一人ではいかん」

「お話、ありがたきことだと感謝いたします。しかし……」

「なに、嫁をもらうのは嫌なのか」

「いえ、そうではありません。大変、僭越《せんえつ》ではありますが、条件があります」

善次郎は、顔を上げ、林三郎を見つめた。

「なに? 嫁取りの条件とな?」

林三郎は、怪訝《けげん》そうな顔をした。

「私の嫁となりますものは、第一に、お客様は商人にとって出世の神様、とにかくお客様を大切にする親切心があること、第二に、夫婦共働きの精神でいる女性で、女中仕事の労をも厭《いと》わぬ心がけがあること、第三に、倹約を旨《むね》とし、当分の間は絹布《けんぷ》でなく木綿《もめん》の着物で我慢する女性であること、以上であります」

善次郎は、再び深く頭を下げた。

「よく承知した。お前の条件に合う娘を探そう。実は、心当たりがあるが、先方にも条件があるかもしれんからな」

林三郎は、声を上げて笑った。

「よろしくお願いします」

善次郎は力強く言った。

3

七月、善次郎は今町に出かけ、問屋場に預けていた文久銭を売却した。まったく利益は上がらなかったが、仕入れ値程度で処分できたことでよしとせねばならなかった。

「これで投資資金を返済しよう」

善次郎は、秦野《はだの》に赴《おもむ》き、安藤、佐藤の両家に返済した。

安藤六郎左衛門は、善次郎の誠実な態度を大いに評価し、「何かと新しい商売には資金も必要でありましょう」と言った。

「本音を申せば、商売が思った以上に順調に大きくなっておりまして、それにつれて資金も必要となっております」

善次郎は、素直に実情を話した。

「それならば投資のつもりで五十両ほど、お貸しいたしますが、いかがかな」

安藤は提案した。

善次郎は、迷惑をかけた安藤家から、貸し付けてもらえることに小躍《こおど》りしたくなるほどうれしくなった。これが信用というものなのだ。誠意を尽くせば、誠意が返ってくる。

「ぜひお願いいたしたく思います。よろしくお願いいたします」

善次郎は、深々と頭を下げた。


善次郎は、懸案の文久銭投機の問題が片付いたため、以前にも増して働いた。

「いらっしゃいませ」

善次郎は、店に現れた若い女性に声をかけた。美しい女性だ。

「この海苔《のり》をいただきとうございます」

「承知いたしました」

善次郎は、その女性が注文した海苔を点検し始めた。そして日に焼け、色が褪《あ》せているようなものは、取り除いた。

「いつものように点検されてお売りになるのですか」

「はい、お客様に満足していただくためには、いい品をお渡ししないといけませんから」

善次郎は、手を休めない。

「別の店では、質の悪いものをわざわざ混ぜて、高く売るところもあると聞きますが……」

「他の店は、他の店です。安田屋はいい品を、どこよりも安く提供することを喜びと思って、商売をしております」

善次郎は、ようやく点検を終え、海苔を丁寧に和紙で包み、きちんと紐《ひも》をかけた。

「丁寧ですね。こちらも気持ちよくなります」

女性は、うれしそうに微笑《ほほえ》んだ。

「お客様にご満足いただくのが、商売人にとりまして無上の喜びでございます」

善次郎は真剣な表情で答えた。

女性は、「京橋や銀座界隈《かいわい》でも安田屋がいいという評判を聞いておりますが、それに違《たが》わぬのに感心いたしました」と、海苔を大事に抱《かか》えて帰っていった。

「きれいな人でしたね。旦那様」

徳蔵が、善次郎の耳元でささやいた。

「ああ、どこかのお武家様にお仕えしているのだろうね」

善次郎は、女性が立っていた場所をいとおしむように見つめた。

「あんな方が、旦那様の奥様になれば、安田屋も一層、繁盛いたしますよ」

「徳蔵、莫迦《ばか》なことを言っていないで、銭の集金を頼みます」

善次郎は、叱るように言った。

徳蔵は、大八車を引いて飛ぶように店を出て行った。

数日後、林三郎が訪ねてきた。

「相変わらず、繁盛しているな」

「おかげさまでございます」

「安田屋の評判が高いので、私もうれしいよ。ところで話があるのだが……」

林三郎は、神妙な顔で言った。

「なにごとでございますか。何か不始末でも……」

善次郎は不安に襲われた。

「ははは……。嫁取りの話じゃよ。ちょっと時間をもらっていいか」

林三郎は笑い出した。

「あまりに深刻な顔をしておられましたので、なにか間違いを起こしたのではないかと心配になりました。承知しました。お話を伺います」

善次郎も笑った。

林三郎が、持ち込んできたのは、田所町《たどころちょう》の御刷毛所《おはけどころ》京屋弥兵衛《やへえ》商店の藤田弥兵衛の四女さだとの縁組だった。

田所町は善次郎の店から、北に上がってすぐの場所だ。京屋弥兵衛商店のこともよく知っている。両替商売の取引先でもある。真面目な商売で名が通っている。

「京屋さんの娘さんなら間違いはないと思うが、どうか？」

林三郎が訊《き》いた。

「どういうお方でしょうか？」

善次郎は尋ねた。

「今、二十一歳だが、十二歳で毛利《もうり》様のお屋敷に奉公なさって、大変厳しくしつけられ、茶の湯、いけばななどなんでもこなされる。ゆくゆくはお屋敷の奥向きを取り仕切る立場になられるおつもりだったようだが、この度、戻っておいでになった。それでいい縁はないかということになったのだ」

「もったいないお話ですが、武家奉公されていたお嬢様に、こんな狭苦しい店での商売が勤まるでしょうか？　先日、申し上げました嫁取り三か条のことは、ご承知だとは思いますが……」

善次郎は、わずかに眉根《まゆね》を寄せた。

武家に奉公した女性に、朝から晩まで働きづめの商家の嫁が勤まるわけがない。

「承知している。しかしとてもいいお嬢様でな。なんでも安田屋に嫁《とつ》ぐのならいいと言っているそうだよ」

林三郎が意味ありげに笑みを浮かべた。

「えっ」

善次郎は驚いた。その女性は、この安田屋に来たことがあるのか。ふと、先日、海苔を買いに来た美しい女性を思い浮かべたが、いやいやと強くかぶりを振った。

「なにか、思い当たる節でもあるのか」

「いえ、なにもございません。こうやって旦那様から、お話をいただくのもなにかの縁でございます。お受けいたします」

善次郎は答えた。

「それでは早速、紹介する手はずを整えよう」

林三郎は、弾んで帰っていった。

数日後、場所を改めて善次郎は、嫁候補の紹介を受けた。

「あなたは……」

善次郎は、挨拶《あいさつ》をし、顔を上げたときに女性を見て驚いた。

女性は、くすっと小さく笑った。

あのときに海苔を買いに来た女性だった。するとあれは、彼女なりに亭主となる男の下検分に来たのだろうか。なかなか慎重な女性だ。

「御刷毛所京屋弥兵衛の娘、さだでございます」

彼女は丁寧に頭を下げた。

「なぜ商家に嫁ごうと思われたのでございますか」

善次郎は、彼女を気に入っていたが、あえて訊いた。

「武家は、扶持高《ふちだか》で身分に上下がございます。そのようなことに汲々《きゅうきゅう》としておりますより、商人のほうが、独立独歩、努力次第で道を切り開くことができます。父を見ておりまして、やはり商人のほうに魅力を感じました」

さだは思いのほかはっきりと答えた。その答えは、武士嫌いの善次郎の考えと一致するものだった。

「商人は、朝から晩まで働きづめでございます。また商売も上手《うま》くいくときばかりではございません。むしろ悪いときのほうが多いのでございます。贅沢《ぜいたく》もできません。それでもよろしいのでございますか」

善次郎は、長く武家奉公をし、贅沢が身についている彼女が果たして商人の嫁になれるだろうかと不安だった。

「よろしくお願いいたします」

さだはきっぱりといい、頭を深く下げた。

この年の十一月、善次郎は、さだと結婚した。さだは、結婚と同時に房《ふさ》と改名した。

4

房は、武家奉公していたとは思えないほど、すぐに安田屋に馴染《なじみ》、善次郎や徳蔵よりも朝早く起き、朝食の準備をし、店先を掃き、水を撒いた。

「奥様、私のやることがなくなってしまうではありませんか」と徳蔵が苦笑いすると、房は、「あなたは両替の銭を集めてこなくてはならないでしょう。がんばってください」と言って笑った。

太郎兵衛《たろべえ》と捨次郎《すてじろう》が安田屋にやってきた。

二人とも今では立派に一家を成し、両替などを扱う商人になっている。

「近所で噂だよ」

太郎兵衛がにやりと笑いながら言った。

「どんな噂が立っているんだい？」

善次郎が難しい顔で訊いた。

「結婚したら、当面は、さすがの安田屋も朝は遅くなるだろうと思っていたら、以前より早くなったという噂だ」

太郎兵衛は笑った。

「いやあ、働き者の女房をもらった善次郎さんは果報者だ」

捨次郎が大げさに喜んだ。

「なんだい、そんな噂かい。女房をもらったら、今まで以上に働くのは当然のことじゃないか。さあさ、私は会所《かいしょ》に行って銭の売り買いをしなけりゃならないから、もう行きますよ」

善次郎は、照れ隠しもあって、急いで二人のそばを離れようとした。

「善次郎さん、いい知らせを持ってきたんだ。油を売りに来たわけじゃない。ご希望通り三組両替に入れたよ」

太郎兵衛が言った。

「本当か」

善次郎は、太郎兵衛の胸倉をつかまんばかりになった。

「本当だよ。善次郎さんの熱心さが認められたんだと。これで晴れて金貨、銀貨も扱うことができるよ」

太郎兵衛は言った。

「ありがとう。うれしいよ」

善次郎は言った。

「礼を言うのは、こっちだよ。善次郎さんが、がんばっているから、私らもがんばれるんだ。お互い切磋琢磨《せっさたくま》して商売を大きくしていこうじゃないか」

捨次郎が言った。

「おうい、房」

善次郎は、店の帳場にいた房を呼んだ。

「はい」

明るい声で返事をして、房がやってきた。

「喜べ。三組両替にならせていただいた。これで商いが、ぐんと増える」

善次郎は、力強く言った。

「また忙しくなりますね」

房が笑顔で答えた。

「房さんは、女善次郎みたいによく働くね」

太郎兵衛が言った。

「女善次郎か。上手いことを言う」

捨次郎が囃《はや》し立てるように手を叩いた。

「嫌ですよ。私には房という名前がちゃんとありますからね」

房は、善次郎と顔を見合わせ、微笑んだ。

その夜のことだ。

「ようやく五十両の金が貯まった。この金を元手に、金を貸す商売も本格的に始めようと思っている」

善次郎は房に言った。

「お店に買いに来られてお金が足りないとおっしゃる方がいらっしゃいますから、そういう方が重宝《ちょうほう》されますね」

房が同意する。

「それに遠くから江戸にやってきて、金を次に来るまで預かってくれという人もいる。そんな金も預かろうと思う。その人には、一両につき一銭六厘《りん》の預かり料、利息を払う。その金を信用できる人に五銭の利息で貸す。うちには三銭四厘残る計算だ」

両替商の中には、善次郎がやろうとしているように預金、貸出金という金融に手を出す者も現れ始めていた。

「上手くいくといいですね」

房は答えながら、「あらっ」と不安そうな顔をした。

「どうした？」

善次郎が訊いた。

「今、玄関で物音がしました。見てきます」

房が立ち上がった。

そのとき、がたんと大きな音がした。房が、急いで玄関に向かった。

「誰ですか」

房の大きな声が聞こえた。

「房！」

善次郎も急いで玄関に向かった。

房の前の暗闇の中に人影があり、その手の先にはかすかに何かが光っている。刀だ。

「房、大丈夫か」

善次郎は、房の肩を抱いた。

最近、両替商が強盗にあう被害が多発していたのだが、まさか自分の店に押し入ってくるとは思いもよらなかった。

男は、太い声で「そこに座れ」と言った。

「うちにお金などありませぬ」

房が、気丈に言った。

「嘘をつくな！」

男が手に持った刀を振り上げた。

殺されると善次郎は目を閉じ、首をすくめた。

「うっ」

房の呻《うめ》き声が聞こえた。

善次郎がゆっくりと目を開けると、房が善次郎をかばっている。

「どうした？」

「大丈夫です」

房が、指を握り締め、苦痛に顔を歪《ゆが》めている。

「見せてみろ」

善次郎が、房の手を取ると、生温かいものが手についた。房の血だ。

「金さえ出せば、命は取らない。大人しく金を出せ」

男は言った。

「金は座敷にある。持っていけ」

善次郎が、男に言った。

「俺が、金を取りに行っている間に、人を呼ぶのだろう」

「そんなだますようなことはしない。安田屋は信用が一番だ。それより女房の怪我《けが》を早く医者に診せねばならない」

善次郎の言葉を聞き、男は座敷にあった五十両の金を全部持って行ってしまった。

善次郎は男がいなくなったのを確認すると、玄関の明かりをつけた。

「房、手を見せろ」

房の手の指が深く切れている。善次郎は、手ぬぐいを引き裂き、房の指に巻いた。

「もうダメだ。せっかく貯めた五十両をすべて持っていかれてしまった」

善次郎は、がっくりと肩を落とした。

「しっかりしましょう。また働いて取り返しましょう」

房は、固く縛った手ぬぐいを血で赤く滲《にじ》ませながら、善次郎を励ました。

「そうだな。ここで力を落としてはダメだ。強盗など、何人でも来い。強盗も客のうちだ」

善次郎は、房に笑いかけた。

「その意気です。私も今まで以上に働きます」

房は善次郎を見つめた。

「私は、これ以上ないいい女房をもらったようだ」

善次郎は、夫婦の絆が深まったと強く感じた。

当時、江戸の貨幣事情は混乱を極めており、既存の両替商は積極的な事業の展開を控えていた。そのため、善次郎のような新興の両替商の業務が拡大する余地があった。

また善次郎には、天性の相場観があり、会所ごとの銅銭、鉄銭の相場の差を利用して着実に利益を上げた。両替を中心に日々の商いは百両以上にもなり、利益も毎月十両から十五両もあがるようになった。善次郎の積極的な営業姿勢が評価され、日本橋両替町組の肝《きも》煎《いり》（幹事）にも選ばれた。

この勢いのまま、慶応二年（一八六六年）四月一日、善次郎は、日本橋小舟町《こぶなちょう》に新しい店舗兼住居を買い求め、転居した。店名を「安田商店」と改めた。

店舗は、間口が二間《けん》半（約四・五メートル）、奥行き三間半（約六・四メートル）の約九坪（三十平方メートル）で、土蔵がついていた。

小舟町三丁目は、西堀留川沿いにあり、この一帯には乾物屋、小間物屋、金物屋などが軒を連ねていた。太郎兵衛、捨次郎の店も近くにあった。

「房、また今日から、新しい出発だ」

善次郎は、房を見つめた。

「はい。しっかり働きましょう」

房は明るく答え、店先に水を撒き始めた。

善次郎は、どんなときにも明るさを失わない房の後ろ姿にそっと手を合わせた。

第十七章　商機

1

日本橋小舟町《こぶなちよう》の店から北へ、神田に向かって善次郎はいそいそと歩いていた。神田和泉橋《いずみばし》通りに喜八郎《きはちろう》が、大倉屋銃砲店を開店した祝いに行くのだ。めでたいことのために歩くのは、自然と早足になる。

安田商店が開店して一年。真面目《まじめ》にやってきたおかげで儲《もう》けも六百五十九両にもなった。最初に二十五両で始めたことを思うと、夢のようだ。両替町組の肝煎《きもいり》（幹事）にも選ばれた。ますます励まねばと思うが、それにしても近頃は、江戸も物騒《ぶつそう》になった。喜八郎が、銃砲店を始めたのは、さすがに機を見るに敏《びん》だと感心する。

時代を読む能力に喜八郎は、長《た》けている。開店祝いのついでに時勢について相談をしたい。善次郎は、祝いの酒を大事に抱《かか》えていた。

道の向こうから、徒党を組んで歩いてくるのは、貧窮組ではないか。善次郎は、酒を抱えて、脇道に避《よ》けた。

こっそり覗《のぞ》いていると、百数十人もの男女が、筵旗《むしろばた》を掲げ、商店に入っては、食べ物を勝手に奪い、食べてしまう。彼らは、物乞いではない。中には、貧窮組に入らなければ、仲間はずれにされるので、それを恐れて加わっている者もいるらしい。

この間までは下谷《したや》や浅草で騒いでいただけだったが、最近は日本橋界隈《かいわい》にも現れ始めた。先ごろ、日本橋の唐物屋《からものや》に押し入り、彼らが食べ物を要求したら店の者が、ないと断った。すると激昂《げっこう》して、店を叩き壊してしまったという噂だ。だんだん乱暴狼藉《ろうぜき》が過ぎるようになってきた。これも幕府が取り締まらないからだ。

やっと通り過ぎた。この酒を彼らに取られたら、せっかくの祝いが台無しだ。

和泉橋に着いた。大倉屋銃砲店の大きな看板が見える。相変わらず威勢がいい。間口《まぐち》は、安田商店とさほど変わらない。

銃砲店といっても店先には、鉄砲は並んでいない。高価な商品であり、取られては元も子もないからだ。西洋式の楽器などが展示してあり、看板を見ないと銃砲店だとはわからない。

「ごめんください」

善次郎は、店の中に入った。

「おお、善次郎さん」

喜八郎が、満面の笑《え》みを浮かべて出迎えてくれた。

「お祝いだよ」

善次郎は、酒を高く掲げた。

「こりゃあ、すまないね。店は、丁稚《でっち》に任せて、奥で一杯やろうじゃないか」

「いいのかい?」

「ああ、うちは店にちょくちょく客が来るわけじゃない。お得意の注文を受けて、私が横浜にまで仕入れにいくのさ」

喜八郎は、言うが早いか、さっさと部屋に上がった。善次郎もせかされるように、それに従った。

目の前に胡坐《あぐら》をかいた喜八郎を見て、善次郎は貫禄が出たと感じた。自信を持って仕事をしているようだ。

「なんだか貫禄が出てきたな」

善次郎は、喜八郎の湯飲みに酒を注《つ》いだ。肴《さかな》はない。

「けっこう命懸けだから」

喜八郎は、湯飲みを持ち上げると、一気に飲んだ。善次郎も、同じように一気に飲んだ。二人は、同時に息を吐いた。

「美味《うま》い酒だ」

「喜八郎さんの祝いだから」

「善次郎さんのおかげで助かっているよ」

「なんのことだい？」

「安田商店の封印は信用があってね。そのまま受け取ってくれるし、それを使っている私の信用にもなっているんだ」

「うちは間違いないからね。贔屓《ひいき》にしてくださいよ」

善次郎は、喜八郎にほめられてうれしくなった。

安田商店は、本来は、本両替にしか認められていない小判の「封印」業務を始めていた。今までその業務を担っていた本両替商が、物騒な世の中に不安を抱《いだ》き、休業したり、大量の小判を扱う「封印」を止めてしまったりしたために、善次郎など新しく両替商になった者たちがその業務に参入していた。

銀貨や金貨は、一枚一枚ばらばらではなく、一定単位で包まれて流通していた。

まず金座や銀座で製造された金貨や銀貨は、座包みという作業で百両、五十両などに包まれて市中に出て行く。市中で流通する過程で金貨、銀貨の包みが解かれると、それらを両替商が集める。そこで真贋《しんがん》などを鑑定し、再度百両、五十両などに包みなおす、包み替えを行ない、「封印」する。このとき、両替商は鑑定と包み替え手数料を得る。それは百両包み（二分金《ぶきん》）一個で銀二匁《もんめ》にもなった。銭両替よりも遥かに利益が高かった。

「いい時代になったね」

喜八郎が、また湯飲みになみなみと酒を注いだ。

はて？　奇妙なことを言うと善次郎は首を傾《かし》げた。先ほどもここに来るときに貧窮組に出会ったし、本両替商も休業が相次いでいる。善次郎が世話になっていた広林《ひろりん》も休業してしまった。決していい時代ではない。

「善次郎さん、納得のいかない顔だね」

喜八郎が笑った。

「お前さんが、いい時代だとか言うものだから、なぜかなと思ったのさ」

「いい時代だ。上も下もない。武士が威張《いば》りくさった時代はもう終わりだ。これからは俺たちの時代だよ。なんでもできるぞ」

喜八郎は、鼻の穴を思いっきりふくらませた。

「物騒な時代だと思っていたが、そうじゃないというんだね」

善次郎は、改めて訊《き》いた。

「包み替えも本両替が休業するほど物騒になったから、善次郎さんがやれるようになったんじゃないのか」

喜八郎の言うとおりだ。十軒ほどあったが、それらが少なくなったから安田商店に仕事が回ってきたのだ。

善次郎は、納得して頷《うなず》いた。

「今、世の中は、混乱している。諸国の大名も徳川様の言うことを聞かなくなっている」

「もうすぐ幕府も終わりだというのか」

酒の酔いが、急にさめる。

「それはわからない。しかし戦《いくさ》が始まると思う。そのせいで俺は非常に忙しい。それほど日を空けずに横浜に行き、アメリカのウォルスフォルやオランダのガイデンハイマーなどから武器を買うんだ」

喜八郎は、横浜行きがいかに困難かをとくとくと話した。

夜に江戸を発《た》ち、東海道を駕籠《かご》で走る。鉄砲を仕入れるために注文主から相当な金を預かっている。これは命より大切だ。駕籠の天井や、座布団の下に隠すのだが、駕籠かきが大金に恐れをなして、落ち着かない。いつものように軽快に走ってくれない。

「いかにも大金を積んでいるよとでも言いたげに、きょろきょろしながら走るんだ」

喜八郎は、愉快そうに言う。

「わかる、わかる。私も両替の金を大量に運ぶときは、どうも心ここにあらずという雰囲気になる」

善次郎も笑う。

六連発の短銃を二挺、駕籠の中に忍ばせておく。もし盗賊が来たら、これで撃退する。喜八郎が短銃を構える恰好《かっこう》をする。

「撃ったことは?」

「まだない」

喜八郎の返事に、善次郎はほっとする。まさに命懸けだ。

「俺は、性能のいい銃を安く売ることに徹している。だから評判がいい。全国から注文が来るんだ」

喜八郎は、ぐいっと酒を飲み干した。

「諸国の大名に、そんなにたくさんの銃を売ってもいいのか?」

善次郎は、心配して訊いた。

「幕府にも売るさ。どこにでも売る。金払いがいいのが、俺の客だ」

喜八郎の割り切りが、すがすがしい。

「時代の風が、喜八郎さんに吹いているんだな」

「なんの、善次郎さんにも吹いている。今、成り上がらなければ、成り上がる機会はない。乱こそ商機だ。見極めながらも危険を承知で商売をする。その勇気が利をもたらすのさ。誰もが怖がってやらないことが商機になる。誰もがやることは商機ではない」

喜八郎の言葉に、善次郎は胸を動かされた。

2

「それはやるべきだ」

喜八郎は、断固として言い切った。

善次郎が、相談したことに対する答えだ。

それは幕府からの古金銀貨集めの依頼だった。

幕府は、質を落とした金貨、銀貨を発行するために、市中に流通する古い金貨、銀貨を集める必要に迫られていた。

財政難という理由もあるが、もうひとつは、日本の金貨の海外流失を止めねばならないからだ。

日本の金と銀の交換比率は、金一に対して銀五だったが、欧米では金一に対して銀十五だった。すなわちこの差額を利用すれば金一につき銀十の利益を得ることができるのだ。

安政《あんせい》五年（一八五八年）の日米修好通商条約などにより、諸外国と日本の間では、
一、各外国貨幣は日本の国内でも通用すべきこと
二、外国貨幣と日本貨幣との対比は同種同量を以《も》って通用すべきこと
三、銅銭を除くすべての日本貨幣は輸出せらるべきこと

と取り決められていた。

そこで外国商人たちは、洋銀といわれるメキシコ銀（二十六・八グラム）を横浜の運上所（税関）に百枚持ち込み、同じ銀貨の安政一分銀（八・六グラム）三百十一枚に取り替える。これを今度は天保小判七七・七五枚に替える。それを外国に持ち出して地金に交換し、再び洋銀に交換すると約三百枚になり、労せずして儲かる計算になる。このため多くの日本の金貨が流出する事態となった。

幕府は、この事態に慌て、金銀の交換比率を欧米並みに変更する必要に迫られ、金貨の質を落とすべく万延《まんえん》小判を製造する。そのためには古い金貨、銀貨を集めねばならない。しかし混乱した世相のため、従来、古金銀貨回収を担っていた本両替商が盗難などを恐れてやろうとしない。そこで銭両替商の中でも、信用のある安田商店に頼んできたというわけだ。

「友人の外国商人が言っていたが、懐《ふところ》に十ドルしか持っちゃいないケチな山師外国人も一日に数十ドルの現金を動かして、銀を金に替え、さらに金を銀に替えるだけで横浜に家を一軒構えたって話だ」

喜八郎は、横浜でいかに日本の金貨が流出しているか、その様子を話した。

実際、横浜に何度も足を運んでいる喜八郎の話だけに説得力があった。

「もっと酷《ひど》い話をしてやろうか。ある外国商人は、運上所に二億五千万ドルもの洋銀を交換しろと言ってきた」

「二億五千万ドルだって」

「それに驚いちゃいけない。ある日の運上所の帳簿に書かれたドルの総額は、十二垓《がい》六十六京《けい》六千七百七十八兆二千四百四十六億百六万六千九百五十三ドルになったっていう話もある」

喜八郎は、目を丸くして話した。

「まるでお釈迦《しやか》様の数字じゃないか……」

善次郎は、その天文学的数字に驚いて言葉を失いそうだった。

「それじゃあ、まさにこの国がオシャカになってしまうっていうんで外国商人たちが自《じ》粛《しゆく》したんだが、このまま放置していたら幕府は早晩、倒れることになる」

喜八郎の目が据《す》わった。

「だから私に古金銀貨を集めてくれと言ってきたのか」

善次郎の目も据わった。

「幕府は必死なのだ。だから新参者の安田商店にも声がかかった」

「間違いなく商機か」

善次郎は、念を押した。

「間違いなく商機だ。他の本両替商たちは恐れてやらない。商機は乱にありだ」

「しかし古金銀貨を集める資金がない」

「そんなもの幕府に吹っかけてやれ。三千両もあればいいとな」

喜八郎は、にやりと笑った。

「なんと豪胆《ごうたん》な……」

善次郎も笑った。腹は決まった。善次郎は、湯飲みに注いだ酒を一気に飲み干した。

3

「徳蔵《とくぞう》、がんばって集めてください」

善次郎は、徳蔵に市中の古金銀貨を集めるよう指示をした。幕府からは三千両もの大金を借り受けることができた。

房《ふさ》は、その膨大《ぼうだい》な資金を天井や床下に隠した。

「黄金の御殿で寝起きしているようなものですわ」

房が可笑《おか》しそうに言った。

「泥棒には気をつけないとな」

善次郎が資金の隠し場所を点検しながら言った。

「もし入ったら、私がやっつけます」

房は、以前に強盗に傷つけられたことをすっかり忘れてしまったかのようだ。

安田商店には膨大な量の古金銀貨が集まった。交換手数料と、幕府への上納手数料などで百両につき純利益は銀六匁になり、この慶応三年（一八六七年）だけで純利益は千三百二十二両にも上った。

安田商店は、店員も増え、他の両替商と比べても、その勢いが目立つ存在になった。

古金銀貨の交換業務も盛んに行なっていたが、善次郎を喜ばせていたのは、信用のひとことだった。

喜八郎が、安田商店に包み替えしてもらった金貨、銀貨はそのまま流通すると喜んでいたが、善次郎の真贋を見抜く力はぬきんでており、安田商店が封印した金貨、銀貨は市中で非常に信用されていた。

「誇らしいのぉ」

善次郎は、金貨、銀貨に、達者な筆遣いで「安田屋善次郎包」と書きながら、房に言った。

「まことにうれしいことです」

房がつつましく答えた。

「商機は乱にありと喜八郎が教えてくれたが、そのとおりかもしれない。私のような新参者が、世に出る機会を与えてくれそうな気がする」

と思います」

「確かにそのとおりでしょうが、誠実さ、真面目さという仕事の積み重ねがあってこそだと思います」

「そのとおりだ。商機は誠なり、だな」

「失礼を承知で申し上げれば、あなたは平凡なことに、非凡に邁進《まいしん》されるところが良きところだと思います」

房の話に興味を覚えて、善次郎は手を休めた。

「もう少し詳しく話してくれ」

「怒らないですか」

房が、いたずらっぽい目で善次郎を見る。

「怒るものか」

善次郎は、笑みを浮かべる。

「同じ味噌や醤油《しょうゆ》でも人と同じように売っていては、黄河の清きを待つと同じく、いつまでたっても人並み以上にはなれませぬ。しかし人並み以上になろうと思うのであれば、人のできない苦労や辛抱《しんぼう》をしなくてはなりません。たとえば他の店より安く売ることで数で儲けようとか、店の経費を切り詰めるべく、使用人がするところを自分でやるとか、三人でやっていたのを二人にするとか、とにかく人並み以上の苦心と丹誠《たんせい》を尽くす覚悟がなければならないのだと思います。こうした一見、誰でもできそうな平凡に見えることを、非凡にまっすぐ続けること、非凡の邁進こそが、あなたのお力だと存じます」

　善次郎は、房の手を取り、

「今のお前の話は、肝に銘《めい》じておくよ。これからも一時の成功に驕《おご》ることなく、平凡なことに、非凡に邁進していく覚悟だ。よろしくな」

　と言った。

「はい」

　房は、微笑《ほほえ》み、意外なほどの強さで善次郎の手を握り締めた。

　世の中はいよいよ混迷を深め、ついにこの慶応三年十月十四日、十五代将軍徳川慶喜《よしのぶ》は、朝廷に大政奉還し、二百六十四年にも及んだ徳川幕府の世が終わりを告げたのだ。

4

　新しい時代になったのだが、混迷は続いていた。

　慶応四年（一八六八年）一月三日から鳥羽《とば》・伏見《ふしみ》で、新政府軍である朝廷の官軍と旧幕府軍とが争い、内戦が始まった。

　武器を扱っていた喜八郎の仕事は多忙を極めていた。

「いつになったら、この争いは終わるのかな」

善次郎は、ある夜、喜八郎の店を訪ねていた。

四月十一日には、江戸城が官軍に明け渡され、ついに江戸は官軍の支配下に入った。しかし上野の山には、彰義隊《しょうぎたい》を結成した旧幕府軍が立てこもり、内戦はまだ続いていた。

「早晩、終わる。そのときには、武器商人の仕事も終わる。それまでに儲けるだけ、儲けるから、後は、善次郎さん、新しい事業を始めるときは金を貸してくれよ」

相変わらず喜八郎は先を見通したようなことを言う。

「終わるか？」

善次郎は訊いた。

「終わる。始まったものは、終わるのが、世の道理だ」

「しかしこの間は、同業の武器商人が、何者かに殺されたというではないか。喜八郎さんも気をつけろよ」

上野近くで同業者の手代が斬り殺されるという事件が起きていた。

「下手《へた》は打たないように気をつけるさ」

喜八郎は不敵な笑みを浮かべた。

「それにしても次は、どんな世になるのだろうか」

「それはまだわからん。薩長《さっちょう》が中心の官軍が支配して、いい世の中になるかどうかはわからん。混乱は続くだろう。商機は乱にあり、だ。両替の仕事も、他の連中がやらないことをやるようにすればいい」

外で馬のいななきが聞こえた。

「おい、誰かが来たようだぞ」

善次郎が言った。

「こんな夜更《よふ》けに、いったい誰だろう」

喜八郎が、警戒しながら玄関に向かった。

突然、戸が開き、二十人余りの武士が店の中に、どっと入ってきた。

「大倉屋、御用召しだ。すぐ上野へ同道しろ」

馬上の武士が居丈高《いたけだか》に言った。旧幕府軍である彰義隊だ。

「何用でございますか」

「つべこべ言わずにすぐ来るのだ」

武士が喜八郎を取り囲んだ。

「喜八郎！」

善次郎が思わず叫んだ。

「そのほうは、誰じゃ？」

武士が訊いた。

「日本橋小舟町で両替商を営んでおります、安田屋でございます」

善次郎は、平伏した。この場で首を落とされてしまうのではないかと、恐ろしさに体が震《ふる》える。

「安田屋か。評判は聞いておる。古金銀貨回収では、よい働きをしてくれたようじゃな」

「めっそうもございません」

善次郎は、一層、頭を下げた。

「この大倉屋を、ちと借り受ける。なあに心配するな。この男次第だ」

武士は、強い視線で喜八郎を睨んだ。

「私も同道いたします」

善次郎は、平伏したまま言った。

「お前が？」

武士が笑った。

「善次郎さん、大丈夫だ。戻ってくるからここにいてくれ」

喜八郎が、青ざめた顔で言った。

「この男の申すとおりだ。ここで待っておれ。五体満足で戻ってくるにしても、首だけが戻ってくるにしても、いずれにしても受取人が必要じゃ」と、武士は笑いながら言うと、「召したてい！」と叫んだ。

喜八郎は、武士に囲まれ、追い立てられるように連行されていった。

善次郎は祈りながら喜八郎の帰りを待った。喜八郎から旧幕府軍が武器を手に入れようとしているのだろう。もしもそれを断ったら喜八郎の命はない。

「大倉屋！」

玄関の戸が、大きな音を立てて開き、今度は、軍服を着た大勢の兵たちが入ってきた。

善次郎を見ると、「大倉屋はいないのか」と大声で訊いた。

「おりません。今しがた、彰義隊の方が、連れ去りました」

善次郎が答えた。

「遅かったか」

兵たちは、口々に言い、悔《くや》しそうな顔をしながら土間に腰を下ろした。

「私は、喜八郎の友人であります両替商の安田屋でございますが、あなた様がたは、どちら様ですか」

「われわれは、大倉屋に武器を調達してもらっている官軍の者だ。大倉屋が彰義隊に狙われていると聞いて、駆けつけたのだが、一足遅かった。上野の山に連行されたということなら、もう命はないであろう」

官軍の兵の一人が諦めた口調で言った。

「喜八郎さんは、大丈夫です。必ず生きて帰ってきます」

善次郎は、不安な気持ちはあったが、今は、喜八郎の運を信じたい。

「岩次郎《いわじろう》！」

一人の軍服姿の男が入ってきた。

「吉松《よしまつ》！」

善次郎の目の前には、吉松、すなわち富山松之進《とやままつのしん》のたくましい姿があった。

5

松之進は、今では官軍の指揮官の一人になっていた。旧幕府軍は、武士の位が重要だったが、官軍では武士でなくとも実力次第で出世できた。松之進は剣の腕が見込まれたのだ。

「安田商店も隆盛のようだな」

「ああ、おかげさまでな。お前こそ無事でなによりだ」

善次郎は、松之進の顔をまじまじと見つめた。修羅場《しゅらば》を潜《くぐ》り抜けてきたのだろう、厳しい顔つきだが、それでも昔の面影《おもかげ》が十分に残っている。

「大将になっているのか」

善次郎の問いに、「そんなに偉くない」と松之進は笑った。

「江戸は、燃えないか？」

「大丈夫だ。江戸を統治しなければならないから、燃やすことはしない。上野の彰義隊を明日、攻撃する。それで江戸は静かになる」

「上野の山を攻撃するのか？」

喜八郎のことが気になったのだ。

「喜八郎は、助ける。彼は、私の助言で武器商人になって以来、官軍の用をよく果たしてくれたからな」

松之進は、大きく頷いた。

「ぜひとも頼む。これからの世の中には、大事な男だ」

善次郎は頭を下げた。

「なあ、善次郎、世の中はものすごく変わっていくぞ。俺は、必ず生き残って、新政府で仕事をする。その際には、よろしく頼んだぞ」

松之進が、強い調子で言った、そのとき、「帰ってきたぞ。大倉屋が帰ってきたぞ」と見張りに立っていた兵が叫んだ。

善次郎と松之進は、急いで玄関に走って行った。駕籠が止まっていて、そこに喜八郎が笑みを浮かべて立っていた。

「喜八郎さん！」

善次郎は、駆け寄って体に傷がないか調べた。

「大丈夫だよ、善次郎さん。怪我《けが》はない。さすがにお旗本たちだよ。話せば、わかっていただけた」と言い、善次郎のそばにいた松之進を見て、「富山様たちなら、こうはいくまい。きっと殺されていたでしょう」と声を上げて笑った。

「相変わらず減らず口を叩く奴だ」

松之進や、周りの兵たちもつられて笑った。

「よく生きて帰ってきた……」

善次郎は、目を潤《うる》ませながら喜八郎の肩を抱いた。

「上野の山の彰義隊の本陣である寒松院《かんしょういん》に連行されたが、こっちは生きたここちがしなかった。周囲を殺気だった隊士たちに囲まれて、隊長の一人が刀を抜き、『尋ねたことに対して一点たりとも偽りがあれば、その方の命にかかわるから心得よ』と言うから、もう覚悟したさ。しかし答えの終わらないうちに首を落とすような真似だけはしないでくれ、と言ってやった」

喜八郎は、興奮冷めやらぬ顔で上野の山での一部始終を語った。

斬るなら斬れ、殺すなら殺せという覚悟で喜八郎は、彰義隊の隊長を睨み付けた。

彼らは、喜八郎が武器を官軍に売るのが許せないのだ。

「そのほうは、賊軍に武器を売り、われわれが買おうとすると武器はないという。誠に不《ふ》埒《らち》だ」

隊長は、刀を振り上げた。

「私は、商人です。賊軍だとか、なんとかはわかりません。あなたがたはあちらを賊軍といわれますし、あちらに行けばあなたがたのことを賊軍と言われる。私は、西洋人から武器を買いますので、現金をいただける方にお売りするだけです。

ところがあなたがたには、先だって二十挺の鉄砲をお納めいたしましたが、未《いま》だに一文《もん》も代金をいただいておりません。これではお売りできません。現金でお買い上げいただけるなら、いつでもお売りいたします。品物を買って、代金を払っていただけないのは、お客様ではございません。それを不埒であると申されても、合点《がてん》がいきませんと申し上げたのです」

「ほほう、よく言った」

松之進が感心した。他の兵たちも喜八郎の度胸に驚いている様子だ。

善次郎は、愉快になった。

隊長は、喜八郎の話が嘘でないことをすぐに調べ、「潔い奴だ」とほめた。

そして彼は、三日の間に、三百挺の鉄砲の納入を命じた上、警護の者をつけて、三枚橋の駕籠屋まで送ってくれたのだ。

喜八郎は松之進たちに、「私は商人ですから、今から横浜に行き、鉄砲を三百挺、仕入れてこなければなりません。ご心配をしていただき、申し訳ございませんが、これも商人の道でございます」と言い、早速旅支度にかかろうとした。

「ならん」

松之進が厳しい口調で言った。

善次郎は、その迫力に驚いた。

「しかし私は約束をいたしました」

喜八郎も負けてはいない。

「もう数刻すれば夜が明ける。早朝に上野の山に立てこもる彰義隊を一掃《いっそう》する計画だ。今からお前が横浜に行っても無駄だ。商人は無駄な投資はするものではない」

松之進は諭《さと》すように言った。

「喜八郎さん、ここは松之進の言うことを聞いたほうがいい」

善次郎が言った。

「わかった」

喜八郎は言い、上野の山の方角に向けて、小さく頭を下げた。

松之進や喜八郎と別れて、善次郎は自宅に戻った。明け方、東の空が白む頃、上野の山の方角で砲声がとどろいた。

松之進たちの官軍が、彰義隊を攻撃し始めたのだ。

「無事でいてくれよ」

善次郎は、松之進の身を思い、手を合わせた。

第十八章　飛躍

1

安田商店の朝は早い。善次郎自らが、率先して店先の掃除を始めるものだから店員たちは、それより早くから働き出す。

善次郎は、いろいろな地方から店員を雇い入れている。みんな若く、善次郎が直接に会って採用を決めている。

採用の基準は、人物本位であること、秀才であるよりも実直であることだ。

店は店員次第だ。親切で、客に対して気を使うことができる店員がいれば、店は繁盛する。その店員を採用するのには非常に慎重になる。どれほど立派な人の推薦であろうと、学校を出ていようと、それ以上に人物を見なければならない。

たとえば粗末な着物を着ていても、それが清潔であること、手先を見たとき、爪がきちんと切り揃えてあること、面接に来たとき、店先にゴミが落ちていたら、それをさっと拾うことなど、とにかく採用されたいとやってくる若者の皮をめくって、その本質を見抜かねばならない。

そして秀才は採用しないことだ。秀才とは、一を聞いて十ではなく百を知るような人物だが、要するに才気煥発《かんぱつ》だということだ。こういう人物は、どこへ飛んでいくかわからない。商売に秀才はいらない。少なくとも安田商店にはいらない。もちろん才は必要だが、人並みでよい。商売に必要なのは、実務の才だ。実務の才は、実直な人に宿っている。実直な人は、地道な仕事にも飽くことなく励み、周囲の人たちと協調して仕事をすることができる。

善次郎が店員たちに、繰り返し話すのは、正直であることと前垂れ精神だ。

商売は正直でなくてはならない。不正直な商売は、一時的には大きな利益を得ることができるかもしれないが、長つづきしない。しかし正直であれば、信用という目に見えない徳が積み重なる。それが息の長い、安定した商売を生むのだ。

「正直は、商人の第一の徳である」

店員が大きな声で唱和している。このことの深い意味を理解すれば、彼らも立派に育ってくれるだろう。

「みんな、聞きなさい。正直とは、正しいということです。それは明らか、隠さない、間違っていないということです。直は、まっすぐということです。それは誰が見ても曲がっていない、悪いところがない、道理が通っているということです。みんなには誘惑が多いことでしょう。こんなに真面目《まじめ》に正直にやっているのに、なかなか儲《もう》からない、うまくいかないと焦ることもあるでしょう。そうなると、これくらいならとついつい不正直な商売に手を染めてしまうものです。それで繁盛しても結局は失敗します。小さな不正直が積もって、大きな不正直になるからです。正直にやっていれば、それが積もり積もって客が来て、儲かるようになってきます。安田商店は日本一の正直な店です。そこで働くみんなも日本一の正直な店員です。わかりましたね」

善次郎の呼びかけに、元気に「はい」という返事が返ってくる。

「もうひとつは、この前垂れです」

善次郎は、腰に巻いた前垂れをつまんで店員に示した。安田の文字がくっきりと浮かんでいる。

「この前垂れの前では、誰もがお客様です。貧しい物乞いの人であろうと、近所の子供であろうと、誰にもお客様として分け隔《へだ》てなく接するのです。お金持ちだから、身分の高い人だから親切にしようというのでは、本当の商売ではありません。この前垂れの前では誰もがお客様であり、一番大切にする。この気持ちを持っていれば、お客様はどんどん増えるでしょう」

店員たちは、善次郎の言うことをひとことも聞き逃すまいと必死だ。いつかは善次郎のように、自分の店を持ちたいと考えている店員たちばかりだ。善次郎は、まさに生きた教材となっていた。

「お邪魔する」

ぶらりと富山松之進《とやままつのしん》がやってきた。

「久しぶりだな。上がってくれ」

善次郎は、明治新政府の官僚となった松之進、幼馴染《おさななじみ》の吉松《よしまつ》を誇らしげに迎えた。

「相変わらず盛況だな」

松之進は、店員たちの元気な声に迎えられて店の中に入ってきた。

座敷で善次郎は松之進と向かいあった。戦いに明け暮れていた当時の凄惨《せいさん》さはない。新政府の官僚としての重みが体からあふれていた。しかしどこか疲れているようだ。

「店員のあの元気はどこから来るのか教えてくれ。あやかりたい」

「人を使うのに、どれほどの工夫が必要なわけではない。まずは家族と思うことだ。店員たちは、地方から右も左もわからぬ江戸、東京に出てきて、慣れぬ仕事をするわけだ。私にも経験があるが、いろいろな方から、家族のように愛情を注いでもらってきたからこそ今日がある。自分がしてもらったように店員にもしてやりたい」

「なるほどな。他には？」

「これも大事なことだが、一度雇い入れたら、決して馘《くび》にはしないことだ。そうすれば店員は安心して、腰を据えて仕事に打ち込んでくれる。もちろん本人に事情があれば仕方がない。しかし少しでも問題があったら、すぐに馘にするような店主がいるが、これはいけない。店員に問題があるのは、店主に問題があるからという場合が多い。じっくりと理《ことわり》をもって諭《さと》せば、店員は感銘を受け、信頼に足る仕事をするようになる」

「たいした我慢強さだ」

「それに加えて、店員の天性を大事にすることだ」

「天性とは？」

初めて聞く言葉に、松之進は首を傾《かし》げた。

「天性とは、生まれもった性質のことだ。これが長《ちょう》ずるに及び、その人の特徴になってくる。店主は、それぞれの店員の天性を見抜き、適材適所を心がけねばならない。無茶苦茶になんでも仕事をやらせればいいということではないのだ」

松之進は黙って何かを思案している。店員の使い方の話に感じるところがあったのかもしれない。

「天性か……」

松之進がおもむろに呟《つぶや》いた。

房《ふさ》が茶を運んできた。

「お邪魔しています」

松之進が明るい顔で言った。

「いつもうちの人は、松之進様のことを自慢しているのですよ」

房が、茶を前に置きながら言った。

「岩次郎《いわじろう》が？　もとい善次郎殿が私の自慢を？」

松之進がうれしそうに言った。

「幼馴染が、新政府のえらいさんになったって……。ねぇ」

房が善次郎を見た。

「余計なことを言わなくていい」

善次郎が照れた。

「今、善次郎殿から人の使い方を学んでいたところです。剣術と戦いに明け暮れて、どうも人を使うことに慣れておりませんでしたので。でも今、お房殿に会ってよくわかりました。噂どおりだと」

松之進はにんまりとした。

「噂？　どんな噂だ？」

善次郎は気になった。

「善次郎殿からいろいろと伺ったが、安田商店はお房殿がお優しいから繁盛しているという噂です」

「まあ、そんな噂が？」

松之進の話に、房は頰を赤らめた。

「善次郎殿は少し短気なところもあるが、それを補って店を支えているのは、お房殿だということを、今、確信いたしました」

「確かにその噂は、一理あるな」

善次郎は房に言った。

「嫌ですよ。からかわないでください。亭主あっての女房なんですからね」

房は怒った表情をした。

「その謙虚さがいいのですよ」

松之進はおおらかに笑ったが、すぐに真面目な顔になり、「いい女房殿をもらった運のいい善次郎殿に相談したい」と言った。真剣さがにじみ出ている。房は、話の趣《おもむき》が変わったことを悟《さと》り、席を外した。

「なにか心配事があるのか」

善次郎が訊《き》いた。

「私は出が商人だから、新政府では大蔵卿《きょう》の下で仕事をさせていただいている。今、困っているのは財政のことだ。鳥羽《とば》・伏見《ふしみ》などの戦費は三井組、鴻池《こうのいけ》組などに頼った。今も多くのところから借金をして賄《まかな》っているが、それでも賄いきれぬので、四千八百万両もの太政官札《だじょうかんさつ》を発行したのは知っているだろう」

松之進が上目で見つめた。善次郎は、頷いた。

「これの相場が下がっている。誰も引き受け手がいないのだ」

ため息をついた。

「それで私のところにきたのか」

善次郎は訊いた。

「なんとかならないか。このままでは私の仕事としても問題になってしまう。助けて欲しい」

松之進が頭を下げた。

「吉松、そんなに頭を下げてくれるな」

善次郎は、松之進を幼名《ようみよう》で呼んだ。

「岩次郎、なんとかなるか」

松之進も善次郎を幼名で呼び返した。幼い頃の面影《おもかげ》が、顔に戻った。

太政官札は、明治元年に発行された新政府発行の紙幣だが、庶民に信用されず、太政官札百両に対して四十両程度の価値しか認められていなかった。

「私も二千両引き受けている。両替町組への割り当て十万両のうちの二分《ぶ》だが、下がっている」

善次郎は腕を組み、眉根《まゆね》を寄せた。実際、相当な負担になっていた。

「済まぬ」

松之進は苦渋《くじゆう》の表情をした。

「謝ることはない。私たち両替商は天下の仕事をしている。新政府の役に立つことをするのは当然のことだ」

「いずれは正貨で兌換《だかん》することを義務付けるつもりだ。それに新政府を維持するためには税金を徴収《ちようしゆう》せねばならないが、それも太政官札で納付させる」

松之進は熱っぽく語った。

「太政官札の価値を庶民が認めていないというのは、新政府に対して不安を抱《いだ》いているからだ。とにかく早く混乱を収め、国をまとめてもらわねばならない。それがまず肝心《かんじん》だ」

善次郎は、国家が破綻《はたん》する現実を見抜いていた。太政官札は、政府の信用で発行する紙幣だが、それに信用がなくなると国内で通用しなくなり、人々は競って金銀などの正貨を求めるようになる。

「そのとおりだ」

「いずれは正貨での兌換を義務付けるのか」

善次郎は訊いた。もし正貨での兌換が義務付けられれば、価格が下落した太政官札の価格維持のために買い集めることで、莫大《ばくだい》な利益を得ることができる。

しかし、それは投機ではないのか。善次郎は文久銭《ぶんきゅうせん》投機での失敗を思い出した。あのとき以来、投機は厳に慎《つつし》むことにしたのだが……。

善次郎は、松之進の真剣な顔を見つめていた。新政府の財政は窮迫している。準備金が枯渇《こかつ》した場合は、太政官札はただの紙切れになってしまう。そうなれば安田商店は破産だ。それでもいいのか。

「なんとかしよう」

善次郎は、答えた。松之進の表情が一気に明るくなった。

「私は一度、投機に失敗した。それで投機はしないといましめているのだが、これは投資だ。投機ではない。それも松之進という人物に対する投資だ。これほど確実な投資はない」

「そう言ってくれてうれしい。必ず新政府は財政を立て直す。太政官札を反故《ほご》にはしない」

松之進は、力強く言った。

「松之進が言っていたように武士の世は終わった。これからは武士も商人もなく、力を合わせて国を作っていかねばならない。私は、金で、商売で武士の世を生き抜き、武士を凌駕《りょうが》するつもりでやってきたが、武士の世を終わらせてくれた新政府に協力するのは、最も確実な投資だよ」

　善次郎はにこやかに微笑《ほほえ》んだ。

「具体的にはどのようにしてくれるのか」

　松之進は身を乗り出した。

「日本橋の両替町組にも声をかけ、太政官札を買い入れるようにする。それに太政官札を担保にして貸付を行なう。両替商が積極的に太政官札を扱えば、価格の下落は止まる」

　善次郎は自信ありげに言った。

「善次郎の尽力《じんりょく》については大蔵卿にも報告する。必ず商売の支援ができると思う」

　松之進は善次郎の手を握り締めた。

「あまり気を使うな。それよりもできるだけ早く、正貨との兌換を義務付けるようにがんばってくれ。こっちが倒れる前にな」

「承知した」

　善次郎と松之進は、お互いの手を強く握り締め、声を出して笑った。それは遊び、喧嘩《けんか》し、競い合った幼い頃を思い出させた。

「太政官札で貸してくれるのかい」

　客が店員に尋ねている。

「額面百両で六十両、お貸しできます」

　店員が答える。

「けっこう厳しいね」

　渋い顔だ。

「別の担保がございましたら、もう少しお貸し出しを増やすことができますが……」

　店員が頭を下げた。

「まあ、いいや。ひょっとしたら紙くずになるかもしれないお札だ。これで小判を貸してくれるのはありがたい。なにせなかなか太政官札を受け取ってくれないものだから、商売に支障をきたしているんだよ」

　客は太政官札を預け、小判などの正貨を借りて行った。

「どんどん太政官札を預かってください」

　善次郎は徳蔵《とくぞう》に命じた。

2

「預かりもしていますし、買い込んでもおります。大丈夫でしょうか」

　徳蔵は心配そうな顔で訊いた。

「心配するな。私は友情に投資しているから」

　善次郎は微笑んだ。

「旦那様は変わった人だ。友情が担保になるんですか」

「ええ、最も確実な担保です。金を貸すというのは、自分の命を与えるようなものです。ですから人物を見極めねばなりません。金を借りる人には二種類あります。生活のためと事業のためです。私たちは事業のための金を貸さねばならないのです。そこで、その人が真《しん》に事業に成功するか否《いな》かを見極めるのが仕事です。確かに貸す以上は担保を取りますが、それは本当の貸し出しではありません。人物を見極めることに努めねばなりません。人物さえ見極めれば、担保がなくとも貸してもいいのです。それこそが真の貸し出しです」

「わかりました。友情という情実で貸されている、投資されているのかと心配いたしましたが、人物を見極めておられるのですね」

　徳蔵は、善次郎の言葉に納得したのか、大きく頷いた。

「私は松之進を信じている。友情とは厳しいものだ。裏切ることができないからね」

「貸出先は皆様、旦那様と固く結ばれているからこそお貸し出しになるのですね」

「そのとおりだ。とにかく何度も事業計画を聞き、人物を見極めること。担保に貸すのではなく、人に貸して欲しい。これを店員たちにも学んで欲しい」

善次郎の指示を受けて、安田商店は、積極的に太政官札を買い入れ、またそれを担保とする貸し出しを進めた。

しかし太政官札は下落を続け、額面百両が三十九両までになってしまった。それでも太政官札の買い入れや担保貸し出しを進める善次郎に、徳蔵も肝《きも》を冷やしていた。

安田商店の資金だけでは資金が回らなくなり、善次郎はひそかに風呂屋の捨次郎《すてじろう》こと増《ます》田屋《だや》捨次郎、飴屋《あめや》の太郎兵衛《たろべえ》こと矢島《やじま》屋太郎兵衛、さらに柿沼谷蔵《たにぞう》、長井利右衛門《りえもん》らから資金を調達した。

善次郎への信用は非常に厚く、長井利右衛門は、蔵の中に善次郎を案内し、「あれを持っていきなさい」と千両箱を指差した。

明治二年（一八六九年）四月二十九日、政府は太政官札を「正金《しょうきん》同様通用可」とする布告を出した。太政官札は正貨と同価値で兌換できることになった。無理やり価値の下落を止めたのだ。松之進の言うとおりになった。

「えっ、元値のまま返却するのですか」

徳蔵が、目を丸くして驚いた。その目には抗議の色も浮かんでいた。

客は横浜の肥前屋《ひぜんや》だ。太政官札を担保に四万両を借りて行った。ところが太政官札は、担保として預かったときは額面百両につき八十両の価値があったが、三十九両に下がっても善次郎は担保流れにしなかった。他の両替店ではこれほどまでに下落すると担保流れにしてしまっていた。

しかし善次郎は、担保で預かった太政官札がいくら下落しようとも担保流れにせず、正常に返済されていれば定められた利息しか取らない。そして貸し出しが完済されたら、客に太政官札をそのまま返却するというのだ。

他の両替店では、担保流れで安く取得した太政官札を自ら兌換し、その価格差を利益としていた。

しかし善次郎は、担保は客のものであり、貸出金が正常に返済されれば担保となった太政官札を返却したため、兌換の価格差の利益は客が受け取ることになる。今から考えれば当然といえば当然だが、当時としては、極めて客の利益を考えた措置《そち》だった。

徳蔵は、みすみす儲けを少なくしているように思い、善次郎の措置に不満を持ったのだ。

「客に利益をとってもらうのが商人の務めです。私たちには信用という利益が積み重なります」

善次郎は、涼やかに徳蔵を諭した。徳蔵は、善次郎の言葉に納得し、自分が仕える主人は、真の商人であると誇らしく思った。

実際、肥前屋は、安田商店は親切だという評判をあちこちに言い立ててくれた。おかげで安田商店の評判は一段と高くなった。

他の両替店よりも客本位に対応したにもかかわらず、安価で買い入れたり、担保流れで取得したりした安田商店保有の太政官札が額面で兌換された結果、明治三年一月の決算では八千五百九十六両の利益を上げることができた。資産は、一万四千二百八十四両となり、前年九月の決算に比べ約三倍となった。

一気に安田商店の基盤が堅固なものになっていったのだ。

資産はその後も順調に増加し、明治四年一月には二万六百九両、五年一月には二万三千四百二十六両にもなった。その間の利益も千三十七両、千二百八十五両と太政官札のときのような多額の利益ではないが、順調に計上した。

たった二十五両の資本金からはじめた事業であることを思えば、極めて順調な発展だった。

「房、房」

善次郎は、喜び勇んで房に声をかけた。

「どうなされましたか？　そんなに急がれなくても房はどこにも行きませぬ」

房が笑っている。

「そんなのんきなことを言っている場合じゃない。本両替の鑑札《かんさつ》をいただけることになったんだよ」

善次郎は、房の手を握って振った。全身で喜びを表したのだ。

「おめでとうございます。これであなたも晴れて本両替商ですね」

房の目にうっすらと涙が滲《にじ》んだ。

明治五年（一八七二年）一月二十二日、善次郎三十五歳のことだ。

本両替になると、両替ばかりか貸付なども行なえるのだが、すでに善次郎は本両替と同じ業務をやっており、実質的にはその鑑札に意味はなかったが、それでも長年の目標を達成した喜びは一入《ひとしお》だった。

「まだまだこれからだからな」

善次郎は房に言った。

「はい」

房の弾《はず》んだ声が店中に響き渡った。

3

近代国家をめざす日本にとって、複雑化し混乱した貨幣制度を整理、統合することは急務だった。そこで明治四年に太政官布告として公布された新貨幣条令では、通貨単位を円に統一し、十進法を採用した。この影響で徐々に銭取引が縮小しはじめた。両替や包み替えの手数料で利益を上げている両替商にとっては厳しい時代になった。

善次郎は、時代の変化にどのように対応するべきか腐心《ふしん》していた。

「赤字になります」

徳蔵が困った顔で報告に来た。安田商店は慶応《けいおう》二年（一八六六年）の創業以来、一度も赤字は出していない。徳蔵にしてみれば、事態の深刻さにどのように対処していいかわからないのだ。経理を操作して黒字に見せかけることもできるが、どうしようかと問いかけている。

善次郎は、「赤字を出しなさい」と指示した。

「それでよろしいでしょうか」

徳蔵は、渋い顔をしている。

「私は、お貸し出しをしたお客様に真面目であることをお願いしている。真面目に仕事をしていただければ、いくらでもお貸し出しをする。それは自分にも求めることだよ。およそ商売においては秘密やごまかしなどもってのほかだ。すべて明らかにしてこそ発展がある。赤字であるということは、どこかに問題があるということだ。それを直して、一歩ずつ進めばよい」

善次郎は徳蔵を諭した。

「よくわかりました」

徳蔵は、憑《つ》き物が落ちたようなすっきりした顔になった。

しかし善次郎は徳蔵に説諭《せつゆ》したものの、気持ちは晴れなかった。なんとかしなくてはならない。両替商という商売が時代から取り残されていく実感を抱いていた。

明治六年（一八七三年）一月、六百十円の赤字となった。そこに追い討ちをかけるように、創業以来の小舟町《こぶなちょう》の店舗が、同じ年の十二月九日に火事で焼失するという不運が襲った。

善次郎は、焼け落ちた店舗の前に立った。

「あなた、しっかりしましょう」

房が寄り添い、善次郎の手を握り締めた。

間口《まぐち》が二間《けん》半（約四・五メートル）、奥行き三間半（約六・四メートル）の約九坪（三十平方メートル）の店舗と土蔵の小さな店だったが、ここには今までのすべての思い出が宿っていた。店員たちが寝静まった後も、遅くまで銭や小判を数えたこともあった。苦労の汗が染み込んだ帳場も、すっかり灰になってしまった。

「わかっている。これは天が、私に新しい出発をしろと命じているのだと思う。世間では、今まで順調だっただけに、これで安田商店も終わりだろうと噂していると聞く」

善次郎は、房の手を握り返し、「これで終わらないのが私だ。新しい安田商店に生まれ変わるぞ。ここに新しい店を作る。今度は洋風で行くぞ」と力強く宣言した。

しかし、まだどういう新しさを打ち出すか迷っていた。

火事見舞いと称して、今では成功した事業家になっている増田屋捨次郎と矢島屋太郎兵衛が訪ねてきた。

「元気か」

捨次郎が声をかけた。善次郎は、うれしそうな顔をした。この二人の変わらぬ友情が心に沁《し》みた。

「新しい安田商店を作るつもりだ」

善次郎は無理にも明るい調子で言った。まだ焼け跡の煙がくすぶり、目が痛い。

「新築するのか」

太郎兵衛が言った。

「新築と同時に、安田商店も何か新機軸を打ち出そうと思っている。今、それを思案中だ」

「それならわれわれに考えがあるんだ」

捨次郎が、太郎兵衛と顔を見合わせた。

「考え？　どんな考えだ」

善次郎とともに傍《そば》に立っている房も、興味深そうな顔だ。

「預かりと貸付を主な業務にするべきだということだ」

太郎兵衛は言った。善次郎の顔がきりりと引き締まった。

「善次郎さんは、正直な商いを心がけ、信用を積み重ねてきた。私たちはそんなところに金を預けたいし、運用してもらって利益を分けてもらいたいのだ。また新しい世になって、これから新しい事業がどんどん作られていくだろう。そんなときに一番必要なのは、善次郎さんのような人の支援だ。新しく事業を興《おこ》さんとする人に金を貸し付け、国を豊かにしてもらいたい。それを言いにきた」

太郎兵衛は、微笑を浮かべて善次郎を見つめた。善次郎は、彼の手を取り、強く握り締めた。

「実は私も同じ考えだ」

善次郎は力強く言った。

「そうか。私たちが助言するまでもなかったか」

捨次郎が笑った。

「いや、ありがたい。霧が晴れたように迷いが吹っ切れた。どうしても両替に固執《こしつ》してしまいそうになるが、これからは預かりと貸付だ。その貸付は、国の発展を助ける生産的事業に貸し付ける。非生産的な事業には貸し付けない。そして私がこれと思った実業家には支援を惜しまない。これを根本にする。やるぞ」

善次郎は焼け跡に向かって声を張り上げた。

4

新店舗の費用などが嵩《かさ》んだ明治七年（一八七四年）一月は四百八十六円の赤字になったが、政府の預金、即《すなわ》ち官金を預かれるようになり、安田商店は発展の軌道に乗った。

この官金の預かりには、松之進の協力が大きかった。明治七年には、司法省金銀預かりと為替《かわせ》の取り扱いを命じられたのだ。それを皮切りに、明治八年（一八七五年）には東京裁判所の為替、栃木県金銀預かりと為替、税金の取り扱いをするようになった。

この官金はものすごい勢いで増大した。明治七年一月には六万七百十円であった預金は、明治八年一月には二十万四千六百四十六円と三倍以上にふくらみ、明治九年（一八七六年）一月には三十万五千九百四十八円と、明治七年一月比、五倍にもなった。

これらを善次郎は、貸付金のほかに政府の公債で運用した。

新政府は明治六年から明治九年にかけて、廃藩置県で廃業した武士たちの支援のために藩債整理公債、秩禄《ちつろく》公債などを大量に発行した。当然、価格が下落した。運用する側にとっては有利になる。

公債を保有している元武士たちは、それらを現金に替えて事業を始めようとした。多くが安田商店にそれを持ち込んできた。善次郎は、彼らがなんとか生活を成り立たせられるようにと、その公債を担保に貸付を行なった。

公債担保貸付の一方で、善次郎は公債の買い付けも積極的に行なった。善次郎と同じく大倉喜八郎《きはちろう》も公債を積極的に買った。

「これは人助けだ。秩禄公債を持っていても武士はなんにもならない。俺たちが換金してやらねば商売もできないんだぞ」

喜八郎は善次郎に言った。

善次郎は、投機は自らいましめていたが、公債償還《しょうかん》のときまで保有すれば確実な利息を得ることができる公債買い付けは、有利な資金運用だと考えていた。

「こっちも買わせていただきますよ」

喜八郎に負けじと公債買い付けを行なった。

善次郎の積極的な公債買い付けは有名になり、明治九年八月の公債の抽選償還には、立会人として喜八郎とともに高額保有者の代表に選ばれた。

安田商店の公債の保有高は、明治七年一月にはたった二百三十八円だったものが、明治九年一月には十二万二千六百三十七円（額面三十二万四千五百七十五円）になった。いかに積極的に公債を買い付けたかがわかる。

官金は、無利息の預かりであり、公債の運用は五パーセントから八パーセントという有利さであったため、明治九年一月は五千百三十二円もの黒字を計上した。

明治五年十一月、政府は「国立銀行条例」を公布し、民間に銀行の設立を勧奨《かんしょう》した。善次郎は、実質的には銀行と同じ業務を行ないながら、すぐには銀行設立に動かなかった。第一国立銀行、第二国立銀行、第四国立銀行、第五国立銀行と続々銀行が作られるなかで、善次郎はあくまで慎重だった。それは発行した銀行券を正貨と交換しなければならなかったからだ。たとえ銀行券を発行してもすぐに客は正貨との交換を求めてくる。それではすぐに正貨が不足し、銀行は立ち行かなくなってしまう。実際、先行設立した銀行は経営に苦しんでいた。

善次郎は、その様子を眺めながらひそかに銀行設立の機をうかがっていた。それは自分の天職は、金融にあると見抜いていたからこそだ。安田商店を一層、発展させるためには銀行を設立するしかない。善次郎は強く決意を固めていた。

第十九章　千里の道も一歩から

1

「房《ふさ》、銀行を作るぞ」

善次郎は、早朝、妻の房の顔を見るなり言った。

すでに早起きして店の前を掃除していた父、善悦《ぜんえつ》が、その声を聞き及び、箒《ほうき》を動かすのを止めて、善次郎の顔をまじまじと見つめた。

善悦は、善次郎の求めに応じて、明治七年（一八七四年）七月に富山から上京していた。

富山で特に不自由のない生活をしていたが、親孝行をしたいという善次郎の強い願いに応《こた》えて、一緒に暮らすようになったのだ。遊んでいていいという善次郎の言葉を聞き流して、生来、真面目《まじめ》で勤勉な善悦は、誰よりも早く起きて店の掃除をしていた。

善悦は、善次郎が江戸に行くことを誰よりも反対していたが、彼の出世を誰よりも喜んでいた。その喜びの表し方が、店先の掃除だった。箒を動かすたびに、善次郎のこれまでの苦労が偲《しの》ばれ、涙が出そうになっていた。

それでまた銀行を作るという善次郎に、わが息子ながら、どこまで苦労すればいいのか、と心配にもなった。

善次郎が生まれた日は、大あらしだった。飛騨《ひだ》の雷神、神通《じんづう》川の龍神がお祝いに来たとみな思ったものだが、事実だったのだ。善次郎は、まるで龍のようにどこまでも昇っている。

「なあ、善次郎、銀行を作るというが、多くは苦労しているではないか」

「はい、父上、そのとおりです。みな銀行発行の紙幣を信用せぬため、正貨への交換を要求します。それで苦労しているわけですが、どうしても私が銀行経営に参加しないと収まらないと強く言われまして……」

「誰にじゃな?」

「松之進《まつのしん》さまですね」

房が答えた。

「そのとおりだ。松之進が、ぜひにと頼んで参りました」

「吉松《よしまつ》ぼっちゃまがなぁ」

善悦は感慨深そうに言った。富山の野山で善次郎と遊んでいた薬種商の跡取り息子が、今は新政府の高官になっていた。時代の変化に思いを馳《は》せたのだ。

「私は、正貨ではなく政府紙幣と交換するように法律を直すなら考えると申しておりましたが、このたび法律を改正すると言ってきました。それで私も銀行を作る機が到来したかと考えました」

「機が熟したと言うなら、それもいいが、一歩ずつじゃぞ」

善悦は心を込めて言った。

「とにかく急がず、一歩ずつ進んでいきます」

善次郎は、さっそく出資者を募《つの》り始めた。目標は二十万円。安田商店の総資産が四十二万円ほどであるので、その約半分にもなる。

これだけの資本金を集めることができるだろうか。善次郎に迷いはなかった。これまでの安田商店の実績を知ってもらえば、資本金集めは容易だろうと思っていた。

しかし、それは善次郎の思い違いであることがすぐにわかった。

捨次郎《すてじろう》や太郎兵衛《たろべえ》は出資に応じてくれたが、なかなか思ったように集まらない。

「難しいものだ。意外と信用がないことを思い知らされたよ」

善次郎は太郎兵衛と捨次郎に嘆いた。

「なんの、なんの。先行した銀行が苦労しているから、慎重になっておるのよ。善次郎さんの信用がないわけじゃない」

太郎兵衛が慰めるように言った。

「それにしても先日、紹介してくれる人があって大阪にまで出向いた。しかしたった九株しか集まらなかった……」

善次郎は肩を落とした。

「善次郎さん、世の中で銀行のことをわかっているのは、あなたくらいだ。政府の役人だって、『為替《かわせ》』のことを『為替る《なりかわる》』と読んで、不吉だから削除しろと言ったというではないか。金を簡単に遠くに送ることができる為替業務の重要性も知らない。善次郎さんが本当の銀行を作らねばならないよ」

捨次郎が言った。

「どんな銀行を作りたいかと悩んだ。正しい商売かどうかと悩んだ。私は、金を貸し、それで利息を取る。返してもらえぬときは、担保を質に流して回収する。先方は泣きの涙で質物を私に手渡す。かといって情実が絡《から》めば、焦げ付きが起きて商売が成り立たない。つまりこのように人を泣かせる商売が、正しいのかと悩んだというわけだ」

「今も?」

太郎兵衛が訊《き》いた。

「今も絶えず悩んではいるが、考えを少し変えた。国家のための有用な機関、すなわち多くの商工業を興《おこ》し、支援するための機関にしようと思ったのだ。なくてはならない機関にね」

「そのとおりだよ。善次郎さんがやらずに誰がそれをやる。今は、雨後《うご》の筍《たけのこ》のように銀行を設立しようという機運に満ちている。それは士族が処理に困っていた秩禄公債《ちつろくこうさい》を担保にして設立しているからだ。彼らはなんとかそれを金に替えたいと思っているだけだ。自分のために銀行を作っている。それでは早晩、駄目になるだろう。誰かが本物の銀行を作らねばならない。それができるのは善次郎さんだけだ」

太郎兵衛が力強く言った。

明治九年の改正銀行条例では、設立の担保に公債も可としたため、多くの旧士族が秩禄公債を担保に銀行を設立した。士族救済の意味もあった改正銀行条例の狙いは的中したのだが、明治十二年までに百五十三もの銀行が設立されると、さすがに政府も規制に乗り出すことになるが、まずは善次郎のような人物が、模範となる銀行を作らねばならない。

「捨次郎さんと太郎兵衛さんには、いつも励まされるなぁ」

もし出資者があまり集まらないようであれば、自分が過半を出資してでも銀行を作ると、善次郎は、決意した。

善次郎は、必死で出資者を募った。川崎八右衛門《はちえもん》、市川好三、鈴木要三など有力者を説得したが、善次郎自身が、善悦など親族の名前で九万四千三百六十一円という資本金の約半分を出資した。

改正銀行条例が施行された明治九年八月二日に、「東京国立銀行と称したく」と設立願いを提出した。

政府からは銀行設立の許可は出たが、「東京」の名称を考え直すようにという指示が来た。

「東京という名前が許されなかったので『第三』ということにしようと思うが、房はどう思う？　この名前は大阪の鴻池《こうのいけ》が設立しようとした銀行の名前だが、使われなかったのだよ」

善次郎は、居間で房と向かい合っていた。目の前には、九月六日付で紙幣頭得能良介《しへいのかみとくのうりょうすけ》から下された銀行設立の認可証があった。

「第三はいい名前ではないですか。大変縁起がいいと思います」

房が笑みを浮かべた。

「なぜそう思う？」

善次郎は訊いた。

「三という数字は、安田家の先祖である三善《みよし》の三です。日本で三番目に設立された銀行のようで歴史も感じさせますし、それよりもなによりも三という数字がいいと存じます」

房は、明るく言い切った。長年ともに苦労してきた房に、自信を持って言われると、善次郎は目の前が明るくなった気がした。

「上手《うま》くいきそうだな」

「いきますとも。安田商店の財産をかなり注《つ》ぎ込むのですからね。上手くいってもらわねば困ります」

房はどこまでも明るい。いい女房をもらったと、いまさらながら感謝したい気持ちだ。

善次郎は、「第三国立銀行と称したく」という銀行名称願いを紙幣頭に提出した。

明治九年九月十四日、「願《ねがい》之《の》趣《おもむき》聞置《ききおき》候《そうろう》事《こと》」という許可が下った。

ただちに翌十五日には、朝野《ちょうや》、郵便報知、読売などの各紙に「大蔵省許可を蒙《こうむ》り東京小舟町《こぶなちょう》三丁目十番地に於《お》いて第三国立銀行創立候《そうろう》間《あいだ》加入の有志の諸君本日より来《きたる》十一月十日迄《まで》同所へ来臨《らいりん》を乞《こう》」という公示をした。

第三国立銀行の開業は同年十二月五日だ。本店は、安田商店の向かいにあった善次郎所有の倉庫を改築した。頭取は善次郎、支配人は妹の婿《むこ》である忠兵衛《ちゅうべえ》である。

善次郎は、郵便報知などの有力紙に「貸付金、当座預り金、定期預り金、為替手形、振《ふり》出《だし》手形、代金取立手形、割引貸、荷為替、公債証書売買、地金銀銅売買、諸証券保護預りなどの事業を経営すべし」と一般の人々に向けて広告した。業容の幅広さに善次郎の意気込みがあふれている。

2

「いらっしゃいませ」

行員が頭を深く下げる。

第三国立銀行本店は、二階建ての威風堂々とした建物であったが、店先には暖簾《のれん》が掲げられ、行員は、あくまでお客様第一主義で腰が低かった。

当時の銀行は、士族がスポンサーで設立したものが多く、預金者や借入人に対して居丈《いたけ》高《だか》だった。

しかし善次郎の経営する第三国立銀行は、庶民的だという評判だった。

「立派になったものですね」

本店の前で善次郎は、藤兵衛《とうべえ》と並んで立っていた。

「初めて藤兵衛さんに連れられて富山を出たのが、安政《あんせい》四年（一八五七年）、二十歳のときでしたね」

善次郎は、今、三十九歳だ。約二十年間、江戸から東京に時代が変わる中で努力してきたことを思い出していた。

「よく歩きました」

藤兵衛もしみじみと言った。

「江戸に着いてから、今日まで歩き続けています。これからも歩き続けます」

「なぜ、ここまで成功できたんでしょう？」

「まだまだ成功などと自惚《うぬぼ》れてはおりませんが、あえて言わせていただくなら、分限《ぶんげん》を守るという決心を固く守りとおしたことではないでしょうか」

「自分を知るということでしょうか」

「そのとおりです。人にはそれぞれ分限というものがあり、それを超えてはならないと思います。たとえば生活も収入の十分の九で暮らしております。残りの一分《ぶ》は、貯蓄もしくは非常時の備えにするのです。貧しいときも、富むときも、この分限を守る姿勢を変えなかっただけです」

「あなたは千両の分限者《ぶげんしや》になると言って故郷を出た……」

「その目標に向かって邁進《まいしん》しました。そして達成しました。これからはそれ以上の目標をめざします」

善次郎は、藤兵衛に笑顔を向けた。

「ほほう、それ以上の目標とは？」

「国を富ませることです。この銀行を使って、国に工業を興します。興そうという人物を支援しようと思います。私一人が千両の分限者になるのではなく、多くの人が千両の分限者になるように支援するのです。銀行の役割は、そういうことだと思います」

「多くの客から預金を集め、それを貸出するわけですが、誰にでも貸出するわけではないでしょう?」

「銀行とは金を貸す際、その貸す金より高額の抵当物を取ります。たとえば八千円の品物を預けてもらって六千円の金を貸すのです。これでは真の貸借関係とは言えません。もし事業を興そうという人に対して、この人は間違いない、確かな人であると見込みをつけたなら、なんら抵当物など取る必要はありません。しかもその人のためなら、どんどん貸し出すべきでしょう。それが銀行の本分《ほんぶん》であり、真の貸借関係です。しかし銀行は預金という形で、人から金を借り、他の人に貸すわけですから、貸した金が確実に回収されるような方法を取るのは、何よりの必要事です。そのことを考えますと、借金を返すために金を借りに来るような人には、断じて貸すわけにはいきません。すなわち銀行は、借り手の人物、そしてその借金の性質などを見わけ、見極めねばならないということです。銀行はその能力を磨かねば、借り手と真の貸借関係は築けません」

善次郎は、かねてより考えている貸出に関する自分の姿勢を説明した。

「すばらしい考え方だと思います。ぜひそれを貫きとおしていただきたいものです」

藤兵衛は、眩《まぶ》しげに善次郎を見つめた。

「ねえ、藤兵衛さん」

行く。

善次郎は、頭を下げた。楽しげに会話を交わす二人の傍《そば》を、ひっ切りなしに客が通って

「藤兵衛さんと一緒なら心強い。よろしく頼みます」

藤兵衛は、拳《こぶし》で胸をどんと叩いた。

「ようございます。どこへなりともご一緒しましょう」

善次郎は、誇らしげに言った。

「ええ、行商をやりながら、江戸の隅々《すみずみ》まで知り尽くしたことが、私の原点です」

藤兵衛は、うれしそうに笑みを浮かべた。

「そういえば、江戸に来られたときも行商をされ、抜け道まで諳《そら》んじておられましたな」

十分に把握《はあく》しておりませんと、的確な判断は下せません」

ります。たとえば、ある地方から借り入れを申し込んできたとします。その土地の実情を

「銀行を経営する者は、全国津々浦々の土地の地理人情に精通する必要があると思ってお

れれば行かぬこともありません」

「今さら困難な旅をされるのですか。私は、薬の行商を引退した身ですが、一緒にと言わ

善次郎が微笑むのに対して、藤兵衛は怪訝《けげん》そうな顔で返した。

「昔のように旅をしたいと思うのです。ご一緒願えますか」

「はい、なんでしょうか?」

善次郎は頭取でありながら、率先して大蔵省主催の「銀行簿記精法」の講習を受けた。一般の行員に交じって勉強し、近代的な銀行会計を学んだのだ。

こうした善次郎の真摯《しんし》な経営姿勢は、周囲からも高く評価され、他の銀行経営者の模範となった。政府からも一目置かれ、銀行のことを聞きたければ、安田善次郎のところに行けとまで言われるようになった。

3

大倉喜八郎《きはちろう》が訪ねてきたのは、久しぶりのことだった。

彼は、土木建築事業に進出し、新橋駅工事を請け負い、成功していた。その後、大倉組商会を設立して朝鮮貿易も手がけるなど、大きな成功を収めていた。

「善次郎さん、協力してくれよ」

「どうした喜八郎さん、相変わらず八面六臂《はちめんろっぴ》だな」

善次郎と喜八郎の友情は続いていた。お互い幕末、明治の激変にあたって大胆に挑戦して成功したが、そのやり方は違った。善次郎は結果として金融ひと筋、喜八郎は銃や建築、貿易とその時代の先端を歩んでいた。

「渋沢さんと商法会議所を作るんだ。協力してくれ」

渋沢栄一は、第一国立銀行頭取で、財界のリーダーだった。

「それはどういうものだい」

「欧米に視察に行った際、向こうではわれわれ商工業者のような実業人が、非常に重要な地位を占めていた。ところがこの国は、どうも官尊民卑《かんそんみんぴ》がひどすぎる。これまで武士の世を恨《うら》んでいたが、これでは武士が官僚に替わっただけだ。ある面から言えば、昔の武士より、今の官僚の方が品がないかもしれない」

喜八郎は、明治五年から六年にかけて欧米視察に出掛けていた。その経験から、日本における実業人の地位の低さを悲憤慷慨《ひふんこうがい》したのだ。

「確かに官僚の尊大ぶりは目に余る」

善次郎は同意した。

「日本も欧米のように実業を重んずるようにならねばならぬ。実業は国家の基《もとい》だ。なんとか実業軽視の風潮を改めねばならんと、渋沢さんと意見が一致したんだ。それで商人、実業人が集まっていろいろ相談する機関を作るべきだということになったんだ。大蔵卿《おおくらきょう》の大隈《おおくま》さんや三井の益田《ますだ》さんなども賛成してくれた。こうなると善次郎さんも賛成してくれなければ困る」

喜八郎は、満面の笑みを浮かべた。この笑みで話をされると、嫌とは言えない。もとより善次郎も実業が国家経済の基と考え、その方向で貸付を行ない、多くの事業を支援していたから、喜八郎の考えには大いに賛成だった。

「もちろん協力するよ」

明治十一年（一八七八年）八月、東京商法会議所（のちの東京商工会議所）が発足し、善次郎や喜八郎はともに議員になった。

善次郎は、このほかにも択善会《たくぜんかい》（銀行業者団体）委員、東京府議会議員など多くの公職を担った。そうしたことから渋沢栄一、岩崎弥太郎《やたろう》、五代友厚《ごだいともあつ》、大隈重信《しげのぶ》、勝安芳《やすよし》など政財界のリーダーたちとの交友も深まっていった。善次郎も明治財界のリーダーへと成り上がったのだ。

善次郎は、安田商店と第三国立銀行をともに自分の傘下《さんか》に置き、発展させていった。

政府は、多くの国立銀行が設立され、一般に銀行というものが普及したため、明治十二年（一八七九年）、第百五十三国立銀行設立を最後に紙幣発行権を持つ銀行設立を禁じ、普通商業銀行設立を自由化した。

そのころ安田商店は実質的に銀行と同様の業務を行なっていたため、ただちに善次郎は、明治十二年十一月十一日に「合本《がっぽん》安田銀行」の設立願いを東京府知事へ提出した。資本金は二十万円、本店は日本橋小舟町三丁目十番地、安田商店の場所そのままだ。

東京府知事は、同月二十二日には銀行設立を認可した。翌明治十三年（一八八〇年）一月一日に、安田商店はついに安田銀行となって新たなスタートを切った。

善次郎は、四十三歳という年齢で第三国立銀行、安田銀行という二つの銀行の経営者となった。

安田銀行の株主は、第三国立銀行と違い、すべて善次郎の一族で占めた。そのため配当などに気を使うことなく、徹底した内部留保経営を行なうことができた。

大蔵卿の大隈重信の下で働いている松之進が、本所横網町《ほんじょよこあみちょう》二丁目にあった善次郎の邸宅を訪ねてきた。

ここは旧田安侯邸《たやすこう》を一万二千五百円で購入したものだ。田安侯は、旧徳川御三卿《ごさんきょう》であり、その邸宅を購入できたことは、千両の分限者になりたいと一心不乱に走り続けてきた善次郎にとって大きな喜びだった。

松之進は青ざめた顔をしていた。広大な庭園を望む茶室で、房の点《た》ててくれた茶を二人で飲んでいた。

「折り入って相談がある」

松之進は真剣な眼差《まなざ》しで善次郎を見つめた。

「松之進から頼まれたことで嫌ということはない。私は人を見ているから」

善次郎はおおらかに茶を飲んだ。

「そう言ってもらうとうれしい限りだ。実は、第四十四国立銀行が厳しい状況なんだよ」

「有力銀行ではないか」

善次郎は、茶碗をその場に置いた。房は一礼してその場を去った。茶室に二人だけになったが、空気はにわかに緊張した。

「士族たちが作ったのだが、金沢、函館、小田原、直江津《なおえつ》などに支店を置き、急速に業容を拡大している。頭取は岩橋轍輔《てつすけ》、支配人は山田慎《しん》だ」

「実質は山田が経営していると聞いたが……」

山田慎は、旧福井藩士の企業家。早くから北海道の開拓に目を付け、農場、炭鉱開発、マッチ製造などの事業を興していた。

「そうなんだ。彼が北海道の開拓に金を注ぎ込み過ぎた。不良債権がかさみ、経営が厳しくなった。助けてほしい」

松之進は深く頭を下げた。

「頭を下げる必要はない。私の銀行も取引がある。黙って見ているわけにはいかない」

「善次郎ならなんとかしてくれると思っていた」

「礼はまだ早い。川崎さんらの大株主に相談する。正式な返事はそれからだ」

第四十四国立銀行のような有力銀行を立て直すとなると、善次郎にとっても決して楽な仕事ではない。負担は相当に重い。しかし松之進のために、ひと肌ぬぐ決意だ。これまで友情を担保に取引をして裏切られたことはない。それに加えて、かねてより構想していた北海道開拓の夢を実現させることになる。

　松之進が帰るのを見送っていると、傍《そば》にいつの間にか房が立っていた。

「松之進さま、なにやらほっとされたご様子でしたわね」

「ああ、経営が苦しくなった銀行を助けてくれという相談だった」

「お助けになるのですか」

　房が微笑みながら訊く。

「ああ、そのつもりだ」

　善次郎は優しく房を見つめた。

「大変なお仕事ですこと」

「お前がいるから大丈夫だ」

　房は、善次郎と一緒に働いてきた。妻としての仕事は当然のこと、店員の世話や行員への指導まで、文字通り寝る間もなく働いてきた。

　善次郎は、今日のようになれたのは、第一に房の貢献が大きいと思っていた。

「何をおっしゃいますか。私は、黙ってあなたについてきただけです」

「庭を歩こうか」

　善次郎は、池の周りに作られた小道に足を踏み入れた。深い森の中を歩いているようだ。生い茂った木々が、風に葉を揺らしている。

「よくぞここまできましたね」

「まだまだこれからだぞ。もっともっと成り上がってみせる」

善次郎は房の手を強く握った。

＊

第四十四国立銀行の救済は、第三国立銀行飛躍の契機となり、善次郎はその後も積極的に銀行の救済を続けた。明治末までに七十ほどの銀行を傘下に収め、まさに日本一の金融王となったのである。

第三国立銀行と安田銀行、そして多くの傘下銀行は、大正十二年（一九二三年）に統合し、安田銀行となる。それは富士銀行を経て、今日のみずほフィナンシャルグループへと変貌を遂げていく。

エピローグ

善次郎は、決して大衆的人気を博した経営者ではない。

貧しい武士の家に生まれ、自分の力だけを頼りに幕末、明治の乱世を見事に生き抜き、日本一の金融王に成り上がった。その姿は、彼が幼いころ目標としていた太閤《たいこう》秀吉そのものであるにもかかわらず、庶民の称賛を得ることはなかった。

なぜなのだろうか？　理由として考えられるのは、「慈善は陰徳《いんとく》をもって本《もと》とすべし、慈善をもって名誉を望むべからず」という父、善悦《ぜんえつ》の教えを守っていたからだろう。

善次郎は、慈善に二種類あるという。一つは慈善の美名《びめい》に隠れて自己の利益を追求するもの、もう一つは自己の利益を捨て、他人を救済するもの。当然、前者が多い。しかし善次郎は善悦の教えを守り、陰徳に徹してきた。そのため、慈善家としての評判が表に出ることはなかったのだ。

善次郎が銀行を救済合併することに対しても、世間の批判は強く、善次郎は「あれは安田が富を増殖する慣用手段だといっておるそうである」と憤慨《ふんがい》している。

善次郎は、自分から買収を企《くわだ》てたことはない。多くの関係者から頼まれて行なったことだ。「その銀行へ預金している者が幾千万人あるか知れない」と思い、もし善次郎が救済せずに銀行が破綻《はたん》すれば、「それらの人は富めるも貧しきも、みな資産を失ってしまう」ことから助けようとしたからに他ならない。

しかし善次郎は、「回復の見込みがあれば」と冷静に救済するべき相手かどうかを判断する。そのため「気の毒ながら断ったものもたくさんある」と言う。この善次郎の合理的で、冷静な姿勢が、冷たいなどという評判になってしまったのだろう。

善次郎は、こうした世間の評判に対して「私がなしたことが多くの人の幸福となっておればよし、そのことが世間に現れずとも心中満足に思っている。この世の毀誉褒貶《きよほうへん》は棺《ひつぎ》を蓋《おお》うて事定《ことさだ》まると昔から言うが、まことにそのとおりで、社会の表面にたって業を成せば、いろいろの誤解を受け、我が心事と世評と相反することが少なからぬ。しかし『陰徳』ということを信じておれば、さらに不満足を感ずることがない」と言う。

いつの世も一代で成り上がった人に対しては、世間はなにかと胡散臭《うさんくさ》い目を向け、粗《あら》さがしをするものなのだ。善次郎もいずれ世間がわかってくれるだろうと、あえて世間に媚びるような姿勢を見せることはなかった。

善次郎に対する世間の悪評に乗せられた男が、大磯の別邸を訪ねてきた。大正十年（一九二一年）九月二十八日のことだ。

善次郎は、大磯の温暖な潮風を受ける高台に別邸を築いて寿楽庵と名付け、ここで隠居生活を送っていた。木々の茂った背後の森は、恰好《かっこう》の散歩道だった。毎日、深呼吸をしながら歩いた。帰ってくると、たいてい来客があった。善次郎の意見や支援を求める客たちだった。別邸の入り口には、相談がある者は自由に出入りしてよいという趣旨の、「おかまえは申さず来りたまえかし、日がな遊ぶも客のまにまに」という碑を建てていた。そのため、なおさら相談客が多かったのだ。世間では、ケチ、守銭奴《しゅせんど》、合理主義者などと悪口を言われていたが、善次郎の力を知る者は多くいたということだろう。

男は、朝日平吾《へいご》。明治二十三年（一八九〇年）、佐賀県生まれの三十二歳。早稲田大学の商科に入るが中退し、朝鮮などを放浪したのち、事業などを行なうが失敗。「大日本救世団」という宗教団体に入会し、世直し運動を開始する。朝日は、労働者に宿舎を提供する目的で「労働者ホテル」建設計画を立て、資金集めを始める。財界人から少しばかりの資金を集めたが、それらは生活費、遊興費に充《あ》ててしまい、計画を断念する。

朝日は最後の頼みとして、当時日本一の金持ちと言われた善次郎を訪ねてきたのだろうか。そうではない。事前に遺書や斬奸状《ざんかんじょう》をしたため、凶器を懐《ふところ》にしのばせていたところを見ると、最初から善次郎を亡き者にしようと思っていたのだろう。

斬奸状には「奸富《かんぷ》みだりに私欲を眩惑《げんわく》し、不正と虚偽の辣手《らつしゅ》を揮《ふる》って巨財を吸集《きゅうしゅう》し、なんら社会公共慈善事業を顧みず、人類多数の幸福を壟断《ろうだん》し、ために国政乱れ国民思想悪化せんとす。奸富今や国民の怨府《おんふ》となり、天人ともにこれを許さず。ここに天に代ってこれを誅《ちゅう》す」と書いた。

善次郎は、奸富の象徴にされてしまったのだ。

さて、善次郎と朝日との面談はどのようなものだったのだろうか。

「労働者ホテルを作りたい。資金を出してほしい」

朝日は、横柄《おうへい》な態度で善次郎に対峙《たいじ》した。

「どなたか資金を出されましたか?」

善次郎は親しげに訊いた。横柄な態度が腹立たしくはあるが、いたずらに興奮させてもしかたがない。

「渋沢公、森村公にはご協力をいただきました」

渋沢栄一が五百円、森村市左衛門が千円を寄付した。今の感覚では百五十万円、三百万円ほどになる。彼の趣旨に賛同したのか、しつこく寄付を求める者を厄介《やっかい》ばらいしただけなのかはわからない。当時の日本は、第一次世界大戦後の不況に苦しみ、富める者と貧しい者との格差が拡大し、富める者に対する世間の怨嗟《えんさ》の声が強まっていた。

「どうしてそんなものを作る必要があるのだね」

善次郎は親しげに訊く。

「貧しい労働者を助けるためだ」

朝日は、焦り、苛立《いらだ》っている。

ここで善次郎の合理的な精神が顔を出す。

「私は、慈善事業に寄付をするのは、宜《よろ》しくないと思っています。というより、人を駄目にするのではないかと思っています。がんばれる人はがんばるべきです。私は、人を励まし、勤倹《きんけん》貯蓄独立独歩を説いています。私はそれで今日までやってきましたし、あらゆる人は慈善に頼るより、その姿勢で努力する方が、大いなる成功と満足を得られるものと思います」

「私の計画に賛同していただけないのか」

朝日は厳しい目を向けた。

実は、善次郎は多くの寄付を行なっている。有名なのは東京大学の安田講堂などだが、あくまで陰徳なのだ。人知れず慈善を積み重ねることを、よしとしていた。

「あなたも本気で働く人のことをお考えなら、慈善に頼らず、自分で仕事をして彼らを助けることを考える方がいい。それにあなたの計画は合理性がなく、とても成功するとは思えない」

善次郎は、どことなく崩れた風のある朝日を許せない。もっと自分に厳しくして努力しなければならない。労働者ホテル計画の説明を受けたが、事業計画などが杜撰《ずさん》で、とても成功するとは思えない。

善次郎は自分の考えを説明しようと思った。生来、人を善と考えている善次郎は、朝日を哀れに思ったのかもしれない。彼にもきっちりと話をしてやれば、正しい事業家の道に入ることができるかもしれない。

「銀行家と事業家は、互いに協力せねば、国家の繁栄はありません。将来のために事業を興そうとする人を銀行は精いっぱい支援するべきですし、事業家はその支援に応《こた》える義務があります。しかしそうはいうものの、銀行家は多くの預金者に対する責任があります。事業に投資し、それが失敗した際には、預金者に多大な迷惑をかけることになります。そこで銀行家は、まず第一に人物を見極める必要があるのです。そしてその事業に関わる情報を集め、事業の採算性、社会情勢などを検討します。このように慎重の上にも慎重に検討し、断行すべきは、断行するよりほかはないのです。私は多くの事業を支援してきました。桂川水力発電、阪神電気鉄道など、日本で初めての事業も多くあります。成功するか、否《いな》かは予測はつきませんが、とにかく慎重に、慎重に検討し、相当の覚悟をもって……」

善次郎は、籐椅子《とういす》に座り、話しながら庭を眺めていた。潮風が顔に当たった。幼いころ、富山の町を魚の行商に歩いたことを思い出した。冬の富山湾からは冷たい風が吹きあがってくる。手袋も着けない手に風が当たると、刃物で切りつけられるように痛い。その手を必死で擦《こす》り、温めながら魚を売り歩く。最後の一尾まで売り切る覚悟だ。必ず千両の分限者になってやる。その強い気持ちだけが体を温めてくれる。

ふいに何かが動く気配がした。見ると、テーブルをはさんで座っていた朝日が立ちあがっている。形相《ぎょうそう》が変わるというのは、このことだろう。顔はひきつり、目は血走り、なにやら大きな声で叫んでいる。手に光るもの、短刀だ。それを大きく振り上げた。

「止めなさい」

辛《かろ》うじて喉《のど》から声を振り絞《しぼ》った。善次郎は籐椅子から立ち上がって、庭の方へ逃げようとした。しかし朝日はテーブルを踏み台のようにして襲いかかってきた。善次郎は、朝日に押し倒されるように庭に倒れた。動こうにも動けない。家人を呼ぼうにも声が掠《かす》れてしまった。朝日の手が高く上がり、その手に握られた短刀が光っている。

「奸富、覚悟！」

短刀が善次郎の喉仏《のどぼとけ》に向かって振り下ろされる。

こういう最期が用意されているとは、思いもよらなかった。善次郎は、近づいてくる短刀を見つめながらおかしくなった。笑いたくなった。人生で失敗したことはないと思っていた。文久銭投機の失敗があったじゃないか？　そのとおりだ。忘れてはいない。しかしあれも多くの人の支援で乗り切った。その意味で成功だ。自分も努力した。そして周囲にもいい人たちに恵まれ、あらゆることが上手くいった。

今の事態を失敗と思えば、神様はいかにも強引につじつまを合わせようとされているように思える。なんの！　これも失敗なんぞであるものか。善次郎は、かっと目を見開き、朝日を睨《にら》みつけ「勤倹主義で行け！」と叫んだ。まだこの若者を鍛《きた》え直す希望を失っていなかった。朝日は、たじろぎ、視線を宙にさまよわせた。善次郎の目には短刀が止まったように見えた。しかしその瞬間に短刀の刃先は、善次郎の喉仏を深々と貫いた。

意識が薄れていく。痛みはない。自分自身も武士を憎み、世の中を恨《うら》み、どうして自分が貧しいのかと嘆いたものだ。一歩間違えれば、この若者のように富める者に攻撃を加えたかもしれない。しかし自分は、太閤《たいこう》秀吉のように成り上がるという明るい志を抱《いだ》いていた。そこに、この若者との大きな差がある。人生は明るい志に向かって、一歩ずつ歩まねばならない。のろくてたいして進んでいないと思っても、気がつくと大変なところまで来ているものだ。千里の道も一歩からだ。

善次郎は、憐《あわ》れみに満ちた目で朝日を見つめていたが、やがてゆっくりと瞼《まぶた》を閉じた。享年《きようねん》八十四。安政五年、父、善悦に許され、正式に富山を出て江戸、東京に来た。それから六十三年が経っていた。

〈了〉

あとがき

安田善次郎は、武士の子として生まれ、幕末、明治、大正と激動の時代を生き抜き、日本一の金持ちになり、財閥を築いた。

武士と言っても、父が爪《つめ》に火を点《とも》すようにして蓄えた金で武士の株を買ったものだ。半農半士とでもいうべき貧しい暮らしだった。学校にも行かせてもらっていない。誰かの後ろ盾《だて》があったわけでもない。その男が、日本一の金持ちになり、今日にまで続くわが国有数の企業グループを築き上げた。奇蹟《きせき》と言ってもおかしくない。

幕末、明治の成功者の中で安田善次郎のように、全くの庶民から立身出世した男は珍しい。言わば「成り上がり」だ。この言葉は、軽蔑《けいべつ》の色を含んでいるのだが、私は敬意を込めて使っている。なぜなら二十一世紀の日本にこそ、安田善次郎のような「成り上がり」が必要ではないかと思うからだ。

今、日本は元気がない。その大きな理由は、若い人が「成り上がり」たいと思っていないからだ。データによると、多くの若者が、ほどほどの幸せで良いと思っている。「善次郎、出《い》でよ」と叫びたくなる悲惨な状況だ。中国やインドなど、いわゆる新興国に行くと出世したい、偉くなりたいと、エネルギーをあふれさせている若者がうじゃうじゃいる。このままでは日本は負けてしまうという危機感が、いやが上にも増してくる。

この危機感が、この『成り上がり』を私に書かせたのだ。本書から安田善次郎の尽きることなきエネルギーを感じてもらいたい。

◎主な参考文献

『意志の力』安田善次郎著　実業之日本社（一九一六）

『富之礎』安田善次郎著　良書刊行会（一九一七）

『勤倹と貨殖』安田善次郎著　東盛堂書店（一九一八）

『松翁清話』安田善次郎著　安田同人会（一九四三）

『使ふ人使はれる人』安田善次郎著　泰山房（一九一八）

『克己実話』〈明治経営名著集完全復刻版〉安田善次郎著　ダイヤモンド社（一九七八）

『富の活動』安田善次郎述　菊池暁汀編　大和出版（一九九二）

『安田善次郎物語――富山が生んだ偉人』安田生命保険相互会社編　安田生命保険相互会社（一九八二）

『安田善次郎伝』矢野竜渓著　安田保善社（一九二五）

『松翁 安田善次郎』安田学園松翁研究会編　安田学園（一九六七）
『金儲けが日本一上手かった男　安田善次郎の生き方』砂川幸雄著　ブックマン社（二〇〇八）
『安田財閥』（日本財閥経営史）由井常彦編　日本経済新聞社（一九八六）
『豪商物語』邦光史郎著　博文館新社（一九八六）
『江戸商売往来』興津要著　プレジデント社（一九九三）
『江戸時代町人の生活』田村栄太郎著　雄山閣出版（一九九四）
『日本史小百科〈貨幣〉』瀧澤武雄／西脇康編　東京堂出版（一九九九）
『ドキュメント日本人　第3　反逆者』村上一郎他著　學藝書林（一九六八）
『テロルの系譜――日本暗殺史』かわぐちかいじ著　筑摩書房　ちくま文庫（二〇〇二）
『朝日平吾の鬱屈』中島岳志著　筑摩書房　双書Ｚｅｒｏ（二〇〇九）

本書は、二〇一〇年十一月にＰＨＰ研究所より刊行された作品を、加筆・修正したものである。

著者紹介
江上　剛（えがみ　ごう）
1954年、兵庫県生まれ。早稲田大学政治経済学部卒業。77年、第一勧業銀行（現みずほ銀行）入行。人事、広報等を経て、築地支店長時代の2002年に『非情銀行』で作家デビュー。03年に同行を退職し、執筆生活に入る。主な著書に『起死回生』『銀行告発』『腐敗連鎖』『告発の虚塔』『さらば銀行の光』『帝都を復興せよ』『銀行支店長、走る』『我、弁明せず』『怪物商人』『翼、ふたたび』『天あり、命あり』『クロカネの道』などがある。

PHP文芸文庫　成り上がり
金融王・安田善次郎

2013年10月2日　第1版第1刷
2021年6月17日　第1版第3刷

著者　江上剛
発行者　後藤淳一
発行所　株式会社PHP研究所
東京本部　〒135-8137 江東区豊洲5-6-52
第三制作部　☎03-3520-9620（編集）
普及部　☎03-3520-9630（販売）
京都本部　〒601-8411 京都市南区西九条北ノ内町11
PHP INTERFACE　https://www.php.co.jp/
組版　朝日メディアインターナショナル株式会社
印刷所
製本所　大日本印刷株式会社

ISBN978-4-569-76069-8

PHP文芸文庫

怪物商人

江上　剛　著

死の商人と呼ばれた男の真実とは⁉　大成建設、帝国ホテルなどを設立し、一代で財閥を築き上げた大倉喜八郎の生涯を熱く描く長編小説。

PHP文芸文庫

我、弁明せず

江上剛 著

明治・大正・昭和の激動の中、三井財閥トップ、蔵相兼商工相、日銀総裁として、信念を貫いた池田成彬。その怒濤の人生を描く長編小説。

PHP文芸文庫

翼、ふたたび

江上 剛 著

航空会社が経営破綻、大量リストラ、二次破綻の危機……崖っぷちからの再生に奮闘する人々を描いた、感動のノンフィクション小説!